Characteristics of Modern Haiku

近代俳句の諸相

―正岡子規、高浜虚子、山口誓子など―

青木亮人

Aoki Makoto

創風社出版

近代俳句の諸相

——目　次——

Ⅲ　尾崎放哉（一八八五～一九二六）　195

Ⅳ　山口誓子（一九〇一～一九九四）　205

Ⅴ　中村草田男（一九〇一～一九八三）　279

Ⅰ 正岡子規

（慶應三（一八六七）年～明治三十五（一九〇二）年）

一　革命と断念と書生気質　―俳人子規の人生1―

1 正岡子規という革命児

明治俳句といえば、まず正岡子規であろう。彗星のように現れ、俳句観を革新した風雲児であり、若くして病没したため英雄視されている。弟子筋には高浜虚子や河東碧梧桐ら俳句史の主軸を担った俳人が揃っており、今も近代俳句創始者として仰がれる存在だ。

その登場は伝説のように語られている。明治二十五（一八九二）年、当時最新のメディアだった新聞「日本」に「獺祭書屋俳話」を連載して革新の狼煙をあげ、翌二十六年に「芭蕉雑談」を発表、俳諧宗匠が崇めた俳聖芭蕉像を否定するとともに、「連俳は文学に非ず」（「芭蕉雑談」）と暴力的な宣言で江戸期以来の俳諧観に終止符を打った。

歴史の闇に埋もれた与謝蕪村の魅力に気づき、芭蕉以上に蕪村を礼讃し、俳壇の重鎮たる宗匠を全く評価せず、二十代前半の碧梧桐や虚子こそ明治新時代に福音をもたらす俳人と絶賛した彼は、「写生」を打ち出して近代文学として俳句を再生させた……これらが伝説的なのは、子規は約五年間で江戸後期以来の俳諧観を破壊し、新しい俳句像を創出した点である。あまりに鮮やかで、しかも俳句史が彼の預言通りに発展したため——今なお多くの俳人に影響を及ぼしている——、私たちは子規に英雄の相貌を見出し、輝かしい物語として語るようになった。

しかし、本当にそうなのだろうか。明治期の資料を読むと、子規の考えが瞬時に広まり、俳壇の宗匠達を畏怖させたとは思えず、むしろ子規の存在など知らず、江戸期以来の俳諧観を愉しむ人々が多かったかに感じられる。子規の蕪村発見も明治俳句の輝かしい一頁として語られるが、子規以前に蕪村を評価した宗匠も存在した。「写生」も洋画を比喩に語られることが多いが、絵画と俳句における「写生」の意義や、その新しさは異なるはずだ。では、子規の「写生」はいかなる点が斬新だったのか……意外に分からないことも少なくない。

まずは俳人子規の人生の概略を踏まえ、それから蕪村や「写生」について、また子規に影響を受けた俳人たちについて考えてみよう。

2 弟子から見た子規

河東碧梧桐（一八七三〜一九三六）と高浜虚子（一八七四〜一九五九）は子規と同郷で、子規門の双璧とされた俳人である。ともに十代の頃から子規を見知り、彼に憧れて文学者を目指し、また子規も二人に強く期待した。兄貴分として彼らを導こうと何くれとなく指導し、時に衝突もしつつ、彼らは一丸となって俳句革新を推進したのだ。子規は早くに病没したが、後に二人は昭和期まで活躍しただけでなく、両者の活動はそのまま俳句史の道程となった。
晩年、碧梧桐と虚子は次のように振り返っている。
・子規に対する畏敬崇拝の念は少しも渝《かわ》らない。（碧梧桐『子規の回想』〈昭南書房、昭和十九年〉）
・私といふものを作りあげてくれたのは、子規であつたと言つてゐゝかと思ふのであります。（虚子『虚子自伝』〈菁柿堂、昭和二十三年〉）
三人の間にさまざまな思惑や屈託が交錯し、時に疎遠に、時に腹を割って語りつつ、それでも途切れなかった人間関係を思い出しつつ、老境の碧梧桐と虚子は子規への尊敬の念を忘れなかった。それは単なる感謝や崇拝のみではあるまい。二人は晩年になるにつれ、宿命の重みに近い何かを、そして子規の凄みをしみじみと感じるようになったのではないか。

俳人子規に最も近い場所にいた碧梧桐と虚子が彼に何を見て、何を感じたか、そのいくつかをたどってみよう。

＊

碧梧桐と虚子が子規に抱いたのは、まず憧憬であった。子規は慶応三（一八六七）年、碧梧桐は明治六年、虚子は明治七年生まれで、三人はともに松山で生まれ育っている（虚子は一時期市街を離れ、風早郡で育った）。碧梧桐は幼少時より子規の噂を聞いており――「父はよく、若いのに出来る男だ、二つも三つも上の兄友達にひけをとらない、と言つて感心してゐた」（碧梧桐『子規を語る』〈汎文社、昭和九年〉）――、子規を見かけた折は「自然に頭が下がるやうな気がしていた」（『子規を語る』）という。子規は幼い頃から漢学に優秀で、中学生になると土佐の自由民権運動の改革の熱気にも感化されるなど、次第に勉学と立身出世を夢見るようになり、東京へ旅立つ（明治十六年）。その後、碧梧桐は子規が帰省した折に家を訪れ、ともにキャッチボールをした後に西瓜を食したり、彼から「文学(literature)」や発句の話を聞くなど「文学」への関心を高めつつあった。

かたや虚子は、伊予尋常中学時代に同級の碧梧桐を介して子規と交流するようになる。以前に松山の練兵場で子規らしき人物のバッティングを見かけたことはあったが、本格的に知り合うまでは至らなかったのだ。

中学生の虚子は「文学」に目覚め、碧梧桐にそのことを話すと、「同郷の先輩で文学に志しつゝある人に正岡子規なる俊才」（『子規居士と余』〔日月社、大正四（一九一五）年〕）が東京で学問をしており、自分は文通を交わす仲なので紹介しよう……となり、虚子は喜び勇んで碧梧桐に紹介を頼んだのである。

虚子、碧梧桐がともに子規に憧れたのは、彼が東京で「文学」を志したためである。明治二十二、三年頃、二人は尾崎紅葉や幸田露伴、村上浪六らの「小説（Novel）」に熱中し、露伴らの住む東京で「文学」を目指す子規はまばゆい存在であった。虚子は碧梧桐の紹介を経た後、憧れの先輩に「文学」の熱情を伝える。

小生大兄の高名を承る事久しく　河東兄の家に遊ふ毎に常に大兄の手書に接し恋々の情止む能はず（略）小生もとより不才無識と雖も一点の熱心は文学界を通じて走る矣（以下略）

（子規宛虚子書簡、明治二十四年五月二十三日）

書簡を受け取った子規は、松山の後輩に丁寧に返事をしたためた。もちろん、碧梧桐からの手紙にも長文の返礼を欠かさない。二人は小躍りし、「これから河東君と余は争つて居士に文通し、頻りに文学上の難問を呈出《ママ》」（虚子『子規居士と余』）するようになる。

文通を重ねるうち碧梧桐と虚子の憧憬の念はいつしか「文学者子規」と具体的な形をとり、それが実現する日を当然のように信じ、焦がれるようになった。

3 失望

しかし、期待は失望に代わる。明治二十五年の年始に碧梧桐と虚子は子規の小説執筆を手紙で知り、「御草稿は虚子及び私両人だけには御示し下されたく是のみ手を合して拝み奉り候」（子規宛碧梧桐書簡、明治二十五年一月二十三日）と完成を待ちこがれた。

当時の二人は知るよしもなかったが、子規が小説を書いたのは理由がある。彼はすでに結核に冒され、余命長くないことを痛感しており、帝国大学で学業に勤しむより小説家として名を成し、早く世間に出て金銭を稼ぎたいと焦りに似た野心を抱くようになった。子規は心中ひそかに退学を決意し、明治二十四年末から翌年の年始にかけて小説を書き続ける。

明治二十五年は駒籠《ママ》の奥に一人住所の新年を迎へたり。家一軒借りて其中に動く者はおのれ一人、表には「来客ヲ謝絶ス」と貼り札して十四畳の間は置巨燵を中にしてありたけの書籍は踏み処も無く出し拡げたり。

（子規「新年二十九年度」、「日本人」明治二十九年一月五日号）

大学生だった彼は寄宿舎を引き払って下宿し、来客謝絶で勉学に勤しむと思いきや、小説「月の都」を書き上げるためだった。

「末は博士か大臣か」と謳われた大学の学業を放擲しかねない勢いに郷里の親族は驚き、特に叔父藤野漸は手紙で叱責する。子規は「叔父上様ヨリ御叱り之ほどをも知り銘肝仕候（略）母上様の事などいはれて見れば私も実に千万無量」（明治二十四年末の子規書簡）と後見人の大原恒徳に平謝りの手紙をしたためた……とはいうものの、同じ書簡で「未ダ曾て此葉書（＝藤野漸、引用者注）見たる時ほど腹の立ちしことハ無御坐候」と逆に怒る有様だった。大学に興味を持てず、結核に冒された身としては文学熱の高まるまま小説家たらんと欲したのであり、頭ごなしに叱られた子規は面白くなかったのだろう。

郷里の後輩の期待を集めつつ、来客謝絶までして小説を書きあげた子規は私淑する幸田露伴を訪ね、評を仰いだ。しかし、露伴は出版が難しいことを告げる。「文学者＝小説家子規」の夢は、後輩に「僕ハ小説家トナルヲ欲セズ　詩人トナランコトヲ欲ス」（虚子宛子規書簡、明治二十五年五月四日）と苦痛に満ちた文言を伝えた後、あっけなく消え去ってしまった（その後、子規は帝国大学を退学して日本新聞社に入社し、俳句に没頭するようになる）。

先輩の意気消沈する姿に対し、碧梧桐と虚子が抱いたのは「子規の創作に対する私達の幻滅的な失望だつた。（略）あの程度のものなら……と言つた驕慢な自信も芽ぐんでゐた」（碧梧桐『子規を語る』）という。そのためか、碧梧桐は「我こそ小説家に！」と露伴に自作の紹介を子規に依頼するなど、鼻息荒く「文学者」の野望を募らせる日々だった。

この時期、虚子は松山を離れ京都第三高等中学校に入学し（明治二十五年九月）、碧梧桐も遅れて明治二十七年に京都の中学校に入り、二人は同居して「文学」への情熱を燃やし続ける。学業への関心が薄れる中、折しも学制改革のため京都の中学校が解散となり、両人は仙台第二高等中学校に転校した。校風の変化と規律の厳しさに嫌気がさした碧梧桐と虚子は退学を決意、東京の子規へ報告するとともに矢継ぎ早に自作小説の評を仰ぐなど、血気に逸る日々を送っていた。

しかし、東京から届いたのは「先ず学校はやめぬ方がよきかと存候」（碧梧桐宛子規書簡、明治二十七年十月二十九日）という冷静な意見であり、次のような作品評であった。

両兄の作を見て非常に其の拙に驚きし（略）虚子兄の作は趣向浅く　碧梧兄のは文章尤も拙也
（碧梧桐・虚子宛子規書簡、明治二十七年十一月二日）

子規は二人の「拙」に対し、正面から鉄槌を下したのである。

4 冷たさと責任

子規はそれまでも碧梧桐や虚子の小説を叱責したことはあった。しかし、彼らが退学を決意した際には「拙」を容赦なく責め、二人が忠告を聞かず退学して東京へ出た後は、両人の甘さに辛辣な忠告を浴びせ始める。

碧梧桐と虚子が身にしみて感じたのは、子規の「メスで抉るやうな冷たさ」（『子規を語る』）だった。手紙を読んだ碧梧桐は「今までに経験しなかつた子規といふ人の恐ろしい一面に戦慄」し、また虚子は「のぼさん（＝子規の愛称、引用者注）はあれでシンは冷たい人」（以上、『子規を語る』）と沈鬱な表情を浮かべるなど、二人は背筋に汗がしたたるのを感じた。

子規の鉄槌はそれのみで終わらない。ある時は「例の皮肉な調子」（『子規居士と余』）で虚子の文章の拙さを責め、恋路に迷う碧梧桐を「心に冷笑」するなど、「慢心に鼻を高めてゐた青年」達を「底を抉ぐる皮肉」（以上、『子規を語る』）で執拗に批判し、「文学」の勉学に励むよう訓告を続けたのである。

子規が手厳しく二人を責めたのはなぜか。若さに任せた無軌道な二人と距離を取りつつ、たまに苦言を呈する程度で良かったかもしれないが、子規には事情があった。碧梧桐は次のように回想する。

一時の怒りに乗じて鉄槌を喰わしたものの、さて面と向つては、今までの兄らしい親身な友情も湧いて、迷うてきた小羊を憐む心にもなつてゐたかも知れない。また昔の無我な子供と違つて、自我意識の下に動かうとする我儘な青年を、どう教導すべきかに、重い責任を感じていたでもあらう。（略）子規にとつて大事な二人が、子規の大学退学と形の相似た行動をとつたのであるから、私達二人の前途の事を患える以外に、対世の中の子規の立場もかなり苦しいものがあつた。私の中兄は、どこまで正岡をまねるのか、と言ってその不心得を慨嘆してきた。当時の子規の心情は、恐らく複雑な、もつれた糸を解くやうな、いらいらしたもどかしさで一杯であつたであらう。

（『子規を語る』）

「文学」を志して帝国大学を退学し、新聞社員になった子規を追うように同郷の後輩二人が「文学」のため学校を辞め、東京に押しかけてきたのである。郷里の人々には子規の悪影響に眉をしかめた者も多いであろうし、何より子規が「重い責任を感じていた」に違いない。それゆえの苦言であった。

実際、子規は碧梧桐の兄に次のように手紙を送っている。

世人或は此事を以て愚生の致す所となすが如き観これあり　少しは迷惑なれども言訳は何の役にも立つまじく候へば　小生より大兄に向つてもおわび申すより外は無之候（略）愚生の考へにて此上独立してつまらぬ労役に服しなどせられ候よりは矢張専門学校か又は大学の予科に入学なされ候上　御修行ある方よろしからんと存じ候

（竹村鍛宛子規書簡、明治二十七年十一月九日）

子規は東京に出てきた二人を自宅に置こうとしたが、部屋が手狭のため碧梧桐のみ引き取り、虚子は同郷の新海非風宅に居候することになった。二人は子規の忠告を聞きいれて再入学するわけもなく、やがて同居を始め、「退廃的生活」（『子規を語る』）を繰り広げる碧虚コンビが復活する。

小説執筆に燃えるわけでなく、子規の勧めに従って古俳句を勉強するでもなく、「学校の日課又は職業の束縛から放たれた自由と、未来の大文豪を夢見てゐた首途の誇りを完膚なく打挫かれた自棄的心理」（『子規を語る』）に身を任せたまま、惰性のように俳句を詠むのみだった。しかも「のぼさんが我々をヤクザ者扱いにするやうで、少々不平でないこともなかった」（『子規を語る』）というのだから、子規も手の施しようがない。

5 「エライ」

責任を感じて焦る子規、かたや自堕落な暮らしを続ける二人。双方が平行線をたどる中、時は日清戦争のさ中であった。以前より期するところのあった子規は従軍を決意し、不甲斐ない後輩二人に遺書と見まがう決意文を渡し、大陸へ旅立ってしまう。碧梧桐と虚子はぼう然とし、「のぼさんはやはりエライ」（『子規を語る』）と嘆息したのも束の間、子規は従軍の無理が祟り危篤状態に陥り、神戸に送還されてしまった。

子規は一命を取り留めたが、余命短いことを痛感した彼は虚子を「文学」上の後継者とすることを願い、退院後に虚子に告げるが、虚子はきっぱり断った（明治二十八年）。子規の申し出に重圧を感じ、また自分を「居士の意のままに取り扱ひたいと考へたこと」（『子規居士と余』）に反発を感じたためである。

子規はなぜ碧梧桐より虚子を後継者にしたかったのだろう。彼は友人にあてた長文の手紙で次のように吐露している。

> 碧梧虚子の中にても碧梧才能ありと覚えしは真のはじめの事にて　小生は以前よりすでに碧梧を捨て申候　併し虚子は何処《ママ》やりとげ得べきものと鑑定致し又随てやりとげさせんと存居種々に手を尽し申候（略）此相続者のたしかなる事は小生自ら人を鑑定することの明を有せりと自ら恃み居りし心にて相分り可申（後略）　（五百木飄亭宛子規書簡、明治二八年十二月十日頃）

子規の「鑑定」の内実は、後世の私たちには推測の域を出ない。ただ、彼は碧梧桐を何をしでかすか分からない、事業を拡げる際の進退や人間関係の機微などに不安面があると見た節がある。

> 薄弱なる彼（＝碧梧桐、引用者注）の脳漿は平和なる時沈静し居る時に当りて初めて用を為す

べし。一たび外部の刺激に逢へば脳漿忽ちに混乱すべく、混乱して後は殆ど狂の如く愚の如し。（略）碧梧桐の頭脳の不規則なる発達を為すに反し、虚子は推理的の智識によりて秩序的の進歩を為すを常とす。

（子規「文学」、「日本人」二十九号〈明治二十九年十月〉、三十一号〈明治二十九年十一月〉）

子規が両人の句を評した一節である。無論、これは人物評でなく、彼らへの叱咤激励を兼ねての一文でもあるが、碧梧桐評には引用文以外にも辛辣さを帯びた調子が見え隠れし、作品分析を通じて性格のありようを批判した観がある。かたや虚子評には配慮が見られるが、これは後継者云々の件への気遣いがあるとしても、子規はやはり虚子を愛し、才能も含めて人物を買っていたことが大きいのではないか。

嘗て碧梧桐君は「居士は虚子が一番好きであつたのだ」と言つた。居士が最後の息を引き取つた時、枕頭に在つた母堂は折節共に夜伽をせられてゐた鷹見氏の令夫人を顧みて「升は一番清さんが好きであつたものだから、なにかといふと清さんにお世話になりました。」と言はれた。

（『子規居士と余』）

虚子は子規のみならず、夏目漱石のように神経質な人間とも親交を結びえる性格だった。後に「ホトトギス」を率いて多くの俳人と交わった際も、如才なく付き合いつつ「ホトトギス」を発展させた器量の持ち主で、子規は虚子のそのような人柄に惹かれ、後継者としての素質を看たのかもしれない（詳細は省くが、句作の才能も碧梧桐より虚子に感じた可能性がある）。

その虚子に後継者を断られたため、子規は絶望の淵に追いやられる。「今迄も必死なり　されども小生は孤立すると同時にいよ〳〵自立の心つよくなれり　死はます〳〵近きぬ《ママ》　文学はやうやく佳境に入りぬ」（前掲、五百木瓢亭宛子規書簡）と焦燥にかられながら決意を固め、命あるうちに既成の俳句観を根こそぎ改革しようと俳句革新に本腰を入れはじめる。

6 斬新な理論

ただ、俳句革新には問題があった。革新とは否定そのものが目的ではなく、新時代の俳句観をいかに提示するかが重要である。それを論とともに作品で示す必要があった。その際、子規が斬新な句を量産できればそれに越したことはないが、実際には困難だったらしい。

その多くの製作（＝子規の句作、引用者注）が示すやうに、議論では月並として排除する卑俗な思ひつき、頓知の旧習に累《わずら》いされてゐた。

（『子規を語る』）

碧梧桐や虚子からすると、子規の句には「月並」に近い作風も多々あったのである。

しかし、明治の新調と称すべき句を縷々吐きはじめた俳人が子規の周囲に突如現れる。意外にも碧梧桐と虚子であり、不勉強で怠惰と思われた二人が――あくまで子規がそう感じたのであり、余命を意識して必死に勉強した彼にすれば多くの知人がそう見えただろう――、子規よりはるかに斬新な作品を詠みはじめたのだ。この時の子規の心境を、碧梧桐は次のように推測する。

「何も出来やせん」と小僧扱ひしてゐた者が、自分には思ひも及ばぬ――その癖どうかして皆を驚かしてやらうと思つてゐた――方向に先鞭したのだから、むしろ瓢箪から駒の出たやうな奇蹟的な驚きを感じねばならなかったのだ。（『子規の回想』）
これが憶測でもなさそうなのは、子規は実作で碧梧桐、虚子らに引け目を感じ、時に漏らすことがあった。「俳句作る上に於ては貴兄等は実に旨い　たとへ第一流の佳句といふ者は少いとしても全体が活きて居る　第一流の佳句も無論多いやうだ　其点になると小生は慚愧千万だ　実に煩悶に堪へぬ」（虚子宛子規書簡、明治三十一年七月一日）。虚子への配慮があるとしても、子規の実感であったろう。
いずれにせよ俳句革新に見合う句を模索する子規にとって、碧梧桐と虚子の新調は「瓢箪から駒」であり、子規は人知れず彼らの句に注目した。そして、二人の作品がいかに斬新かを論にまとめ、一気に公表したのが「明治二十九年の俳諧」（新聞「日本」明治三十年一～三月）である。子規は碧梧桐と虚子の句調を「消えなんとする燈火に一滴の油を落したるもの」と絶賛し、例えば碧梧桐句を次のように評した。
印象明瞭とは其句を誦する者をして眼前に実物実景を観るが如く感ぜしむるを謂ふ。（略）
赤い椿白い椿と落ちにけり　碧梧桐（他句略）
椿の句の如きこれを小幅の油絵に写しなば、ただ地上に落ちたる白花の一団と赤花の一団とを並べて画けば則ち足れり。（新聞「日本」明治三十年一月四日）
「赤い椿」句を「印象明瞭」と評した有名なくだりで、それは作者すら思いもよらない名解釈だった。碧梧桐と虚子は、「明治二十九年の俳諧」のような論を構築する子規の力量に感服する他なかったという。

我々が無我夢中で作つたものに、ある論理的な根拠を与へる、名医の診断に類した批評にはいつも頭が上がらなかつた。そんな風に見るものか、と我々の茫漠とした頭に、画然たる道路を貫くやうな明快な理論は、ありやア升さんの専売ぢやな、で側へもよりつけなかつた。

（『子規の回想』）

碧梧桐たちが驚いた「明治二十九年の俳諧」は、句評や発想、論展開に至るまで従来の俳諧観とことごとく異なっていた。例えば、作者の碧梧桐も考えつかなかったという「赤い椿白い椿と落ちにけり」の評について考えてみよう。

この句は、大勢を占める宗匠やその弟子たちからすると素人の凡作に近かった。「椿」は次のように詠むのが普通だったためだ。

①ひとさかりよふ程赤き椿かな　友　知（「俳諧明倫雑誌」百五十号、明治二十七年）
②落てすら花の崩さぬつはき哉　頼　水（『俳諧一万集』、明治二十四年）
③雨だれの音にまじるやおち椿　只　交（「俳諧友雅新報」二号、明治十三年）
④是が皆この木のはなかおち椿　月　庭（『正風俳諧発句集』、明治二十八年）
⑤掃よせて又見る花や落椿　（無署名）（「風雅の栞」二十三回、明治二十九年）
⑥蜂も来てともに落たる椿かな　大　堂（「俳諧温故新誌」七十八回、明治二十二年）

通常は「椿」が落ちたことのみ詠むのではなく、趣向やひねりを加えるものだった。『椿』の鮮やかな赤色を「よふ程赤き」と興じたり（①）、他の花と異なる椿独特の風情、つまり花弁を散らさずそのまま落ちるさまを愛でる（②）。落花時に大きな音がするのも特徴で、「雨だれの音」にまじりながら部屋まで聞こえるほどであり（③）、また生い茂る葉陰に隠れて見えなかったが、落花してその数の多さを知るのも「椿」らしい（④）。落花後も見ごたえある椿を「掃よせて又見る」趣向（⑤）、また「蜂」もろとも「椿」が落ちるのも定番の詠みぶりだった（⑥）。当時の諸俳誌にはこれらのパターン化された「椿」句が膨大に載っており、類型的な作風が人気だったことがうかがえる。

①〜⑥を俳句と信じる俳人にとって、「赤い椿白い椿と落ちにけり」は俳句らしい趣向を――漢詩や和歌、小説と異なる表現法や滑稽味、風流感など――放棄した作品、つまり句作の技巧を知らない素人が見たままを詠む「ただごと」に近かった。定番の詠みぶりを素通りするような作品なのだから、俳句ではないと首を傾げる俳人も多かったはずだ。

「椿」句のような作品を称賛し、盛んに詠み続ける子規派に対し、当時は次のような皮肉も寄せられた。

> 自然を愛し細工を許さず、而して往々平凡に了る。是近時の達人の作句なり。
>
> （角田竹冷「聴雨窓漫話」、「秋の声」一号、明治二十九年）

「自然を愛し」云々から察するに、子規たちを揶揄した一文であろう。しかし、子規は①〜⑥のような趣向を素通りした「平凡」ゆえに碧梧桐句を絶賛したのである。

7 「赤い椿」句は規格外の作品

「赤い椿」句を絶賛する「明治二十九年の俳諧」が当時の俳句らしさといかに異質だったか、次のような俳人像に置きかえて考えてみよう。

それは結社に入り、日々の句会や行事等に参加し、毎月の俳誌に投句する、ごく普通の俳人である。彼らは主宰に多く句が選ばれたり、俳句大会で特選になるなどして周囲の人々に称賛され、俳人として認められることを実感する。自身の作品が雑誌や句会等で多く選ばれるほど、句作が上達したと感じるのだ。

主宰に認められたい、多くの選に入りたい、句会や行事等で称賛されたい……それには結社主宰や各行事等の選者の価値観を分析しつつ、対策を練って句作に励むのは自然であろう。このような道を歩む時、主宰や選者らが信じる「○○といえば○○」という句作パターンに習熟し、洗練させる方向に進むのも当然のことだ。諸俳誌や各大会が持つ俳句観に沿いつつ、選に入りやすい――つまり俳句として認められやすい――傾向に精通するほど、投句する側の俳人は定番の発想から大きく外れることを恐れるだろう。「○○といえば○○」という類想を全く無視したり、それを揺るがす挑戦的な作品は選に入らない上、周りからは奇妙な句と見なされるためだ。

「椿」句でいえば、仮に赤椿と白椿の落ちるさまを目撃し、頭中に「赤い椿白い椿と落ちにけり」と浮かんだ場合、普通はそこから趣向を加え、表現をひねるなどして俳句らしさを醸し出すはずだ。焦点を定めるため、白椿を消して「赤椿はまるでお日様に酔って落ちたかのようだ」と椿の鮮やかな色を誇張したり、「虻が来て花とともに落ちた」と滑稽味を出すのもよい。「私は俳句らしいひねり方や趣向を知っており、風流を解する俳人です」と読者に伝えねばならないのだ。それができれば作者と読者は俳句らしいイメージを共有し、「確かに「椿」を詠んだ俳句ですね」と安心しあえる。選ぶ責任が生じる選者は、俳句として説明しうる句を選べば疑念や批判を寄せられる心配もなく、選句結果を受けとる投句者たちも納得しやすい。

これら一切を批判したのが、子規だった。彼は「私は俳句らしい表現を知っています」と強調する趣向やひねりを否定し、毎月のように類型や定番の詠みぶりが発表され、称賛される状況を月並と強く非難したのだ。

子規が絶賛した碧梧桐の「赤い椿」句は、誰もが俳句と信じる①〜⑥の詠みぶりを無視した上、何らひねりも趣向も施さず、「赤い椿、白い椿と落ちた……」と小さな風景のみを詠んで句を終わらせた。しかも無内容に近いため、なぜ作者がそれを眺めていたのか、分かるようで分からない。不思議なまでに謎めいた、単純な句といえる。

しかし、普通の俳人や宗匠たちには①〜⑥のように詠む「椿」句こそ俳句で、碧梧桐のような作品は「平凡に了る」（先の竹冷評）素人の作に感じられたに違いない。

彼らが碧梧桐句の上五（冒頭の五文字）「赤い椿」を目にした瞬間、①のように鮮やかな赤色をひねる可能性を期待しただろう。しかし、句は「赤い椿」の色彩に言及せず、「白い椿」と重ねて提示する。意外な展開で、どうなるかと読み進めると、「赤い椿白い椿と」とある。「と」を見た読者は、下五（末尾の五字）で「赤い椿白い椿」にいかなるオチを付けるか、つまり①〜⑥に近いひねりを想定したはずだ。ところが、句は「落ちにけり」とのみ告げ、あっけなく作品を閉じてしまった。このような子規派の句に同時代俳人は肩すかしに近い印象を抱いたのであり、「平凡」と皮肉の一つも言いたくなったのだろう。

子規からすると、それゆえ「赤い椿」句は斬新であった。多くの俳人が俳句と信じる①～⑥を素通りした点がむしろ新鮮で、季語と五七五を遵守すると見せかけつつ、全く俳句らしくない内容がユーモアすら帯びた意外さを漂わせる。加えて、小幅の「油絵」を想わせる情景のみ想起させ、それ以外に何ら連想させない単純な情景が斬新だったのだ。

「月並」句は作者が姿を露わにし、「風景」について解説を述べてしまう作品で、それもどこかで聞いた内容で新鮮味がない。むしろ無言で「風景」を指し示す方がよく、「句を誦する者をして眼前に実物実景を観るが如く感ぜしむる」（子規）だけでよい、というのだ。

子規が求めたのは、作者が黙って「風景」を指し示す句だった。作者は透明人間のように額縁を持ち、読者を額縁越しの「風景」へ誘い、追体験させる。その「風景」にいかなる意味があるかは読者が考えればよく、作者があえて述べずともよい。それは風流らしさを帯びた世界ではなく、むしろ内容や意図、因果関係が一見分からない、謎とすら思える雰囲気や感じが漂っていた方がよい……それが子規の俳句観であり、「写生」だったのだ。

「写生」とは類型や俳句らしさを前提としつつ、それらを踏みこえ、人々の常識や安心を揺るがすメタレベルの俳句像といってもよい。俳句大会での特選や主宰の選句に入ることを無上の喜びとする俳人には受け入れがたい価値観で、というより理解不能に近かった。

8 西洋思想の香り

子規の論は構成力や筆力もさることながら、彼以外にまず書けない斬新な内容や術語も散りばめられていた。彼がなぜそのような論を執筆しえたのか、秘密の一つは大学時代にある。

明治二十四年末、来客謝絶で小説執筆に勤しんだ時期はまだ大学に籍を置いており、授業は冬期休業中だった。年明けに休業が終わると、もちろん授業に出席しなければならない。子規は英語等の授業に出席するが身が入らず、大学から足が遠のきがちだったが、ある夜、友人の夏目金之助に「精神物理学」の受講を勧められる。

子規はノートもなく懐も寂しいと突っぱねるが、金之助がノートを買い与えて熱心に説くため、子規は授業に出る羽目になった。それはアメリカ帰朝後の元良勇次郎が教鞭を取る心理学講義で、生理学や哲学、審美学、社会学等が入りまじった最先端の西洋思想だった。

小説執筆で頭が一杯だった子規も興味を抱いたのか、「Perception（知覚）ハ sensation ノ少シ複雑ニナリシモノ」云々と熱心にノートを取るようになる。現在では一般的な「知覚」も当時は耳慣れない専門学術語で、「Psychology（精神物理学・心理学）」自体が渡来したばかりの学問だった。ノートには他にも「Impression（印象）」「Association（同伴）」と英語混じりで記され、訳語も日常でまず使用されない――「印象」という熟語は存在しても Impression の意味では用いられなかった――新奇な語彙ばかりだった。日本初の本格的な「主観的現象ヲ研究スル」（ノート）精神物理学は美学や哲学とも関連が深く、元良勇次郎はこれら西洋思想の概念を駆使して講義を進めた。子規もいつになく几帳面にノートを取り続け——講義が進むにつれ余白に落書きや俳句が増えたが——、最終的に「精神物理学」ノートは百五十頁近くに上った。

その後、子規の小説家への夢はあっけなく潰え、帝大を中退して日本新聞社に入社したのは先に見た通りだ。彼は新聞記事や俳句方面で名を挙げようと図るが、他記者を圧倒する政治等の知見や人脈があるわけでなく、俳壇でその道数十年の重鎮宗匠が無名青年の彼に注目するはずもない。子規は次第に苛立ちを覚え、江戸期以来の俳句観を無視した俳論を発表し始める。例えば、彼は俳聖と仰がれた芭蕉の傑作「古池や蛙飛びこむ水の音」を次のように否定した。

眼によりて観来る者は常に複雑に、耳によりて聞き得る者は多く簡単なり。古池の句は単に聴官より感じ来れる知覚神経の報告に過ぎず。

（『増補再版獺祭書屋俳話』〈日本新聞社、明治二十八年〉）

大部分の宗匠が見たことも聞いたこともない暴論だが、子規はあえて過激な否定をしてみせる。「知覚神経」は心理学や生理学の専門語で、内容ともども理解しえた俳句関係者はほぼいなかったろう。子規が芭蕉句を思いきりよく断罪しえたのは、「視官ハ第一等ノ精緻ヲ有スルモノ」（和久正辰『初等心理学』〈牧野書房、明治二十三年〉所収「感官及ビ官識」）といった西洋思想流の価値観を知っていたためで、つまり帝大時代の授業で聞きかじった学問を俳論に強引に持ちこんだのである。

「明治二十九年の俳諧」の碧梧桐句のくだりを改めて見てみよう。

赤い椿白い椿と落ちにけり　　碧梧桐
炉開いて灰つめたく火の消えんとす

妻の手や炭によごれたるを洗はざる　（他句略）

椿の句の如きこれを小幅の油絵に写しなば、ただ地上に落ちたる白花の一団と赤花の一団とを並べて画けば則ち足れり。（略）「炉開」と「妻の手」との二句の如き、些かの主観を交へたりといへども、その主観は複雑なる高尚なる主観に非ずして、目前の客観より直ちに無意識に連想し得べき主観的の観念なれば、これあるがために印象の明瞭を妨げず。（前掲）

論の要点たる「印象」は西洋心理学や洋画の専門術語「Impression」の訳語で――江戸期の「印象」とは意味が異なり、子規は「Impression」の訳として用いた――、耳慣れない用語だった。他にも「主観（Subject）・客観（Object）・観念（Idea）・連想（Association）」等々、いずれも哲学や美学、心理学といった西洋思想の専門語で、日常ではおよそ使われない言葉だ。

加えて、「油絵」という比喩も斬新だった。江戸後期や明治初期の宗匠の俳論は、浮世絵や南画を参照することはあっても、舶来の「油絵」を例に語ることはほぼなかった。

折しも「明治二十九年の俳諧」の発表時、帰朝した黒田清輝らがフランス印象派を想わせる洋画を発表し、「外光派」と呼ばれて話題になっており、「油絵」は最先端の「芸術（Art）」であった。子規はそれをいち早く句評に用いたのである。

子規は帝国大学等で最新の学問思潮を学んでおり、それら諸学問を俳論に応用した結果、他の宗匠らと全く異なる――帝国大学で西洋思想を学んだ宗匠はほぼ居なかった――価値観や論を示すことができた。「印象」「客観」等を駆使した「明治二十九年の俳諧」は、文章そのものが新時代の曙を感じさせる新鮮さを湛えており、この論によって碧梧桐と虚子は「碧虚」と称され、子規門の双璧として全国に知られることになる。
後に虚子は、「升さんの専売＝批評」には「独断家」の力強さがあり、その「独断がまづ正しかつた」（虚子『俳談』〈中央出版協会、昭和十八年〉）と述懐している。碧梧桐と虚子は、子規を比類なき批評家として畏敬の念を抱いたのだった。

9「とにかく偉かつた」

批評家として腕を振るう子規は、弟子の碧梧桐と虚子の不勉強を咎めつつ叱咤の鞭をふるう一方、彼らの句を新調として世に喧伝した。しかし、「碧虚」は俳人として名を馳せても「あまり勉強もしないでゐて、有名になつて、それで澄ましていたものだから、漸くいらいらしてきた居士は何かにつけて余らを罵倒し始めた」（『子規居士と余』）。碧梧桐と虚子は、子規の望む勤勉な弟子になることはなかったのだ。

この時期の子規は脊椎カリエスが進行し、腰部にいくつもの穴が開き、膿がとめどなく流れる凄惨な病状に陥っている。激痛で身体の向きを変えるのも難しく、繃帯を取り替える時は絶叫するほどの痛みで、高熱に襲われることもたびたびだった。並の人間ならば療養に専念したり、自棄になるところだが、子規は仕事量を減らすどころか増やし続け、大量の作品や論を発表し続けていた。

身体を思うように動かせないため、原稿用紙に文字を記すのが難しく、熱が三十八、九度と下がらないことも増える……そういう病状の中、彼は何とか仕事を進めようとする。

夜は纔《わずか》に更けそめてもう周囲は静まつてゐる。いくらか熱が出て居るやうでもあるが毎夜の事だからそれにも構はず仕事にかゝつて居る。けれども熱のある間は呼吸が迫るので仕事はちつともはかどらぬ。それのみでない蒲団の上に横になつて、右の肱をついて、左の手に原稿紙を持つて、書く時には原稿紙の方を動かして右の手の筆の尖へ持つて往てやるといふ次第だから、只でも一時間か二時間かやると肩が痛くなる。徹夜などした時は、仕事がすんでから右の手を伸ばさうとしても容易に伸ばす事が出来んやうになつてしまふ。今日も昼からつゞけざまに書いて居るので大分くたびれたから、筆を投げやつて、右の肱を蒲団の外へ突いて、頬杖をして、暫く休んだ。

（子規「ランプの影」、「ホトトギス」明治三十三年一月号）

子規は熱を感じつつ、寝たきりのまま「昼からつゞけざまに書いて居る」。筆を持つ右手が容易に動かないため、左手で原稿用紙を動かして文字を書きつける作業を繰り返す。激痛と高熱に苛まれる病人が日々行っていたというのだから、その精神力たるや信じがたいものがあった。

病床の子規は常人以上の仕事量をこなし、徹夜も一度や二度ではなかった。先ほどの「ランプの影」と同年に催された蕪村忌の前日も徹夜したらしく、大阪から駆けつけた青木月斗は次のように記している。

縁へ出て顔を洗ふ、空は晴れ〳〵としてゐて心持がすが〳〵とする、襖をあけて、朝の礼をすると、子規子は少し起き直つて『新聞など見給へ』と沢山な新聞を見せられた、（略）子規子は昨夜あれから寝られぬ様子である、思ひ出しても、ぞつとする、健全な者でも堪へ難いのに、二晩の徹夜、それに今日の蕪村忌、嗚呼神のやうである、子規子はそ知らぬ顔して、さはやかな調子である。

（月斗「師走日記」、「車百合」明治三十三年四月号）

子規は「二晩の徹夜」を重ねて仕事をした後、蕪村忌に臨んだという。「健全な者でも堪へ難い」ことを重病人が「さはやかな調子」で行うのだから、月斗は畏怖に近い感情を抱いたようだ。

余命少ない子規は必死だった。病臥と高熱に苦しめられながら仕事を猛烈にこなし、怠惰な弟子の碧梧桐や虚子らに見切りをつけるなど夢にも思わず、時に癇癪を爆発させつつ懇々と諭した。その子規のありようを、後年の虚子は次のように解している。

弟子や子分は気儘である、浮気である。決して師匠や親分が思つてゐる半分の事も思つてゐやしない。その弟子や子分の思い遣りのない我儘な仕打に腹を立てて、一々それに愛想をつかしていた日には一人は愚か半人の弟子もその膝下に引きつけておくことは出来ないのである。為すある師匠、為すある親分はその点に於て執着――愛――を持つてをる。たとひ弟子や子分の方から逃れやうとしても容易に其を逃しはしない。（略）居士はかりにも自分の門下生となつたものは一人も半人もこれを手離すに忍びなかつたやうである。之は居士の愛が深かつたともいへる。居士の欲が突張つてゐたともいへる。いずれにしても見様言様《みやういひやう》である。

（『子規居士と余』）

碧梧桐や虚子がいかに「気儘」であろうと、子規の「執着＝愛」は彼らを手放さなかった。それは友愛や倫理観というより、「蜘蛛の糸にからめとられた昆虫のやうに」（虚子『俳句の五十年』〈中央公論社、昭和十七年〉）感じられる「執着＝愛」だったのだ。

かくも深い「執着＝愛」で弟子を激励し、全俳壇を敵に回して革新を断行した子規は、次のような境遇の人物だったことを忘れてはなるまい。

食後には、たいてい果物をとつた。柿時分、蜜柑時分、時には林檎、梨などその顔を見ないことはなかつた。柿は中でも好物であつたと見えて、樽柿が出はじめると、午後のおやつにも二つ三つ、いかにも食ひ足りなさうに食べた。（略）奈良の御所柿、岐阜のふゆ柿、さういふ高級品でないと、などといふ贅沢は言はなかつた。言はなかつたのでなくまだ知らなかつたのだ。東京で一番うまい安物の樽柿で満足してゐたのだ。

柿ばかりではない、食べもの丶贅沢といふことを知らない書生気分で終始したのだ。食べもの丶贅沢を知るまで生きていなかつたし、懐ろも乏しかつたのだ。

（碧梧桐「のぼさんと食物」、『子規の回想』所収）

子規は病床に縛られて数年を経ていたが、食欲が衰えることはなかった。特に果物が好きで、「病気になつて全く床を離れぬやうになつてからは外に楽みがないので、食事の事が一番贅沢になり、終には果物も毎日食ふやうになつた」（子規「くだもの」、「ホトトギス」明治三十四年三月号）。もはや足腰が立たず、動けない彼のほぼ唯一の道楽が果物だったのだ。

この時期の彼は日夜激痛と高熱に呻きながら高名な俳諧宗匠を名指しで批判したり、「貫之は下手な歌よみにて古今集は下らぬ集にてこれあり候」（子規「歌よみに与ふる書」、新聞「日本」明治三十一年二月十四日）と和歌界全体を敵に回して一歩も退かないなど、俳壇と歌壇双方を丸ごと変質させようと獅子奮迅の働きをしていた。その革命児が高級品の柿を求めるほど金銭の余裕もなく、というより気にもせず——奈良旅行では御所柿を食したが、日常生活では口にしなかった——、「東京で一番うまい安物の樽柿」を無上の贅沢と感じたのだった。

またある時、弟子達が病臥の子規を喜ばせようと金銭を出しあい、月々の小遣いを彼に渡すことにしたという。その時の様子を、碧梧桐は次のように回想する。

病床の上へ、木綿の財布をつるして、その小遣ひを眺めては楽しんでゐたこともあつた。われ〳〵が行くと、けふは僕の小遣ひでおごるから、何でも好きなものを注文おしよ、などうれしさうにいふのだつた。そんなに、余計な小遣銭を持つことが楽しみなのかと驚きもし、何やら涙ぐましくもあつた。ちょうどそこへ、よか〳〵飴屋が、鉦太鼓ではやして来たのが裏戸近くにきこえた。早速、財布から何ほどかを出して、大急ぎで買はせにやつた。そして、アヽいふ振売りものは、滅多にかういふ奥へはいつて来ない、何だかのびやかで、きいてる気持のいゝものだ、奨励のために買つてやると、また来てくれるけれな、と言つて、奨励のために串ざしの飴もたべた。

（「のぼさんと食物」、『子規の回想』所収）

病床の子規は、小遣いの入った「木綿の財布」を楽しそうに眺める。それで何を買おうかと想像できるのが愉快なのだ。折しも「よか〳〵飴屋」――派手な着物で太鼓を叩いて唄を歌いながら飴を売る行商――が家の裏手を通ったため、子規は「財布から何ほどかを出して、大急ぎで買はせにやつた」。「奨励のために買つてやると、また来てくれる」と考えたのだ。さも一大事であるかのように弟子に小銭を握らせ、今後の「奨励のため」に大急ぎで飴を買いにやらせたというのが何とも彼らしい。

子規の家は表通り沿いではなく、やや奥まった路地にあった。そこに珍しく入ってきた「よか〳〵飴屋」の唄を聞き、「のびやかで、きいてる気持のいゝもの」と喜ぶのは、外出できずに病臥のまま数年が経っていたためだ。

そして明治三十五年を迎え、病人にはことのほか暑い夏になった。

やがて夏になつた。扇風機などない時代だから、余り人力を要しない、金のかゝらない、起風器はないだろうかゞ話になつた。根岸で有名な美術床屋――主人がもと浅井黙語らの友達であつたとかいふ――に、天井に吊した起風器があつて、弟子が垂れた紐を引くと、身体一面を大きな団扇で煽ぐやうに風が来た。横長い胴につけた、切れ地の垂れが前後に揺れる仕掛なのだ。この構造を大体見覚えてきて、竹の骨組から、ヒダのはいつた下の垂れまで、変テコな不格好なものではあつたが、それをどうやら病室の天井にとりつけた。輪車を通した紐を、お律さんが病人の足もとに座つて引いたり緩めたりされる。「団扇であをがせるやうなものぢやアない」と、私の功名になつた。子規はそれに「風板」の名を与へた。（略）

私はいつまでもあの不細工、不手際な風板の格好を忘れることができない。またその風板の風を浴びながら、「病床六尺」や「ほとゝぎす」の原稿にと、何かを口授筆記させる時の、さもご機嫌らしい子規の様子を忘れることができない。

（碧梧桐「風板」、『子規の回想』所収）

その夏、碧梧桐らは子規の病室に「起風器」を備えつける。それは「変テコで不格好な」手作りだったが、子規はことのほか喜び、涼風を愉しみつつ原稿を口授筆記させたという。亡くなる二ヶ月前のことだった。

六畳間の貧しい病室に縛りつけられながら俳句、短歌、文章に革命を起こし、弟子に「執着＝愛」を注ぎ続けた子規は、張りぼての竹細工が起こす涼風に相好を崩し、数十日後に亡くなった。明治期から大正、昭和期を生き、数多くの体験を経た碧梧桐と虚子は、往時の子規をどのような心情で思い出しただろう。

それを一言で示すには、彼らはあまりに多くの感情を味わったのではないか。憧れの先輩、小説家を断念した挫折者、冷笑を浮かべる病人、実作のふるわない超一流の批評家、癇癪持ち、傲慢、弟子を執拗に「愛」する親分……そして安物の柿を無上の愉しみとし、路地に入ってきた行商の飴を急いで買いにやらせ、死の二ヶ月前に「不手際な風板」の涼風に機嫌を良くしながら原稿を筆記させた、貧しい書生。その生きざまに接し続け、彼亡き後も文学者として過ごした碧梧桐と虚子がその印象を問われた際、結局は寸言しか吐きえなかったであろう。

・虚子、碧梧桐なくとも子規はあつたであらうが、子規なくんば虚子、碧梧桐は無かつたかも知れなかつた。（碧梧桐『子規の回想』）

・とにかく偉かつた。年齢の相違もあつたが、皆頭があがらなかつた。（虚子『俳談』）

老いを迎えた碧梧桐と虚子は、一言ではいいつくせない間柄だった子規との往時を、そして子規没後に歩んだ自らの人生を――決して順風満帆ではなかった――振り返りつつ、万感の想いをこめて畏敬の念を示した。特に虚子の「とにかく偉かつた」という寸評は、二人にとって子規がいかなる存在だったかをよく示してはいないか。

二　若く、激しく、草花を愛す　―俳人子規の人生2―

1 若き俳人

俳人子規のありようを、今度は異なる角度から考えてみよう。

彼は二十五歳で「獺祭書屋俳話」（新聞「日本」明治二十五〔一八九二〕年六～十二月）を発表した。当時の感覚からすると異例の若さで、試みにある記事と比較してみよう。

三森幹雄なる宗匠の俳誌「俳諧明倫雑誌」に、三河の呉井園蓬宇という宗匠が東京を離れる際、名残を惜しむ俳人が句と年齢を揮毫する座興が掲載された。総勢二十七人の句と年齢が記されており、著名俳人を挙げてみよう（「俳諧明倫雑誌」十九編、明治十五年五月）。

等　栽（七十八）　蓬　宇（七十四）　春　湖（六十八）
鶯　笠（六十四）　梅　年（六十二）　幹　雄（五十四）

詳細は省くが、いずれも全国に知られた宗匠である。最年長者は七十八歳の佳峰園等栽（文化二〔一八〇五〕年～明治二十三年）、最年少者は五十四歳の三森幹雄（文政十二〔一八二九〕年～明治四十三年）である。記事によると、蓬宇の離杯の席に参加した宗匠の平均年齢は五十四歳という。二十代の俳人は参加しなかったことがうかがえる。

「獺祭書屋俳話」より十年前の記事だが、子規が俳論を発表しはじめた頃も事情は変わらなかった。二十代の青年が俳論を連載するのは異例だったのである。

その点、子規の俳人としての出発は比較にならない早さだった。「獺祭書屋俳話」の後に「芭蕉雑談」（明治二十六年）、「俳諧大要」（明治二十八年）、「俳句問答」（明治二十九年）……二十代でこれらを矢継ぎ早に発表した俳人は子規のみで、それは彼の経歴が眩しかったわけではない。彼の一生は挫折と屈託の連続で、苦渋の末に出現したのが俳人子規だったのだ。

かくも早く俳人として生きねばならなかった道程を、彼の人生や当時の俳壇等を踏まえながら追ってみよう。

＊

「獺祭書屋俳話」は子規の初長編俳論と知られ、俳句革新が始まったとする論者が多い。同時に、この時期には様々な個人的事情が絡まっていたのも事実だ。

「獺祭書屋俳話」に先立つ明治二十五年一月、子規は憧れの小説家になるため下宿に籠もり、小説執筆に没頭していた。書きあげると私淑する幸田露伴を訪ねて評を乞うたが、露伴の反応は鈍かった。子規は小説家を断念する。

それは帝国大学の勉学に興味を失った頃でもあった。夏目漱石らの勧めで心理学の講義等に出席したものの、喀血等で余命を意識した子規は学業に打ちこむ気がない。彼はその年に退学を決意し、同時期に発表されたのが「獺祭書屋俳話」である。次の一節を見てみよう。

連歌発句及び俳諧発句の題目となりたる生物の中にて、最も多く読みいでられたるものは時鳥なり。（新聞「日本」明治二十五年六月二十六日）

何気ない一節だが、この時点で子規は大量の古俳諧を読破した節があり――室町～江戸期の全発句を季語・テーマ別に分類する作業を約半年前から始めている――、引用の一文も資料を読みこんだ判断といえる。「獺祭書屋俳話」には古俳諧研究を経た上での知見がちりばめられており、二十代の子規が一般の宗匠と比較にならない博学と見識を身につけていたことがうかがえるが、学業抛擲の代償と引き換えに得た――一族の期待を背負い、藩の奨学金等を経て入学した最高学府の中退は、立身出世からの脱落を意味した――成果だった。

「獺祭書屋俳話」連載後、子規は郷里の母と妹を東京に呼びよせ、一家を養うため日本新聞社に就職する。小説家の夢は諦め、詩人かつ俳人として身を立てることを決意していた。

手始めに、子規は芭蕉の足跡を辿ろうと東北旅行を思いつく。「おくのほそ道」の道筋に沿って各地の宗匠の門を叩き、俳談を交わすことで俳句の理解を深めようというのである。しかし、その結果は芳しくなかった。

東京宗匠の紹介を受け、已に今日までに二人おとづれ候へども、実に以て恐入つたる次第にて、何とも申様なく前途茫々、もはや宗匠訪問をやめんかとも存候。（略）小生の年若きを見て大に軽蔑し、ある人は是非幹雄門へはいれと申候。

（河東碧梧桐宛子規書簡、明治二十六年七月二十一日）

子規は三森幹雄という有名宗匠の紹介状とともに――先の呉井園蓬宇の酒宴にも名を連ねるなど、東日本で高名な宗匠の一人――東北各地の宗匠を訪れたが話が合わず、「年若き」ため「大に軽蔑」される始末である。子規は宗匠との俳談を早々に切り上げて東京に戻り、筆を取ったのが「芭蕉雑談」（新聞「日本」明治二十六年十一月〜同二十七年一月）である。

余輩、もとより芭蕉宗の信者にあらねば、その二百年忌に逢ふたりとて嬉しくもあらず悲しくもあらず、（略）余は劈頭に一断案を下さんと欲す。曰く、芭蕉の俳句は過半悪句駄句を以て埋められ、上乗と称すべきものはその何十分の一たる少数に過ぎず。（略）見識も無き、批評眼も無き俗宗匠輩は自己の標準なきを以て、単に古人の所説にすがり、（略）さてこそ「曰く付き」の流行するに至りたるなれ。

（新聞「日本」明治二十六年十一月十九日）

当時の感覚からすると激烈な一文で、俳壇否定の宣言に等しい。俳諧宗匠は芭蕉を「俳聖」と崇め、また「芭蕉雑談」発表の明治二十六年は芭蕉二百年遠忌に相当し、各地で芭蕉を信奉する俳人達が年忌供養を催し、全国的に芭蕉顕彰ブームが巻き起こった時期である。「芭蕉宗の信者にあらねば、その二百年忌に逢ふたりとて嬉しくもあらず」は芭蕉遠忌そのものへの批判とともに、芭蕉信奉の宗匠や弟子ちの組織、俳句観を丸ごと否定したようなものだ。「芭蕉雑談」は前年の「獺祭書屋俳話」と異なり、多くの俳人の神経を逆撫でする檄文だったのである。

2 芭蕉信仰への反発

東北旅行の際、子規が紹介状をもらうために訪れた三森幹雄は著名な宗匠で、国家神道に則って芭蕉崇拝を大々的に行った俳人である。江戸後期生まれの彼は磐城国（現福島県）出身で、江戸へ出奔して西馬という宗匠の弟子になり、俳諧修業に励むうち名を知られるようになる。当時、歌舞伎役者の人気番付などに倣って俳諧宗匠番付も多数刷られたが、幕末から明治初期にかけて幹雄の格付が少しずつ上がっており、俳諧師として着実に力を伸ばしたことがうかがえる。

彼が注目されたのは、官職「俳諧教導職」に就いてからだ。明治新政府は江戸幕府と異なる国家を急造する必要に迫られ、従来の藩や身分を超越した国民国家像を浸透させねばならなかった。そこで神社の神主や寺の住職に加え、民衆に人気のあった歌舞伎役者や講談師、俳諧師等が教導職に任命され、人々に新国家・国民像を唱導することとなる。俳人で教導職に就いたのが幹雄と他数名で、特に活躍したのが幹雄だった。

教導職を奉じる彼は芭蕉を「祖神」と崇め、その作品は生活に役立つ教訓がこめられていると主張する。

高野にて

父母の頻りに恋し雉子の声　祖翁

（略）人は死するまで父母の恩愛を忘れざるを孝とはいふ也。（略）雉子の声の悲しく人を驚かすに、さてさて父母の恋しき事よと追慕の情をおこしたる事でござる。（略）是等を思ても孝は百行の源なるを知るべし。

（三森幹雄「社説」、「俳諧新報」十号、明治十二年六月）

高野山で「雉子の声」を聞き、「父母の恋しき事よと追慕の情」をあふれさせる「祖翁」。天理人道や敬神愛国等の教化を職務とする教導職幹雄にとって芭蕉句は俳諧教導の体現であり、「父母の恩愛」を十七字で謳う「祖翁」こそ神なのである。

江戸中期以降、芭蕉はすでに神格化されており、その句は教訓書や心学書で説教に使用されていた。例えば、『道二翁道話』続編二篇（天保十五〔一八四四〕年）には次のようにある。

物いへば口びる寒し秋の風（略）

形ばつかり日々に新に磨き立て、肝心の腹の内をみがく人がいない。形ばかり大そうに磨いて粧ひ飾て、心をみがゝぬ人は、行ひと詞によつて、心が見えすく。

三森幹雄はこういった芭蕉観を受け継ぎ、教導職として活躍したのだ。「物いへば」句について、彼も次のように述べている。

無道人之短勿説己之長

物いへば唇さふしあきの風　翁

（略）ひたすらに物をいふが悪しいといふやうな頑固な発句にてはこれ無く、心に誠といふ物がなければ、口は禍の門じやによつてと云ために題書をなせり。

（『俳諧自在法』二巻〔庚申新誌社、明治二十五年〕所収「俳話」）

外見より心の「誠」を磨く大切さを謳うのが芭蕉句であり、『道二翁道話』とほぼ似た句解であろう。幹雄は、他にも「春たちてまだ九日の野山かな　芭蕉」は正月気分で無為に過ごしがちな人間に比べ、自然は九日も経てば霞も立ち、草も青みを帯びて勤勉に春を知らせる句と解し、「人の怠りの打ち添ひて聞ゆるは余情なり。この句はこの余情をもつて、人の怠りを風諫するの句法」（「寂栞の説」、「俳諧明倫雑誌」二編、明治十三年）とまとめた。俳諧は隠居老人の慰みごとや幇間の座敷芸ではなく、「余情」を通じて国民を諫め、人倫の道へ導く立派な文芸であり、それを体現したのが俳聖芭蕉だったのだ。

俳諧教導職の幹雄は明倫講社という結社を設立し、月刊俳誌を次々と刊行する。その上、全国から一千六百円強もの寄附金を集めて芭蕉庵があった東京深川に芭蕉神社を建立し、神道形式で供養を行うなど精力的に活動を続けた結果、多数の結社会員を擁するようになった。

幹雄を支えたのは、先の『道二翁道話』といった教訓書を愛読し、俳句は余暇の暇つぶしではなく、人倫と暮らしに有益な教訓を端的に詠んだ文芸と信じる人々であった。

釈迦如来すでに道のあるところを達観し、婆羅門教を拝してその宗議を勧布するには莫大の労力と思考とを要せしなるべし。而て蕉翁の正風における、またかくの如し。

（甲子庵主人「論説」、「俳諧新誌」十四号、明治二十五年十一月）

こういった俳人たちが明治二十六年に芭蕉遠忌を盛大に催し、俳聖芭蕉を崇め、それらを挙行する自らを正風俳諧に連なる者として確認し、俳諧は無益な余暇などではなく、国家や人倫に益する文芸であることを強調したのである。

若き子規の「芭蕉雑談」はこれら一切を否定する檄文であった。「芭蕉の俳句は過半悪句駄句を以て埋められ、上乗と称すべきものはその何十分の一たる少数に過ぎず」（「芭蕉雑談」）と宣言した際、彼の脳裏に東北旅行での出来事や幹雄の存在、そして俳聖芭蕉を戴く俳人たちの姿が浮かばなかっただろうか。古俳句を狩猟し、芭蕉句にも独自の知見を有する子規に対し、東北の「俗宗匠輩」は「年若き」無名俳人という理由で相手にしなかった。「芭蕉雑談」には旅行の体験が触れられていないが、「批評眼も無き俗宗匠輩は自己の標準なきを以て、単に古人の所説にすがり」（「芭蕉雑談」、新聞「日本」明治二十六年十一月二十日）云々というくだりには、「軽蔑」された子規の怒りが見え隠れするかのようだ。

3 子規俳論の激しさ

このように彼の俳論を読むと、常に挫折や屈託と背中合わせであることに気付かされる。子規が編集を任された新聞「小日本」（明治二十七年）は僅か五ヶ月で廃刊、全力を注いだ彼は「愛子を喪ひし如き感あり」（水落義弌〔露石〕宛子規書簡、明治二十七年八月一日）と意気消沈する。直後に日清戦争が勃発し、「小日本の廃刊より引継きたる不平は今日この頃の不平と混じり、やがて鬱勃たる野心となつて」（古島一念「日本新聞に於ける正岡子規君」、『子規言行録』〔吉川弘文館、明治三十五年〕所収）従軍を志願したが、記者として中国大陸に渡るも講和条約が結ばれ、子規が新聞「日本」に華々しい記事を送る機会は失われてしまった。加えて帰国途中の船内で大量に喀血し、危篤状態で日本に送還される。

「小日本」は廃刊、従軍記者も失敗し、余命幾ばくもないと痛感した彼は文学しか残されていないと思いつめ、「小生はいよ〳〵やけなり　文学と討死の覚悟に御座候」（藤井紫影宛子規書簡、明治二十八年十一月二四日）と決意する。しかし、自身没後の継承者として高浜虚子に白羽の矢を立てるも拒否されてしまい、逆上するほどの絶望に襲われてしまう。

　今迄も必死なり　されども小生は孤立すると同時にいよ〳〵自立の心つよくなれり　死はます〳〵近き《ママ》ぬ　文学はやうやく佳境に入りぬ

（一章5節前掲の五百木飄亭宛子規書簡、明治二十八年十二月十日頃）

身を焦がす切迫感とともに連載されたのが、「俳諧大要」（新聞「日本」明治二十八年十〜十二月）だった。

　文学に通暁し、美術に通暁す、未だ以て足れりとすべからず。天下万般の学に通じ、事に暁らざるべからず。　（新聞「日本」明治二十八年十二月二三日）

俳句を深く学ぶには「文学・美術・天下万般の学・事」に通じるべきという一節は性急で、大仰ですらあろう。しかし、これが自身を鼓舞するかのような一文であり、そこまで俳句にのめりこもうとした子規の胸中を推し量る時、ある痛ましさが感じられる。

明治二十九年には腰の痛みが結核性脊椎炎（カリエス）であることが発覚、子規は余命数年を痛感する。「余程の大望を抱きて地下に逝く者はあらじ」（高浜虚子宛子規書簡、明治二十九年三月十七日）と長嘆した彼の筆鋒はより鋭く、激烈な調子を帯びはじめた。「俳諧大要」後の俳論「俳句問答」（明治二十九年五〜九月）では、全国に名を知られた宗匠を名指しで批判しはじめる。

・問　新俳句と月並俳句とは、句作に差異あるものと考へらる。果して差異あらば新俳句は如何なる点を主眼として、月並句は如何なる点を主眼として句作するものなりや。

答　（略）我は言語の懈弛《たるみ》を嫌ひ、彼（＝月並俳句、引用者注）は言語の懈弛を嫌ふ事我よりも少し、寧ろ彼は懈弛を好み緊密を嫌ふ傾向あり。例へば『日々に来て蝶の無事をも知られけり……幹雄』の如き『をも』の語は懈弛の甚だしき者なり。（新聞「日本」明治二十九年七月二十七日）

・問　老鼠堂永機は俳諧師中の大家と称せらる。（略）

答　老鼠と言ひ永機と言ふ人、幾人もありとばかり覚えてよく其人を区別せず。（略）二流以下の俳家たるに過ぎず。（新聞「日本」明治二十九年八月三日）

月並と否定された幹雄、永機は人気を博した二大宗匠で、例えば「都新聞」（大衆新聞紙）の俳人人気投票を見てみよう（明治三十一年三月五日）。

三万四千四百六十一票	東京	老鼠堂永機	（一位）
三万三千七百二十五票	同	蕉露庵蕉露	
二万八千百四十八　票	同	善哉庵孝節	
二万六千八百七十　票	同	春秋庵幹雄	

（略）

千〇　十六　票	同	正岡　子規	（三十七位）

永機が一位、幹雄は四位、そして子規は三十七位……幹雄は先述のように俳諧教導職として活躍した俳人で、一位の老鼠堂永機も当代を代表する宗匠だった。

永機は江戸元禄期の其角を継ぐ「其角堂」（怪しい系譜だが、其角の江戸ぶりを継承するとされた庵号）を嗣ぐ宗匠で、粋な江戸文化に浸った俳諧師である。歌舞伎役者の花形としてもてはやされた

「団菊左」の九代目市川団十郎、五代目尾上菊五郎らと昵懇で、趣味人の大旦那らとも懇意であり、骨董や煎茶、画の諸芸に通じた通人だった。文政六（一八二三）年生まれの彼は「都新聞」投票時点で七十代半ばの大家で、俳壇と世間双方で名を知られる有名人であり、俳句を暮らしの余技に愉しむ人々が思い浮かべる俳諧宗匠の象徴だったといえる。

かたや子規は「俳諧大要」「俳人蕪村」等を発表し、代表的な論をほぼ書き終えた時期だった。革新運動の中心たる彼は誰もが注目する存在と思いがちだが、実際はそうでもなかったのだ。

「都新聞」の人気投票で子規が下位なのは当然であろう。江戸後期から数十年間活躍し続けた永機に対し、子規は登場から僅か数年であり、多くの市井の俳人は存在すら知らなかったためだ。子規が主に発表した新聞「日本」は知識人向けで、政治問題等の硬派な内容の上にルビが付かない記事に対し、「都新聞」「読売新聞」等の大衆向け新聞は総ルビ（全漢字にルビが振られる）である。新聞「日本」と「都新聞」では読者層が異なり、「都新聞」に親しむ読者にとって「日本」は縁遠い媒体だった。また、子規や虚子、碧梧桐ら子規派が発表した「早稲田文学」「しがらみ草紙」等も近代教育の中で西洋思潮を学び、「文学（Literature）」に関心を抱く青年達の好む雑誌で、市井の人々が手に取る機会は少なかった。子規派は知識人や「文学」好きの若者達で有名であり、大勢の愛好者には存在すら知られなかったのである。

「都新聞」の人気投票を踏まえると、「俳句問答」の過激さが垣間見えよう。七十三歳の永機、六十七歳の幹雄に対し、子規は二十九歳。かくも「年若き」（先の碧梧桐宛子規書簡）無名の新聞記者が天下の大宗匠を「二流以下」と放言したのであり、「文学と討死の覚悟」（先の五百木飄亭宛子規書簡）を思い決めた青年の、焦りに近い矜持がうかがえる。余命数年、それも病床で残りの人生を費やさねばならぬ運命は子規に革命児の相貌を帯びさせたのだった。

4 斬新な子規論

ただ、当時の宗匠や市井の愛好者が子規たちに関心を抱いたとしても、従来の俳句観からかけ離れた論や作品に戸惑ったはずだ。

碧梧桐の特色とすべきところは極めて印象の明瞭なる句を作るにあり。印象明瞭とはその句を誦する者をして眼前に実物実景を観るがごとく感ぜしむるをいふ。（略）

赤い椿白い椿と落ちにけり

（前掲「明治二十九年の俳諧」、明治三十年）

「写生」を説いた高名な俳論だが、一般読者がどれほど理解しえたかは微妙だろう。前章でも触れたように、要点たる「印象」は西洋心理学や洋画の専門術語「Impression」の訳語で――「印象」自体は江戸期からあるが意味が異なり、子規の「Impression」は学術専語彙だった――、耳慣れない言葉だった。子規論には他にも新奇な訳語が散りばめられ、従来の俳人からすると見たこともない論だった節がある。

次の同時代評は、子規論の雰囲気をよく伝えていよう。

印象明瞭とか、擬人法とかの文字は、本家の「ほと、きす」に屢々出て、原籍が知れる恐あるゆゑ、英独の原書が読めれば最も好し。訳書にても鴎外の「審美綱領」か頭痛の種子ならば、樗牛の「近世美学」を生噛ぢり、ハルトマンだのキルヒマンだのを引合ひに出すべし。（しぐれ菴「俳諧大家速成法」、「俳諧明倫雑誌」二〇三号、明治三十三年十月）

三森幹雄主宰の俳誌で、子規派を揶揄した一文である。当世風の論を発表して有名になりたければ西洋思潮の用語をふりまくのがよい、ただ「印象明瞭」等は「ホトトギス」が熟知しているので迂闊に使わぬ方がよく、高山樗牛『近世美学』（明治三十二年）等を斜め読みして「ハルトマンも述べるように」と仔細らしく書くとよいという。「ホトトギス」派は西洋美学や絵画で使われる翻訳語を散りばめた文章を好み、明治の新俳論と胸を反らす風潮があるため、注目されたければ西洋思想を匂わせた論を書けばよい……と子規派を茶化したのである。

同時代評は、子規たちがいかなる存在だったかをよく示していよう。舶来の専門語に彩られた奇妙な論、つまり用語も内容も従来の論を無視したもので、それを最先端と吹聴する子規派に宗匠達は眉をひそめたのではないか。我々が培ってきた歴史や文脈、用語などを顧みず、難しげな言葉をふりかざしおって……と苦りきった宗匠も多かったはずだ。

それなりに知見を持った宗匠でさえ子規たちを批判的に見たのだから、町や村で俳句を楽しむ人々には子規が何を問題にしているかも分からなかったはずで、というより関心がなかっただろう。加えて、当時の俳論といえば次のような調子であった。

祖翁みづから此句（＝古池句、引用者注）に一風を起せしより、始めて辞世なりといひ給ひしは、寂滅相を感念したるもの也。されば、古池やといふ五文字も、只庭の古池とのみ見ては、祖翁の心を知る能はざるなり。（略）常に有りといふも誠に有るにあらず、常に無といふも誠に無きにはあらず。神理顕幽に出没して寸時も止らず。(略)「南冥者天池也」、これ則ち未来の幽冥界なり。翁この「天池也」と云ふを、天と古と入れ替て、古池としたる也。佛家に云ふ法界、神道に云ふ幽冥界なり。

(三森幹雄「句解」、「俳諧矯風雑誌」二十五号、明治二十四年七月)

三森幹雄の芭蕉論である。「古池」句は老荘思想や仏教、神道を貫く死生観を詠んだ絶唱で、特に「古池や」は『荘子』逍遙篇「南冥者天池也」の「天」を「古」に入れ替え、仏教の「法界」や神道の「幽冥界」にも通う五文字であり、芭蕉翁は「古池」句以後の作品を「辞世」と見なしたという。何やら凄い解釈に感じるが、幹雄は俳壇きっての論客で、このような「古池」論は江戸後期から流布していた。しかも、幹雄論を通じて「俳諧は何と深淵なのだ」と感嘆し、芭蕉を崇める俳人も少なくなかったのである。

江戸後期以来、芭蕉は「俳聖・祖神」等と神格化され、冷静に鑑賞することが憚られる存在だった。芭蕉没後二百年を迎えた明治二十六年は各地で遠忌行事が盛んに催され、俳人たちがこぞって華やかな供養に勤しんだ時、冷水を浴びせたのが他ならぬ子規だったのだ。

余輩、もとより芭蕉宗の信者にあらねば、その二百年忌に逢ふたりとて嬉しくもあらず悲しくもあらず、(略)見識も無き、批評眼も無き俗宗匠輩は自己の標準なきを以て、単に古人の所説にすがり、(略)さてこそ「曰く付き」の流行するに至りたるなれ。

(前掲「芭蕉雑談」)

俳壇あげての祝祭ムードの中、啖呵を切る子規にそれなりの事情があったとしても——先述のように、前年に大学を中退して東北旅行に赴き、宗匠に相手にされなかった経緯があった——、相当な激論である。「批評眼も無き俗宗匠輩」云々は、老荘思想等を持ち出して芭蕉句を礼讃する三森幹雄ら大家の全否定に等しい。

これも繰り返すと、子規は引用文の他にも「古池の句は単に聴官より感じ来れる知覚神経の報告に過ぎず」（前掲「芭蕉雑談」、前章8節参照）と切り捨てるなど、暴言に近い断定を続けた。「知覚神経」は西洋心理学等で用いられる学術語彙で、宗匠や愛好者が知るよしもない言葉であり、何より聴覚に訴える音を詠んだ句だから大したことはない、という発想はそれまでなかったものだ。多くの俳人が子規論を読んだとしても理解不能か、反発を覚える内容だったに違いない。

江戸後期以来の俳諧観に沿いつつ、芭蕉句と老荘思想をセットに論じる幹雄のような宗匠は子規の「芭蕉雑談」をまともに取り合わなかったろうし、彼らを信頼する俳人が子規論を読み、「我々は盲従するばかりで芭蕉の句に向き合わなかった……子規の言う通りだ」と襟を正す、などということは全くなかった。「この若者はなぜいいかがりをつけるのか、せっかく俳諧を愉しんでいるのに」と気分を害する俳人の方が多かったろう。

5 憧れる青年たち

一方、子規論に強い魅力を抱いたのが新教育を受けた若者たちである。彼らは漢学塾等ではなく西洋式の学校教育を学び、坪内逍遙や幸田露伴の小説（Novel）、また総合雑誌「太陽」や森鴎外編集「しがらみ草紙」等を読み耽るなど、最新の文学や西洋思想に憧れを抱いていた。例えば、次の青年の書簡を見てみよう。

優美崇高につきて懇とくなる御教示、有り難く存じ候。露伴子を以て優美宕壮の泰斗となされ候段、御卓見の程さぞあらん。（略）頃日、新葉末集を読み同時に伽羅枕を繙く（略）。近頃、美辞学を繙く。徳義上の崇高なるものあり。これ則ち最も高尚なるものか、伺いたく候。

（子規宛高浜清書簡、明治二十五年一月二十日）

松山にいた若き高浜虚子の手紙で、東京帝国大学に学ぶ同郷の先輩子規に近況を伝えた一文だ。十七歳の虚子は、子規からの「優美崇高（Beauty and Sublimity）」の詳細な返答に謝辞を述べつつ、幸田露伴『新葉末集』（明治二十四年十月）や尾崎紅葉『伽羅枕』（明治二十四年十月）といった小説や、高田早苗『美辞学』（明治二十二年）等の美学書を読んだことを記している。地方の松山で「文学」に憧れる虚子にとって、東京で最新文化に触れる子規と「優美崇高」に関する議論を交わし、刊行直後の小説の感想を語りあうことは知的興奮を伴うものだった。子規の「優美崇高」論に対し――当時、「優美・崇高」は舶来芸術の高尚な理念とされ、それを美術や小説に当てはめた議論が盛んだった――、『美辞学』を引き合いにしつつ「徳義上の崇高」が「最も高尚」か否かを聞き返すなど、虚子は手紙越しに新思想に触れる喜びを感じていたのだ。

明治維新から二十五年ほど経た頃、虚子のような青年達は全国に育ちつつあった。彼らは西洋思想や小説（Novel）を愛好する一方、江戸期以来の価値観や慣習などを重視しなくなる。虚子の手紙を再び見てみよう。

当地（＝京都、引用者注）にては花の本宗匠も近処に居候へど、未だ訪問仕らず候。大方鼻の下宗匠位と存じ候へど、嵐山はまだ花の都の名山とおもへば軽んずべきにあらずと存じ候。（以

下略）

（子規宛書簡、明治二十五年十月二五日）

松山から京都第三高等中学校に進学し、下宿を始めた虚子が近況を書き送った手紙で、「花の本宗匠」に言及したくだりである。彼は西日本で最も知られた有名宗匠だが、虚子は「軽んずべきにあらず」としつつ、俳諧宗匠だから「花の本＝鼻の下」程度だろう……と高を括っている。
鼻柱の強い青年が有名人を揶揄しただけかもしれないが、「文学」を志す若者の気分が滲み出ていよう。我々は幸田露伴や美学など新時代の「芸術（Art）」や「文学（Literature）」の趣味を解し、高名でも俳諧宗匠など冗談半分に言及する存在に過ぎない、江戸俳諧や宗匠など何するものぞ……という気概が、虚子の何気ない一節に感じられる。
彼のような若者にとって、「主観は複雑なる高尚なる主観に非ずして、目前の客観より直ちに無意識に連想し得べき主観的の観念なれば」（「明治二十九年の俳諧」）云々という子規論は新時代を眩しく感じさせるものだった。後に虚子は、子規の口吻を借りて次のような俳句論を数多く発表している。

作者に同感ありこゝに景物人事の趣味を発揮すれば読者にも亦同感あり忽ち其趣味を感得してこゝに美感を惹起す、而してこの必須なる同感を補け常に離れ難き関係を保つものを連想となす

（「名所旧跡」、「日本人」明治二十九年二月五日号）

「連想（Association）」――心理学の翻訳語で、当時の俳論で使用したのは子規のみだった――や「美感」等は子規が俳論に持ちこんだ舶来概念で、それらを駆使することが俳諧宗匠と異なる俳句観の主張となったのであり、虚子がそれだけ子規論に強い影響を受けたことを示唆している。

6 熱中する若者たち

このように、子規派の作品や論は知識階級の青年たちに急速に知られるようになった。例えば、昭和初期の「俳句研究」に載った次の回想を見てみよう。

高等学校の一年から二年に進級した夏休みに、初めて俳句といふものに喰付いて、夢中になつて「新俳句」を読み耽つた。天地万象がそれまでとはまるでちがつた姿と意味をもつて、眼前に広がるやうな気がした。蒸暑い夕風の縁側で、父を相手に宣教師のやうな厚かましさをもつて「新俳句」の勝手な頁をあけては、朗読の押し売りをしたが、父の方では一向感心してくれなかつた。（略）その頃より少し前に、父は陸軍の同僚数名と連句の会をやつて居たことがある。その同僚中に一人宗匠格の人があつてそれが指導者になつてゐたらしい。その宗匠が「扇開けば薄墨の月」といふ附句をしたのを、流石宗匠はうまいと云つてひどく感心してゐたことを想出すのである。前句は何であつたか忘れてしまつた。「赤い椿白い椿落ちにけり」（碧梧桐）でも、父の説に従へばなるほど「云ふただけ」である。しかし、この句が若かつた当時の自分の幻想の中に、天に沖する赤白の炎となつて焔え上がつたことも事実である。

（吉村冬彦「俳諧瑣談」、「俳句研究」昭和九年三月号）

寺田寅彦と呼ばれた筆者は熊本第五高等学校生の頃、子規派の選集『新俳句』（民友社、明治三十一年）を読み耽ったことを回想する。あまりに熱中し、父に「赤い椿」句の魅力を力説したところさほど賛同されなかったという。父が感心するのは「扇開けば薄墨の月」等の句で、碧梧桐句は「云ふただけ」、つまり何ら趣向が凝らされない「ただごと」に過ぎないというのだ。

寅彦の父が唸る「扇開けば薄墨の月」は、夜空の「月」の情景を観察しただけの句ではなく、「扇開けば」「薄墨」で描かれた「月」が現れたと見立てた点に妙味があり、宗匠の技量のほどがうかがえる。素人離れした着想や展開、つまり気の利いた表現やひねり方を知っている宗匠は、短詩型の玄人というわけだ。

父からすると、「赤い椿」句は趣向も技巧もない、いわばオチのない句で、見たままを「云ふただけ」である。素人でも詠めるではないか、気の利いたひねりを加えてこそ玄人で、他ジャンルにない短詩型の魅力はそこにあるのでは……寅彦の父はそのように感じたのだ（父が感嘆したのは連句中の短句で、寅彦が例にした碧梧桐句は発句＝俳句であり、両者は異なる形式なのだが、寅彦が問題としたのは自身と父の感性の違いで、作品形式については重視していないため、短句と俳句の違いは問わないことにする）。

しかし、息子の寅彦は「赤い椿」句が「云ふただけ」ゆえに感動したのだった。赤椿、白椿と落ちたことに何ら意味もオチも付けず、そのような出来事があったことのみを詠んだために、寅彦はかえって心を奪われたのである。

土佐藩士で幕末の乱世を生き抜いた父と、高等学校で英語や文学、科学等を習う息子が夕暮れの縁側で話しこむ姿は、そのまま江戸俳諧と近代俳句のシルエットであろう。従来の俳諧観を信頼する世代には理解しがたい感性の若者が明治三十年過ぎに現れ始め、彼らは学校で西洋思潮を学び、子規派の句に熱中することができた。それも東京から離れた地方で、出版物を通じて子規派に惹かれたのであり、寅彦のような青年は日本各地で急速に増えていった。

当時は寅彦の父のような人々が——江戸後期以来の俳句観を信じる俳人たち——依然多数を占めたにせよ、この頃から子規派に熱中した若者たちは、日露戦争を経た後の明治四十年頃には巨大な存在として俳句界に影響を及ぼすようになる。

明治三十年頃、子規派は俳壇から暴言をくりかえす素人集団のように見なされたが、従来の価値観にとらわれない青年達には憧れの的になり始めていた。子規の西洋思想をちりばめた俳論、また碧梧桐のように「云ふただけ」（寅彦の父）の句が両輪となり、各地の若者らに新俳句像を強烈に印象付けたのである。

7 急速に注目される子規

子規派の俳句観に惹かれる青年たちが各地に現れた結果、頭領たる子規は一気に注目される存在になった。舶来の「詩（Poem）・文学（Literature）」や芸術、思想等に関心を示す人々が彼を新時代の旗手と見なし始めたのだ。西洋思想や文化を紹介し続けた総合雑誌「太陽」の俳人投票を見てみよう（明治三十二年五月、臨時増刊号）。

一位・七二八三　老鼠堂永機　　二位・六六四七　正岡　子規
三位・六五六九　春秋庵幹雄　　四位・六三八二　尾崎　紅葉
五位・五六一三　花の本聴秋　　六位・五二八一　聴雨窓竹冷

この結果と「都新聞」の人気投票を比較すると、子規の立ち位置がよく分かる。首位の永機は「都新聞」でも一位を獲得した宗匠で、名声と貫禄ともに十分の人気俳人だった（3節参照）。三位の三森幹雄は子規の東北旅行時に紹介状をしたためた（1節参照）宗匠で、五位の花の本聴秋は虚子が揶揄した著名宗匠である（5節参照）。四位は『金色夜叉』等で売れっ子作家の尾崎紅葉、俳句が趣味の通人でもあり、「読売新聞」懸賞俳句選者を務めるなど俳人としても知られていた。六位の角田竹冷は、子規派の句を「平凡に了る」（前章6節参照）と冷やかした名士——俳句に熱心な有名弁護士だった——で、紅葉と俳句グループ「秋声会」を立ち上げるなど活躍していた。

上位陣の永機、幹雄、聴秋は専業俳人——俳句のみで生活が成り立つ宗匠——で、多くの人が「俳人といえば○○」と思い浮かべる有名俳人であり、また紅葉は今をときめく小説家、竹冷は有名事件を多々手がける人気弁護士である。この中で意外なのは子規だったはずだ。世間的に知られる有名人の中で、俳論や句を発表して約六、七年の青年が二位になったのである。

子規が主に発表した新聞「日本」や文学雑誌等と「太陽」の読者層はある程度重なっており、彼は知識人層に馴染み深い俳人ではあった。それでも永機や幹雄、また紅葉や竹冷のような著名人と子規が肩を並べたのは驚異的だ。「太陽」と「都新聞」の人気投票は、子規が宗匠たちの牛耳る俳壇からほぼ無視される一方、近代学校で洋式教育を受けた「文学」好きの青年の間で急速に注目されたことを示唆している。

子規自身、「太陽」や文学雑誌等を手に取る若者や知識人に向けて自作や句を発信し、すでに宗匠や市井の愛好者を相手にしていなかった節がある。「俳句は時間的の文学に属しながら却つて空間的絵画に接近せんとす」（「明治二十九年の俳諧」、新聞「日本」明治三十年一月十一日）と述べたところで、従来の俳諧観を遵守する宗匠や、各行事で天位を獲得して賞品を得ようとする人々に届くはずもない。子規にとって俳諧宗匠たちはもはや存在しないに等しく、新聞紙上で著名宗匠を「月並」「二流以下」とそっけなく答えたのは（3節参照）、話すに足る相手と感じなかったのだろう。

二十代の新聞記者が俳壇の最重鎮を一顧だにしないのも凄いが、次のような出来事に子規が激怒したのは、彼の矜持にかかわる問題のためだった。

俳句稿落手仕り候　右は如何いたすべくにや伺いたく候　さて同草稿の封皮に「愛媛新報原稿」とあるは実際なりや如何に候や　愛媛新報は横着にも昨秋より聴秋といへる宗匠の選句など載せ候に付き少々腹だゝしく存じ候処　近来広告に新旧両派云々といふことをいへり　不見識もまた極れりと謂べし　碧梧桐も怒つてやめ候と申し候　私は宗匠輩の選句を載る新聞へは一切関係致さず候　ほとゝきす紙上にて愛媛新報の罪をならさんと存じ居り候　実際今日にても御関係これあり候や

（以下略。岡村恆元宛子規書簡、明治三十年一月二十四日）

松山の岡村三鼠（恆元）に宛てた書簡である。三鼠は子規の母、八重の弟で、役所に勤めるかたわら子規たちと句作に励んでいた。彼が「愛媛新報」俳句欄の選を子規に依頼しようと郵送し、子規がそれに返信したのが引用書簡である。送られた句稿に「愛媛新報原稿」とあるのを子規が不審に感じ、三鼠に問い質したものだ（「愛媛新報」は松山発行の新聞紙）。

子規が「愛媛新報」に反応したのは、「昨秋より聴秋といへる宗匠の選句」を掲載しつつ「広告に新旧両派云々」と謳ったために他ならない。「愛媛新報」としては、「聴秋」と子規派がともに選句を担当するのが他紙にない魅力と強調したのだろうが、子規からすると「不見識もまた極まれり」、実に「愛媛新報の罪」（！）という。

「聴秋といへる宗匠」は花の本聴秋（嘉永五〔一八五二〕年〜一九三二）、京都在の俳諧宗匠で、先ほどの「太陽」人気投票でも上位になった有名宗匠だ。「花の本」は俳諧宗匠の号で、江戸中期に和歌の権威たる二条家が暁台（江戸中期の代表的俳人）に「貴君を正式の俳諧師と認める」と認可したのが始まり……とはいえ、今やその重みが分かりにくいが、当時の二条家は藤原俊成・定家の歌学を継ぐ家柄で、和歌の最高権威である。その二条家から授かった「花の本」号は絶大な威光を放ち、聴秋はその第十一世だった。

虚子が学生時代に京都に住んだ際、子規宛の手紙で当地の有名宗匠として彼を挙げ、「鼻の下」程度と揶揄（5節参照）したものだったが、それだけ名を知られた俳人だったのだ。

子規の下に「愛媛新報」選句稿が届いた明治三十年、聴秋は押しも押されぬ大宗匠であった。しかし、子規は「腹だゝしく存じ候」と全く認めない。俳人といえば「○○庵・○○堂」と庵号を冠した花の本聴秋や先の老鼠堂永機、春秋庵幹雄らを連想する時代、子規自身は「○○庵」等の宗匠株を持たない一新聞記者に過ぎなかったが、聴秋等の大家を歯牙にもかけない勢いである。

もはや子規には「新派・旧派」の区分自体が滑稽で、俳諧宗匠こそ存在に値せず、「新旧両派云々」（先の書簡）の発想そのものがおかしい。しかし、世間はいまだ聴秋や幹雄のような宗匠こそ俳人と評し、自分たちの新俳句像を顧みない……俳人子規はより激烈にならざるをえない。

余命数年を宣告された子規は必死だった。人なみ外れた野心に加え、傲岸ともいえる自尊心は以前より高じ、癇癪を爆発させるように「聴秋といへる宗匠」（書簡）を嘲笑する。病床に臥せる子規は円満からほど遠い俳人であった。

ただ、彼が高熱と激痛に苛まれるほど怒気は透徹した認識を備え、時代の預言を帯び始める。私憤から発したような独断にもかかわらず、子規の場合は発言の一つ一つが革命の雰囲気を感じさせる場合が多かった。聴秋や幹雄ら宗匠こそ俳人と信じられた当時、子規はなぜあれほど確信をもって彼らを全否定しえたのか、後の歴史が子規の預言通りに進んだことを考えると不思議に感じなくもない。

同時に、当時の感覚からすると子規は俳人としてあまりに若く、二十代で思いつめた疾走を余儀なくされた人生だった。彼ほど多くの失意と挫折を味わい、余命数年を告知された若き俳人も居なかったろう。

子規俳論には喪失と断念がつきまとっている。帝国大学生、小説家、華々しい従軍記者……これらの夢が潰えるたびに俳人子規は輪郭を露わにし、挫折と屈託を味わうたび筆鋒は鋭く、論理は明快になり、俳句観は独断でありながら時代精神を帯びたのだった。

俳聖芭蕉を否定し、著名宗匠を名指しで論難するなど激烈な批判を厭わなかった子規の胸中には、次のような風景が広がっていた。

春風あたゝかに菜の花に蝶飛ぶ頃、多くのわらはべ男女うちまじりて、南の野へ摘草に行くはこよなくうれしき遊びなり。ゲン〳〵の花太き束にこしらえて自ら手に持ちたらんも、何となくめゝしく、恥ずかしくて小さき女の童にやりたるも嬉し。菫は相撲取花といひて、花と花とうち違ひ、それを引ききりて首のもたげるよと笑ふなり。蒲公英などちひさく黄なる花は総て心行かず、只ゲン〱の花を類なき物に思へり。

　花は我が世界にして草花は我が命なり。

（子規「吾幼時の美感」、「ホトトギス」明治三十一年十二月号）

俳人子規の脳裏に浮かぶのは、いかなる喪失にも襲われない幼時の風景であった。

子規俳論は、近代俳句を樹立した金字塔として語られている。それはたび重なる失意と喪失の果てに得られた論であり、「只ゲン〱の花を類なき物に」愛した人物が若くして傷付き、喪い、諦めつつも生きぬこうとした魂の決意文でもあった。

三　独断家、松山に帰省す —愚陀仏庵や「写生」の浸透について—

1 独断家、子規

子規は西洋思想や美術、小説、詩に関心を抱き、古典発句を網羅的に調査したりと持ち前の向学心で研究を進めた俳人だった。その子規の真骨頂は実作より鑑賞力や批評眼にあったかに感じられる。実作では虚子や碧梧桐らが上で、子規も自覚した節がないでもない。「俳句を作る上に於ては貴兄等は実に旨い（略）其点になると小生は慚愧千万だ」（前掲の虚子宛子規書簡、明治三十一〈一八九八〉年、一章6節参照）。

後年、昭和の批評家の保田與重郎は子規を次のように評した。「子規は創作家であるよりも批評家である、さらに天才的な鑑賞家であり、一代の価値の決定者であつた」（保田「正岡子規について」、『英雄と詩人』〈人文書院、昭和十一（一九三六）年〉所収）……子規は「天才的な鑑賞家」にして「価値の決定者」、つまり江戸俳諧の価値観を完全に変質させ、新しい基準を創出した点が凄いというのだ。

子規には、自身の価値観以外を認めない激しさがあった。宗匠や俳壇が自分を認めないのであれば、それを徹底して批判したのは先に見た通りだ。

子規は議論が嫌いでした。子規は独断家だつたですね。その独断が正しかつたといつていい。

（高浜虚子『俳談』、前掲）

子規は、明治俳人で最も幅広く句を見た俳人だったろう。室町期から江戸期に至る発句を季題や主題ごとに分類する作業を続け、新聞や雑誌で選句を行い、句会も怠らない。江戸期の句集を読破し、虚子や碧梧桐の破格の作風――彼らは子規と逆で、伝統的な詠みぶりを知らないため新しい作品を詠みえた俳人だった――を認めるなど多様な句に接する機会が多かった。

好みや偏りもあったが、その思いこみに数多の知見や鑑賞力が絡みつき、「独断が正しかった」（虚子）と感じさせたのだ。ただ、彼の「独断」は衝突も多く、虚子や碧梧桐ら友人と激論になることもあった。最たるものが二十歳年長の内藤鳴雪とのやりとりで、病床の子規は鳴雪と口角泡を飛ばすことが幾度もあったという。

そこで私だが、俳句こそ子規氏に啓発されて多少の趣味を解し、段々と俳句の大家顔もする事になつたが、ありやうは感情よりも理性を尚び、智識欲の深い人間だけに、どうかすると子規氏と意見の合わぬこともある。また趣味の上にも氏の斬新を好むに反し、古典的に傾く癖もあるので、時々氏と衝突を起す、さうして氏もなかなか熱心に弁ずるが私も負けぬ気で弁ずる、これは従来珍らしくもない、事実であったが、氏が病苦の増し《ママ》気短くなると共に一層この衝突を起しやすい。そこで私も気付く所があつて、陰では氏の病状を気遣うけれども、碧、虚諸氏などの如く日々近寄る事をやめた。

（『鳴雪自叙伝』〈岡村書店、大正十一年〉）

江戸期の俳諧味を尊ぶ鳴雪に対し、斬新さを好む子規。どちらも譲らず、しかも子規は「病苦」で気が短いため火花が散りやすい。結局は鳴雪が遠慮して「日々近寄る事をやめた」とあるが、互いに「衝突」を厭わない信念を抱いていたことがうかがえる。

明治三十二年、子規宅での「蕪村句集講義」においても二人は激論を戦わせ、子規の罵倒ぶりに母八重が嗜めたという。「余（＝子規、引用者注）、時に体温甚だ高く呼吸稍逼《せま》る、益々大声を発す。余の鳴雪翁に答ふる言語或は不敬に渉り長者に対する礼を欠く、とて散会後家人より注意せられし程なり。議論の激しかりし事以て見るべし」（『蕪村句集講義』春部〔ほとゝぎす発行所、明治三十三年〕）。

子規はとにかく必死だった。大野心家と称するほどの野望があったにもかかわらず、俳句や短歌など文学界でやや名を知られるのみで――一部では急速に有名になったが、多くは子規の批判をやりすごし、存在しないものと見なした――、死期は刻々と近づきつつある。俳壇や歌壇は旧態然とし、世間も耳を貸さない、しかしわが文学観は正しいのだ、ぜひとも啓蒙せねばならない……これらの私情や使命感が入りまじり、「天才的な鑑賞家であり、一代の価値の決定者」（保田）として革命児の相貌をまとうようになったのだ。

それは士族独特の精神といえなくもない。私と公が一致した精神、つまり何をするにも国家や社会の行く末を案じ、日常生活が「公」への奉仕となる、そういう支配階級独特のあり方である。俳句を近代化せねばならぬ想いと、日本が植民地にならないために何をすべきかという発想は異なる視点ではなかった。

弟子たちに愛――虚子は「執着」（一章9節参照）と解した――を注ぎ、しかも野心家で教育熱心ともなれば並々ならぬ熱心さで俳句を説きまわったのは想像に難くない。新聞や雑誌等で不特定の読者に向けた執筆や知己との手紙のやりとり、句会や雑談等……これらを通じ、子規の周りに集った俳人たちは新しい俳句観を学びつつ、句作に励んだのだ。一例に、明治二十八年に子規が松山に帰省した時期を見てみよう。

❷ 愚陀仏庵1

明治二十八年、子規が日清戦争の従軍記者を決意して大陸に渡るも重態に陥り、帰国して神戸の病院で療養することになったのは一、二章で見た通りだ。

しばらく安静に努め、回復した子規は郷里へ向かう。多くの夢が破れた果ての帰郷で——結核、東京大学中退、従軍記者失敗など——、傷心を通り越して平穏に近い心境だったのかもしれない。彼は痩身で青ざめた顔に「八」形の口髭を蓄え——明治の政治家などに見かける髭だ——、服はネルの着流しに汚れた白縮緬の兵児帯を巻いていた。大学時分とおよそ異なる風貌だったらしい。

折しも夏目漱石が東京から松山に引っ越し、松山中学校で英語教師として働いていた。気心の知れた知己もなく、独り暮らす漱石は子規が神戸にいるのを知るや手紙を出し、松山に戻ったらこちらの家に来てはどうかと誘う。すると子規は帰省後すぐに漱石の家に転がりこみ——「愚陀仏庵」と称された下宿——、五十日間余りをともに暮らすことになった。

僕が松山に居た時分、子規は支那から帰つて来て僕のところへ遣つて来た。自分のうちへ行くのかと思つたら、自分のうちへも行かず親族のうちへも行かず、ここに居るのだという。僕が承知もしないうちに、当人一人で極めて居る。御承知の通り僕は上野の裏座敷を借りてゐたので、二階と下、併せて四間あつた。（略）僕は二階に居る、大将は下に居る。そのうち松山中の俳句を遣る門下生が集まつてくる。僕が学校から帰つて見ると、毎日のように多勢来て居る。僕は本を読む事もどうすることも出来ん。もつとも当時はあまり本を読む方でもなかつたが、とにかく自分の時間というものが無いのだから、やむを得ず俳句を作つた。それから大将は昼になると蒲焼を取り寄せて、御承知の通りぴちゃぴちゃと音をさせて食う。それも相談もなく自分で勝手に命じて勝手に食う。

（夏目漱石「正岡子規」、「ホトトギス」明治四十一年九月号）

子規没後の回想で、ウィットまじりに語られている。子規が同居を勝手に決めたように述べているが――下宿先は隠居の家の離れ（二階建）だった――、漱石が事前に「家に来ないか」と手紙で誘ったのは先に見た通りだ。

漱石は、虚実とりまぜて語ったのだろうか。そうともいえないのは、二人は大学以来の仲としても、子規は昔から「大将」気取りの節があったためだろう。誘ったのは漱石としても、子規は当然のように受けとめて「大将」気分で下宿に陣取ったのではないか。漱石の財布で鰻の蒲焼きを取り寄せたり、他にも財布から色々と……漱石はその「大将」ぶりを揶揄まじりに誇張した結果、先のような回想になったのかもしれない。

子規の弟子格たる柳原極堂は、後に漱石の回想には誤解が多いと憤慨したが、事実か否かよりも漱石にそう言わしめる「大将」ぶりが子規にあったと見るべきだろう。

加えて、子規が松山に着くや「松山中の俳句を遣る門下生」が集い、漱石も巻きこまれて句作に励んだというのが興味深い。子規が愚陀仏庵で居候を始めると周囲の俳句熱が高まり、漱石も句作を始めざるをえなかった経緯がうかがえるためだ。

3 愚陀仏庵2

実際、子規は毎日のように漱石の愚陀仏庵で句会を行った。友人への書簡を見てみよう。

・小生へは毎晩四五人の訪問ある故、夜毎に臨時小運座有之候。諸子の熱心に驚入候。柳原抔は小生帰郷以来、日参致候。（東京の碧梧桐宛書簡、明治二十八年九月七日）

・毎晩三四人俳士来集、運座を催し候。初心ながら熱心のほど感入候。（広島の五百木飄亭宛書簡、明治二十八年九月八日）

療養中の子規は近況報告を兼ねつつ、句会が盛んであることも添えている。碧梧桐宛の手紙に「小生帰郷以来、日参致候」と言及された柳原極堂は、次のように回想するのだった。

上野の家（＝漱石の下宿の母屋、引用者注）の表格子を入つて子規の居室に通るに、我々としては外玄関、内玄関、茶の間の各内庭を通つて炊事場・井戸場に出て、その処の三尺口から裏庭に出て離れへ取つくのだが、その間、格子戸や障子戸を凡そ三四個開閉せねばならぬやうにできてゐるのだから、コソ〳〵とごまかして通つてしまふわけに行かぬ。それも時たまならまだしもだが、我々日参組の二三人は毎日でしかも昼夜更けて出かけるのだから、上野の家族に対して少なからず気兼をしたものであつた。

（『友人子規』〈前田出版社、昭和十八年〉）

漱石の下宿二階に起居する子規の元に——漱石は二階に居た——昼夜を置かず人が訪れ、句会が開かれる。極堂らは「上野の家族に対して少なからず気兼」し、漱石にも気を遣って日参したらしい。ところが、漱石が「僕が学校から帰つて見ると、毎日のように多勢来て居る。僕は本を読む事もどうすることも出来ん。（略）やむを得ず俳句を作つた」（前掲の「正岡子規」）と回想したため、極堂は自分たちは配慮したと反論している（『友人子規』の別箇所で述べている）。

真相は不明だが、どちらも実感だったのではないか。極堂たちが遠慮しつつ子規の部屋に通い、一階で句会に興じるのを文学好きの漱石が黙っていられるはずもない。自分の勉強や仕事はしたいが、句会が気になる……結果として一階へ下り、「やむを得ず俳句を作つた」のだろう。

句会は深更に及ぶこともあった。しかも子規は大量の原稿執筆や手紙をしたため、吟行にも赴いたのだから、病後の静養になったかは怪しい。案の定、子規は大量の鼻血を出して寝こんでしまう。

小生其後追々健全に赴き居候処、ふと逆上の結果鼻血と相成り、二三日間難儀致候へども、四日目よりは全く相やみ、其後は唯用心のため臥褥致居候。（略）帰郷後、先日病気にかゝる迄は毎日俳友数人つめかけ、運座附合等にて夜半迄相つとめ候。それも逆上一因なるべく候。

（五百木飄亭宛書簡、明治二十九年十月二日）

一時は危篤になった結核患者なのだから、「逆上」（頭に血がのぼせて鼻血などが出ること）も無理はあるまい。子規の病状に配慮しつつも日参した俳人たちは松山の松風会のメンバーで、先ほどの柳原極堂も一員だった。極堂は、「逆上」に至った子規の様子を次のように回想する。

逆上の主因は運座連俳のための夜更かしに基づくものだと、（略）松風会員たるもの実に恐縮に耐えぬ。（略）子規は毎日の仕事として新聞「日本」に寄すべき原稿を起草してゐた。九月中には「藤式部」「日蓮」「制裁」などの諸篇が「養痾雑記」として同新聞に掲げられ、十月中には同じく「「養痾雑記」の続稿として「故郷」「俳諧連歌」「俳諧大要」などが載せられてゐる。殊に「俳諧大要」は十二月末まで連載されたものだ。此の外にも俳句分類をはじめ作句詠詩など種々日日の仕事があつたらう。しかのみならず九月二十日の石手寺吟行をはじめ、十月七日まで約二週間内に五回の遠足吟行をしてゐる。それは丁度前期の逆上前後に当つてゐる。

（前掲『友人子規』）

病身には無謀としても、子規には余命幾ばくもない焦りがあった。一、二章で見たように彼はもはや俳人として生きる他なく、また松山の親族や知己、先輩らが帰省中の子規をどのように見たかは微妙だったろう。立身出世の期待を一身に背負って東京に出たにもかかわらず、大学を中退し、新聞社員として俳句に熱中する結核患者に、良い顔をした人ばかりではなかったはずだ。気の置けない同年代の、趣味を同じくする仲間たちと俳句に没頭したのは、様々な挫折や冷ややかな視線を忘れるためだったのかもしれない。

4 松風会の作風

結果として、病身を厭わない子規の周りには俳句熱が渦巻き、昼夜に渡り句会が繰り広げられることになった。漱石の下宿や正宗寺等で催された句会は松風会の面々が中心で、次のような句群が詠まれている。

①牛曳て川わたりけり秋の風　永　水（明治二十八年九月六日）
②古井戸に昼の蚊鳴くや秋の雨　甘　露　同
③野菊咲て水紫になかれけり　華　山（明治二十八年十月上旬）

詳細は略するが、いずれも席題の作品で、子規の選句による。今や平凡に感じられるが、こういった句を是とする句会は当時稀だった。同時期の宗匠らの俳誌を見てみよう。

①吹くごとに山はやせけり秋の風　定　山（「俳諧一日集」明治二十八年一月号）
②蚊の一つ来て眠られず秋の雨　蕉　花（「俳諧明倫雑誌」明治二十八年十二月号）
③菊の日や花に治まる世の薫り　春　逸（「俳諧花の朝集」明治二十七年七月号）

※①～③は子規派と同じ季語

いずれも季語と内容の結びつきが分かりやすく、趣向もあり、風流らしさが漂う作品だ。秋風が吹きつけるたび落葉するさまを「山はやせけり」とひねり（①）、夜雨の静けさの中、紛れこんだ蚊で寝られないと飄逸味を漂わせつつ秋雨の静けさを示す（②）。他の花にない香気を放ち、皇室の象徴たる菊の重陽は喜ばしい（③）……季感もあり、一読して納得しうる。

かたや子規の句群には、季語と内容の分かりやすい因果関係や趣向が見当たらない。「秋の風」でも、子規らは「牛曳て川わたりけり」（①）という情景に「秋の風」を重ねた。農夫が牛を曳きつつ川を渡る様子は春や夏でもありうるが、そこに秋の侘しさを見出した発見を一種の響きとして示すのみで、明快な因果を避けた詠みぶりである。宗匠たちの句群が江戸後期に完成した詠みぶりを洗練させたものとすれば、子規派の感性は江戸元禄期の芭蕉門『猿蓑』等にむしろ近い。

子規らの他句も同様で、他の時期でもありえたかもしれない風情を季感と響かせつつ、季語と他の措辞に因果関係を持たせず、そして「山はやせけり」等のひねりも加えずに淡々とした描写で仕上げており、宗匠たちと対照的といえよう。

選者の子規が俳諧宗匠と異なる俳句観だったのは、一章の「赤い椿白い椿と落ちにけり」等で見た通りだ。松山の俳人たちは彼の選句や句評、雑談等を通じて句の良し悪しの機微を肌で感じ、従来と異なる俳句の捉え方を学んだ結果、先のような作風に変化したのである。

5 菊の詠みぶり

「独断」(虚子、1節参照) の王たる子規が仲間たちの俳句観をいかに変容させたかを、松山での句会以外に見てみよう。先ほど挙げた「菊」でいえば、当時は格調高い香気を詠むのが定番だった。三森幹雄の主宰誌「俳諧明倫雑誌」の句を見てみよう。

①見る人の心も菊にゝほひけり　瓢　里　(明治十六年四月号)

②枯てまでかはらぬ菊の匂ひ哉　其　水　(明治二十九年一月号)

王花たる菊の香りは素晴らしく、眺める人の心まで風流に満たし (①)、枯れても以前と変わらぬ香気を漂わせるのはさすが王花だ (②) ……当時の「菊」句は香りを詠むのが大部分で、他の俳誌も見てみよう。

③菊の香の庭にこぼるゝ日和かな　頼水（「俳諧黄鳥集」明治二十五年十一月号）

④白菊のにほひこぼるゝ月夜哉　常雄（「俳諧明倫雑誌」明治十五年八月号）

⑤雫まで香の移りけりきくの花　其樵（「俳諧芭蕉の露」明治二十六年一月号）

秋晴れの「日和」の下、「菊の香」は「庭」に「こぼるゝ」ほどに満ち（③）、月の冴え渡る「夜」にも「白菊」は「こぼるゝ」ばかりの芳香とともに輝き（④）、香気は花弁からしたたる露の「雫まで」も香しく彩るのだった（⑤）。

これらの類型句に影響を与えたのは、おそらく次の句だろう。

菊の香や瓶にこぼるゝ水に迄　其角（『発句古人五百題』〈大川書店、明治三十一年〉）

江戸元禄期の芭蕉門、其角の作品で、当時の類題句集や入門書『発句自在』（聚栄堂、明治二十七年）等に収録された有名句である。其角句はいわば作句の指針だったのであり、先の③～⑤も其角句を念頭に置いた句といえよう。

「菊の香」は、草花の枯れる冬も余韻をたなびかせるともされた。

⑥菊枯れて薫りは文に残りけり　翠雲（「俳諧新誌」十三号、明治二十五年十一月）

⑦菊の香はまだゝしか也初時雨　随斎（「俳諧黄鳥集」十九号、明治二十五年十二月）

菊は枯れても「薫りは文に残り」（⑥）、冷たい「初時雨」の中にも香気は「まだゝしか」（⑦）であった……当時はこれら①～⑦のような句が毎月のように発表され、それらこそ俳句と見なされたのである。

子規が批判したのは、まさにこのような状況だった。俳句らしく、風流らしさを漂わせた類想が詠まれ続ける状況を月並と非難したのであり、子規たちの「菊」句は①〜⑦とおよそ異なっていた。

傘さして菊の枯れたる日和かな　子　規
芙蓉切つて枯菊いまだひかれざる　虚　子
土凍てゝ鉢植の菊枯れ果つる　碧梧桐

「めさまし草」明治二十九年十一月号の句群である。日傘をモダンにさすような小春日和、王花たる菊が枯れたという子規句、衰えた芙蓉が剪られ、枯菊は放置されたままという虚子句、手をかけて育てた菊が「鉢植」で枯れはてた碧梧桐句……子規らの句は香りを発せず朽ちたままで、無惨に枯れた姿を思いやるわけでもない。ただ枯れた菊が在るのみだ。

⑧白菊の落葉かぶつて枯れてゐる　非　無（「青年文」四巻五号、明治二十九年十二月）
⑨枯菊に煤漏れこぼる小窓哉　子　規（「国民之友」明治三十一年一月号）

「白菊」が落葉を被って「枯れてゐる」（⑧）、あるいは「煤漏れこぼる」ゆえに汚れた「枯菊」が小窓の外にある（⑨）……気品や香気とも無縁の、薄汚れたままの枯菊。子規たちは「菊—香気」というイメージからはみ出た「枯菊」を淡々と詠んだのである。

❻「写生」とは

彼らの「菊」句は今や平凡に感じられるが、当時は新奇な作品で、一章で論じた「赤い椿白い椿と落ちにけり」とも似通う特徴があった。それは、「写生」である。

子規の俳句革新の要が「写生」だったのは知られていよう。「写生」とは単に現実を描写する方法論ではなく、頭中の類想や常識を無視し、それに陥らないように新鮮な句を得ようとする認識だった。季感と内容が分かりやすく響きあい、納得しうる句意を重視せず、なぜそのようになったか分かりかねる現実の姿を興がり、ただそのようにある理不尽な体験を軸に据える認識であり、作者はその情景が何を意味するのか、なぜそのような内容を詠んだかは解説せず、黙って風景のみ指し示す詠みぶりに他ならない。

当時一般の「菊枯れて薫りは文に残りけり」⑥といかにも風流な、安定した価値観に対し、「白菊の落葉かぶつて枯れてゐる」⑧と美しくもない現実の姿を詠むことで、「菊—香気」のイメージを揺さぶり、類想に絡めとられない新鮮なヴィジョンを獲得する。宗匠たちの「見る人の心も菊にゝほひけり」①は作者が菊らしい王花の風情を強調するが、「土凍てゝ鉢植の菊枯れ果つる」(碧梧桐)はその情景が何を意味するか、いかなる冬の季感が漂うかは何も述べず、読者に黙って指し示し、意味を促すのみだ。

この「写生」句のありようは、実際の作品に接するとより体感しうるだろう。先述の「赤い椿」句や本章の「菊」句、またⅡ部一章の虚子句「遠山に日の当りたる枯野かな」や「ホトトギス」雑詠欄の高野素十、阿波野青畝（Ⅱ部二、三章）、そして山口誓子（Ⅳ部）や中村草田男（Ⅴ部）等の句には「写生」の感性が息づいている。彼らの句を通じて類想や常識を破壊しかねない「写生」の迫力を改めて体感してほしい。

四　子規派は蕪村をいかに発見したか
―蕪村調と月並句を比較して―

1 蕪村発見

前章で述べた「写生」以外に、子規派の大きな特徴として蕪村への親炙があった。

正岡子規が（略）「蕪村調」なりとの品定は、万口一斉に出しところなりき。（略）賞美の意あり、嘲弄の意あり。（岡野知十「俳諧風聞記」、「毎日新聞」明治二十八年九月二十八日）

俳壇の大多数が芭蕉を俳聖と崇める中、子規は芭蕉句を批判する一方（一章参照）、子規や周囲の俳人が蕪村句に熱中したため、「蕪村調」と称されたという。よく語られる子規派の蕪村発見で、彼らが蕪村を発掘し、礼讃したことは同時代でも有名だった。

ただ、気になるのが「嘲弄の意あり」という一節だ。子規たちの「蕪村調」はなぜ非難がましく見られたのだろう。そもそも、「蕪村調」とはいかなる句調なのか。

子規達が夢中になった「蕪村調」は、実際には定説とかなり異なっている。そこに彼らの俳句革新の本質があったのだが、現在知られるイメージと違うことを述べることになるため、少し専門的に、当時の資料を繙きつつ子規派の蕪村発見を考えてみよう。

＊

明治二十六年頃、子規たちは蕪村という俳人を話題にするようになった。類題句集（季題ごとに例句を分類した句集）を読むうち、膝を打ちたくなる句がいずれも蕪村作で、この俳人をまとめて読みたいと願うようになる。

調べるうち、江戸期に『蕪村句集』上下二冊が出板されたことが分かり、喜び勇んで本屋に向かうが、どの書店も置いていない。子規たちは東京中の本屋を駆け回るが見当たらず、ついに懸賞を賭けて探索するまでになった。

間もなく写本や上巻一冊が見つかり、また内藤鳴雪が『蕪村句集』上下巻を発見すると、子規たちは争って書き写し、蕪村熱がより高まった結果、彼らは蕪村のような作風を詠み始める。

通説では、子規たちは「鍋さげて淀の小橋を雪の人」といった蕪村句を客観的な「写生」と捉え、「客観写生」を詠み始めたと語られることが多い。子規派は俳句革新の主軸たる「写生」の先達として蕪村を発見し、称揚したというのだ。

それに対する反論もあり、子規派は「写生」ではなく、蕪村の人事趣味に惹かれたのだ、という論もある。そのような側面もあるのだが、子規たちが次のような句作に熱中したことは今や知られていない（※印は蕪村句）。

冬枯の木の間に笑ふ狂女かな　　子　規（「早稲田文学」明治二十九年五月号）

※岩倉の狂女恋せよほとゝぎす　（『蕪村句集』）
鮓の石狐の跡と判ずべく　碧梧桐　（「めざまし草」明治二十九年七月号）
※公達に狐化けたり宵の春　（『蕪村句集』、他句もあるが後述）
※鮓をおす石上に詩を題すべく　（『新花摘』）
秋の水湛然として日午なり　鳴　雪　（「めさまし草」明治二十九年九月号）
※三井寺や日は午にせまる若楓　（『蕪村句集』）

いずれも蕪村に触発された句で、明治三十年前後の子規派はこのような蕪村調を好んで発表した。それも蕪村の「写生」や人事趣味に惹かれたというより、「狂女」（謡曲の狂女物を背景にした措辞）や「河童・狐」等の怪異的な素材、また「べく・日午なり」等の措辞に——それも句の内容と見合わない奇妙な強調——関心が集中していたのだ。

2 蕪村調の奇妙さ

子規たちの蕪村調が一般の俳句観といかに相容れないものであったか、内藤鳴雪の「秋の水」句で考えてみよう。普通、「秋の水」は夏の暑さが去った後の清爽なさまが詠まれる傾向にあった。

①口そゝぐ心もきよし秋の水　三　洞　（「俳諧明倫雑誌」二十号、明治十五年六月）
②月影の底に動くや秋の水　常　越　（「俳諧鴨東新誌」八十五号、明治二十五年一月）

夏のよどんだ暑さが薄らぎつつ、大気の澄みわたる秋が訪れそむる。秋の到来を感じさせるのは冷ややかな「水」で、「秋の水」で口を注げば「心」も清くなるようだ（①）。夜には空に月が冴え渡り、静寂漂う水面に照り映え、しかも月影で透ける川底に水が止むことなく流れゆくのが見える（②）……宗匠らの句群は、「秋の水」の季感を増幅させることで季語と内容に因果関係を持たせ、秋らしい風流なひとときを感じさせる句作りといえよう。

一方、鳴雪句は「眼前に「秋の水」が湛えられている、今まさに正午だ」という句意で、なぜ「秋の水」に対して正午であることを強調せねばならないのか、よく分からない。それに「湛然」「日午」は漢詩文の措辞で、明治期で俳句にそれらを用いた作品は鳴雪以外に存在せず、表現自体も奇妙であった。

仮に「正午」であれば、次のような句が散見される。

昼顔や正午の暑を乱れ咲く　　春　雄（「俳諧一日集」四十編、明治二十五年七月）

夏の正午の暑さの中、照りつける日ざしに煽られたように乱れ咲く昼顔……「正午」は真夏の暑さの強調であり、昼顔が「乱れ咲く」理由たりえていよう。しかし、鳴雪句は「湛然」とした「秋の水」を示した後に「〜日午なり」と時刻のみ告げ、句を終わらせてしまう。「日午」は夏の暑さを暗示するわけでなく、秋の正午というだけだ。

「湛然」とした「秋の水」に、正午という時刻は必然性があるのだろうか。秋の「日午」の柔らかい日ざしが「水」面に照り映える……鳴雪は、真夏の灼けつく日ざしでなく、秋の「日午」の淡くはかなげな陽光を示したいのかもしれない。しかし、それならば秋の日ざしを喚起させる語を用いるべきで、古来から秋らしい時間帯は夕暮れであり――新古今集の「三夕の歌」や芭蕉の「この道や行く人なしに秋の暮」等――、次第に薄れゆく茜色の光のかそけさに冬の寂寥を予感させるのが定番だった。

藪川へさす日のあしも秋の暮　　月　彦（「俳諧矯風雑誌」二十八号、明治二十四年十月）

藪の中を流れる川面をさまよう暮光は薄らぎ、夜闇がしのびよるように訪れる……この感覚から鳴雪句を振り返ると、「秋の水湛然として」に対する「日午なり」という断定は奇妙にずれている。しかし、鳴雪からすると当時の俳句観からはみ出た措辞ゆえに「日午」等を用いたのであり、「秋の水」の類型と異なる内容を詠みつつ、それに奇妙な断定を下すことで、ユーモアすら帯びたズレを興がったのである。その際、「日午なり」のヒントとなったのが蕪村の「三井寺や日は午にせまる若楓」だったのだ。

3 批判

先に引用した子規の「冬枯」句や碧梧桐の「鮓の石」句も、鳴雪句同様、一般の俳句観からほど遠い作品だった。俳壇は、子規派の乱暴な句調を批判するようになる。

近年、蕪村を崇拝するもの二種あり。一はその句体の奇なるを愛で、自ら蕪門と唱へ、狂漢の囈言にひとしき句を吐くものとす。　　　（『蕪村句文集』〈明倫社、明治二十九年〉序文）

著名宗匠たる三森幹雄のグループが刊行した『蕪村句文集』序文である。子規派を念頭に置いたのは一目瞭然で、「写生」や人事趣味ゆえの批判云々というより、そもそも俳句と呼べない「奇なる」代物と否定している。子規派の蕪村調への評は他も散々で、ほぼ批判であった。

・新派の徒が俳はただ調を荒うし、句を硬くするを以て能事とす。（大野洒竹「俳諧小言」、「秋の声」

四号、明治三十年二月）

・今の所謂新調俳句をよむもの、蕪村の詩想なくして而して蕪村の句体をつくる。俳句か、廃句か、我之を評するに評なし。（「造士新聞」八号、明治三十年）

蕪村調は中味のない「廃句」（！）というのだ。当時、子規派ほど賛否両論を巻き起こした集団は存在せず、それも批判の方が多かった。俳句を知らない書生の集まり、素人の新聞記者、徒党意識に固まった偏狭者等々、俳諧宗匠は無論、帝国大学で新教育を受けた人々も子規派を難じた。彼らの句は分からない、あれは俳句ではない……とりわけ蕪村調は評判が悪かったのだ。

子規たちの蕪村調を、さらに見てみよう。

菊枯れたりといへども故郷に帰るべく　把　栗（「早稲田文学」明治二十九年十一月号）

薄野や出づべくとして川に出でず　虚　子（新聞「日本」明治三十年十月三十一日）

故郷に帰らねばならぬと力む必要があるのか、また川に出なければと思って出られないことになぜなったのか、やはり分からない。その分からなさを「べく」と力説するところにユーモアがあり、それは鳴雪句の「～日午なり」同様、表現と内容の妙なズレを狙った句といえよう。

先に引用した碧梧桐も「鮓の石狐の跡と判ずべく」と詠んでいたが、それは次の蕪村句に憧れたためである。

①出べくとして出ずなりぬ梅の宿　（『蕪村句集』）

②鮓を圧す石上に詩を題すべく　（『新花摘』）

出かけようとして結局出ないままになってしまった、わが家の梅を愛でているうちに（①）……あるいは、漬け込んだ鮓の重石は漢詩を書き付けるのに格好の石だ、と興がる蕪村句（②）。

江戸期の蕪村は漢詩文の読み下しに用いられる「べく」を俳諧に持ちこむことで、和歌と異なる俳意を醸成したわけだが、明治期には「べく」を用いた俳句など存在せず、かろうじて次のような句があるのみだ。

風呂吹や梅も咲べき座の暖み　蘭畹（「俳諧芭蕉の露」一号、明治二十六年一月）

「べき」を用いた句だが、子規派と明らかに異なる。冬に「風呂吹」大根を炊く家の中は春のように暖かく、外も「梅も咲べき」ほどの「座の暖み」ではないか……「べき」と強調した理由が分かる内容で、子規派のように奇妙な断定ではない。

当時は俳諧宗匠らの句調が圧倒的に多く、一般の俳句観や句作りは彼らが基準であった。宗匠たちの句と比較した時、子規派の蕪村調がいかに奇抜で常識を踏みこえた作風だったかがうかがえる。

4 実際の蕪村発見

ところで、明治期に蕪村を発見したのは子規たちと説明されることが多い。しかし、俳諧宗匠たちは彼ら以前に蕪村を知っており、称賛する宗匠も少なくなかった。三森幹雄の論を見てみよう。

名人とか、大家とかいはるゝ人にも心一ならねば、好む処ありて、句々皆別あり。今こゝろみに中興名家の句を挙げて示すを見べし。

春の海終日のたり〳〵かな　蕪村

菜の花や月は東に日は西に　　同（略）

春の海の真情にて永き日をのたり〳〵と終日波の立たる姿、菜の花の原野広々として月は東に昇り、日は西に入らんとする春の夕暮のどかにて、いとうるはし。（三森幹雄、「俳諧矯風雑誌」明治二十三年一月号）

幹雄は後に子規に月並の象徴と批判された俳人だが（二章3節参照）、明治二十三年に蕪村を「中興名家」（芭蕉以後の停滞した俳句界を興した名家という意味）とし、「春の海」句を「いとうるはし」と礼讃している。この点、子規派が蕪村を最初に発見したという定説は事実ではない。子規たちがいち早く蕪村を発見したわけでなく、すでに宗匠たちの認めるところだったのだ。

同時に、「発見」の意味を掘り下げると子規たちの蕪村発見はやはり最初だった、ともいえる。子規派以前に蕪村句をなぞった作品を見てみよう。

①木枯や鐘を離れし鐘のこゑ　　雪　蓬『明治新撰俳諧一万集』（博文館、明治二十四年）

　※涼しさや鐘をはなるゝかねの声　蕪村

②鴫なくや入江は東月は西　　善　風（「俳諧明倫雑誌」明治二十六年十二月号）

　※菜の花や月は東に日は西に　蕪村

③飛入にあた名知らる、角力哉　　芳　洲（「俳諧鴫川集」明治二十七年十月号）

　※飛入の力者あやしき角力哉　蕪村

鐘の音を「鐘を離れし鐘の声」と見立てつつ、そこに木枯の身を切るような寒さを響かせ（①）、浮世絵じみた構図の夜明けに「鴫」の鳴き声が響く（②）。あるいは草相撲に飛入参加した人物に仇名を知られてしまったりと(③)、蕪村句に触発された句群だ。当時、諸俳誌にはそれなりに散見される類型で、子規以前に蕪村の作品も知られていたことがうかがえる。

ところが、子規たちはこういった蕪村句のなぞり方はしなかった。彼らは、当時の句作感覚からすると奇妙な措辞や世界観を蕪村句から取り出し、一気に拡大させたのである。

5 子規たちの蕪村発見

先ほどの宗匠たちの句と、子規派の蕪村調を比べてみよう。

①鴫なくや入江は東月は西　善　風
②河童身を投げて沈みもやらぬ朧月　虚　子（「青年文」明治二十九年三月号）
※河童の恋する宿や夏の月（『蕪村句集』）

①は月が西に傾く明け方、東に入江をのぞむ広々とした風景に鴫の鳴き声が響く……という句意で、かたや②は虚子の不思議な句だ。春夜に河童が身を投げるように淵に飛びこんだが、沈みもせずそのまま浮いている、折しも空には朧月……と、春の駘蕩とした朧月の風情と何ら合っていない情景がユーモラスで、河童の中途半端な状況も可笑しい。いかにも風情のある①、かたや蕪村句に想を得た奇妙な②は、ともに蕪村句に示唆を受けた点で共通するが、目指す方向は明らかに異なっている。
それにしても、なぜ子規たちは②のような蕪村調を好んだのだろうか。子規の革新運動の側面から考えてみよう。

当時の子規派は、類想や凡句ばかり崇める宗匠らに辟易していた。子規は自派を明治維新後の革新集団たる新派とし、かたや江戸後期以来の旧弊になずむ宗匠を旧派と批判し、俳論で攻撃しはじめるが、肝心の実作で新派にふさわしい詠みぶりが困難で、革新は理論先行の観があった。

「芭蕉雑談」（前掲、明治二十六年）等で芭蕉崇拝を否定してみせても、宗匠たちが粛々を従うはずもない。子規派は論が過激極まりないが、作品はそこまで革新的ではない……という状況だったのだ。今まで良しとされた俳句像と異なる句を詠みたい、斬新極まりない作品を……と子規たちは試みるものの、従来の常識を振りきった作風を簡単に見つけられるはずもない。特に子規は江戸俳諧の膨大な知識を蓄えた勉強家の反面、それが災いしてか、従来の俳句観を脱した句を詠みえず、忸怩たる思いだった節もある。

その時、ぶ厚い雲の切れ間から陽光が射しこむように姿を現したのが蕪村だった……とは大仰だろうか。宗匠たちに蕪村はそれなりに知られていたものの、多くの句群が歴史の闇に埋もれていた時期、『蕪村句集』を手に取る子規たちは他俳人たちと違う理由で興奮した。句自体の魅力もさることながら、江戸後期以来の俳諧観と異質の措辞や内容が充満していたために他ならない。

①狩衣の袖のうら這ふ蛍かな　（『蕪村句集』）
②河童の恋する宿や夏の月　同
③鳥羽殿へ五六騎いそぐ野分かな　同

詳細は省くが、これらは当時一般の俳書や俳誌等にまず見当たらない趣向や措辞に満ちており、ゆえに子規たちは熱中したのである。旧態然とした句調を脱したいと願う彼らは、蕪村の世界観を借りて次のような句を詠み始めたのだった。

①待ち添ふる狩衣の袖に藤の花　子　規（明治二十九年）
②泳ぎ上り河童驚く暑さかな　漱　石（明治三十年）
③五六騎のかくれし寺や棕櫚の花　虚　子（明治二十九年）
※蕪村句の①〜③にそれぞれ示唆を受けた句

王朝物語を想わせる子規句、怪異と飄逸味を響かせる漱石句、そして軍記物のような虚子句……先ほど見た鳴雪の「日午なり」句や碧梧桐の「鮓の石」句同様、同時代に類例が見当たらない作品で、従来の俳句観を吹き飛ばす過激さに満ちていたのだ。

6 漱石も蕪村をなぞる

先の「泳ぎ上り河童驚く暑さかな」（②）を詠んだ夏目漱石も子規派と目され、子規は彼を次のように評したものだ。「意匠極めて斬新なる者、奇想天外より来りし者多し。（略）漱石また滑稽思想を存す」（子規「明治二十九年の俳諧」、新聞「日本」明治三十年三月七日）。確かに、川から泳ぎ上がった河童が夏の暑さに驚く……というのは「奇想天外」で「滑稽」味も漂っている。当時の漱石は英語教師で、松山中学校勤務の頃に子規と同居したのは前章で述べた通りだ。その後は熊本第五高等学校に移り、句作を続けていた。

漱石は「滑稽」味を帯びた蕪村調が得意で、例えば次の句を見てみよう。

落ち合ひて新酒に名乗る医者易者　漱石（「ほとゝぎす」明治三十二年九月号）

実りの秋を告げる「新酒」が出回る頃、酒を飲ませる処で「医者」と「易者」が落ち合い――約束したのか、偶々かは微妙だ――、「新酒」を前に名乗り合い、何やら言葉を交わして酒杯を傾ける……という句だ。西欧医学が導入され始めた明治期、江戸期以来の漢方医や易者はやや時代遅れで、いかがわしい職の雰囲気があった。時代の風潮に取り残されつつあるが、好きな酒をやめるでもなく、「新酒」目当てに店に入り、ともに挨拶しあう滑稽味が漂っている。

漱石句は、次の蕪村句をなぞっている。

秋風や酒肆に詩うたふ漁者樵者　蕪村（『蕪村句集』）

杜牧の「水村山郭酒旗風」（「江南春」）を秋季にずらし、鄙びた「漁者・樵者」を具体的に詠みこんだ趣向で、漢詩調に仕立てることで文人的な世界を漂わせた句である。漱石は蕪村句の「酒肆」を踏まえつつ、明治日本の「医者・易者」を落ち合わせた趣向を立てたのだ。

漱石の「蕪村調」も、当時一般の「新酒」の類型からはみ出た奇妙な句だった。

①打解たはなしに睦む新酒かな　光年（「清風草紙」明治三十二年十二月号）

②夫婦して睦まじう酌む新酒哉　蕉声（「俳諧明倫雑誌」明治二十六年十二月号）

③泊り客の有りて口切る新酒哉　（無署名）（「風雅の栞」明治二十九年十一月号）

通常、「新酒」は「打解た」（①）者が酌み交わすもので、「夫婦」が今年も「新酒」を口にできた喜びを「睦まじう」（②）わかちあったり、「泊り客」といった客人に「口切る」（③）のが定番だった。ところが、漱石句は「新酒」を前に「医者・易者」が名乗り合っており、両者は初対面らしい。当時の感覚からすると奇異な「新酒」の場面なのだが、句としては「落ち合ひて新酒に名乗る医者易者」と滑らかに読めてしまうため、自然な作品世界にも感じられる。奇妙な状況のはずなのだが、作品内では「医者易者」がごく自然にやりとりしているのが可笑しい。

やや胡散臭い生業の、酒好きらしい二人が「新酒」目当てに落ち合う漱石句は、当時一般の「新酒」観からするとまさに「奇想天外」「滑稽思想」(子規評)に満ちた作品だったといえよう。

同時に俳諧宗匠たちからすれば、漱石句のように奇異な句を縷々詠む子規派をいかに理解すればよいか分からず、何より俳句でそのような内容を詠む理由が分からない。ゆえに多くは子規らの句を「奇」と非難し、かたや子規派は蕪村調を誇示するように次々と発表し、従来の俳句観を正面から否定してみせたのである。

子規派の実作に過激さと斬新さをもたらしたのが蕪村であり、彼らはそれゆえ蕪村句を露悪的なまでになぞったのだ。

7 幹雄と子規

宗匠たちは子規以前に蕪村の実力に気づいていたが、それは従来の俳諧観に沿った受容だった。著名宗匠の三森幹雄も折に触れて蕪村を評しており、例えば次の句評を見てみよう。

画を無声の詩といひ、詩を有声の画と云ふ。(略)風致風景、真にせまる物は名画なり。風致風景なくして理を写す物は絵図なり、図句なり。図句はその言葉鮮明なりといへども、句となる

の妙なし。自から風致風景を備ふる物は句中おのづから妙あり、奇あり。（略）

羽蟻立や不二の裾野の小家より　蕪　村

この句、気運生動自ら備りて画にも尽すべからざる妙あり。これ羽蟻たるや、一丁を隔てば人の眼にとゞまらざる小虫なり。小家もまた、十丁とも見ゆる物にあらず。この小虫湧くが如く群出るけしき、眼を遮りて富獄を覆ふる勢あり。この日極めて天朗かにして、東海道半ばの風景を奪ふに足れり。これ気運生動よく妙ありといふべし。

（「画句図句之論」、『俳諧自在法』三之巻〔庚寅新誌社、明治二十五年〕所収）

いくつもの興味深い点があるが、ここでは次の比較を押さえよう。○が称賛、×が否定すべき作風である。

○名画、名句↓風致風景が真にせまる、気運生動、妙あり。
×絵図、図句↓風致風景の理を写す、言葉鮮明だが妙なし。

鮮明な情景でも「気運生動」のない句は評価が低く、眼前の風景をただ写したり、報告する句は「理を写す」ことに留まるというのだ。名句はその先の「妙」を描く必要があり、それは蕪村の「羽蟻立や不二の裾野の小家より」のような句である。晴れ上がった空の下、「小家」から「湧くが如く群出る」「小虫」には「眼を遮りて富獄を覆ふる」勢いがあり、その景色の向こうに富士山がなだらかな稜線を見せつつ、悠然と聳えている……読む者に「東海道半ば」といえる雄大な情景を想像させる点に「気運生動」がある、と幹雄は解した（実際の蕪村句は「羽蟻とぶや～」）。

蕪村句の構図は浮世絵――北斎の「富嶽百景」など――にも多く、「近景／遠景」を重ねることで広大な遠近感を出している。幹雄は、短詩型の発句でかくも大きな情景を詠みえた点を評価し、読者は「羽蟻」と「不二」の間に横たわる余白に想像を羽ばたかせ、「気運生動」を体感しうると解したのである。

一方、子規はこの蕪村句を次のように評した。

富士も小家も羽蟻も客観的のものには相違なけれど、客観的に画の如く統一したのではなくして、寧ろ主観的に大小を配合したのであらうと思ふ。余は之を浅薄な句と思ふ。

（「蕪村句集講義」、「ホトトギス」明治三十四年十二月号）

子規は、素材が「客観的」としても「主観的に大小を配合」した句のため、「浅薄」とにべもなく否定する。幹雄は「主観的に大小を配合」したゆえに「真にせまる」と評価したのに対し、子規はそれゆえ批判したのだった。

子規の評する「客観的に画の如く統一」した句とは、例えば「赤い椿白い椿と落ちにけり　碧梧桐」であろう（一章参照）。主体が瞬時に見渡し、把握できるような風景、つまり西洋画のように額縁に収まる構図の中、一点透視法ですっきりした風景を子規は「客観的」と評したのであり、蕪村句は浮世絵に近い「近景／遠景」の構図ゆえに「主観的」と批判したのである。

8 子規の影響力

三森幹雄が実景そのままの句を「図句」と否定的に捉え、「羽蟻とぶや不二の裾野の小家より」といった句を「画句」と称賛したのに対し、子規は「羽蟻」句を「主観的」と批判し、「赤い椿白い椿と落ちにけり」等の「図句」こそ「客観的に画の如く統一」した句と評した。

明治三十年代以降、幹雄のような宗匠の俳諧観よりも子規たちに共鳴する若者たちが急増し、各地で子規派俳誌が刊行され始める。彼らは子規派の牙城たる「ホトトギス」を参考に誌面作りを行った結果、子規たちの蕪村受容が興味深い形で流布するようになる。

例えば、岐阜の俳誌「鵜川」明治三十六年十二月号を見てみよう。

春の水にうたゞ鵜縄の稽古かな

に就て、碧梧桐先生は「…然し春鵜飼の稽古をするといふ事が実際であるか判然としないから…」などといふてあるので、ここに鵜に就て一寸書いて見る。元来、長良川で使用する鵜は、尾張国知多半島の師崎辺の荒鵜を漁夫が捕獲して、（中略）春の日に、はじめてこの荒鵜の首に翼に檜縄をかけて、雑魚、柳鮠、若鮎などを呑むで吐かす事の習慣を教えるのが所謂鵜縄さばきの稽古である。そして蕪村講義に子規先生の書かれた通り、夜の景色でなくて春日遅々たる昼の光景であるのである。

（鵜川子「俳諧反古籠」）

子規たちが『蕪村句集講義』（「ホトトギス」で連載、後に単行本）で取り上げた「春の水に」句について、「鵜川子」が言及したくだりだ。『蕪村句集講義』で「碧梧桐先生」が首をかしげたように、一般的に鵜飼は夏の季感が強く、春に「鵜縄の稽古」は奇異に感じるが、長良川の鵜飼を知る現地人としては、子規の解に疑問を感じないという。「鵜縄の稽古」は「春日遅々たる昼」に行われるもので、蕪村句はその光景を詠んだのであり、子規の解が正しいというのだ。「鵜縄の稽古」の解説もさることなから、「碧梧桐先生・子規先生」の『蕪村句集講義』を話題にした点が興味深い。子規派に共感を抱く青年たちは、このように『蕪村句集講義』を片手に俳句の解釈のあり方を学び、議論を重ねることで、何をもって俳句とするかを育んだ節がある。

東京の俳誌「サラシ井」明治三十六年四月号も見てみよう。

冬籠燈光虱の眼を射る　蕪村

梓石氏日。此れは貧居の有様をいつたのでせう。燈光虱の眼を射るとは寓言で、冬籠の而も家に儋石の設けなきも晏如として書に耽る閉戸先生の如き人物の境遇を謳うたものと思はれます、或は蕪村それ自身の境界をいつたと見る方が宜いかも知れません。

六花氏日。燈光風の眼を射るを単に寓言とするのはどうでせうか。私は虱が現に畳なり、衣服なりに居るのではないかと思ひます。其れを灯火が照して居るといふ場合でありますが、単にそれ計りを句にしたのでは露骨になつてしまうので、そこで苦心の末眼を射るの五字を得たのではありますまいか。（略）

迂外日。この虱は衣服ではなく、畳上を匍つてゐる方の場合です。

「サラシ井」巻頭に置かれた「五車反古輪講」――『五車反古』（江戸中期）は「蕪村七部集」の一つとされた俳書――の一節である。彼らは『蕪村句集講義』を踏襲した輪講形式――子規や虚子、碧梧桐、鳴雪たちが蕪村句を自由に評しあう形式で、当初は「蕪村句集輪講」と題された――で論じており、それは俳諧宗匠たちの句解形式と異なる子規派独特のスタイルだった。句集輪講が新しい上、芭蕉ではなく『五車反古』を選ぶあたり、俳誌「サラシ井」は「ホトトギス」に強い影響を受けた誌面作りといえる。

「冬籠」句について、梓石が文人の貧居を寓したと評する一方、六花は「虱が現に畳なり、衣服なりに居るのではないかと思ひます。其れを灯火が照して居る」と実景に即して解し、また迂外（「サラシ井」主宰）は「虱は衣服ではなく、畳上を匍つてゐる」とより実景を細かく見定めるなど、彼らは近代「写生」的な感性で句を解そうとしている。

蕪村自身は中国文人を想定しつつ、「冬籠」の隠士の衣服にひそむ「虱の眼を（燈光が）射る」とユーモラスに詠んだ点に俳意があったと推定されるが、「サラシ井」の輪講は実景に近い「写生」的な解釈を施しており、いかにも子規派らしい。

明治三十年以降に各地で子規派俳誌が激増するが、「鵜川」「サラシ井」のように『蕪村句集講義』を参考に江戸俳諧を論じたり、「○○輪講」という形で句集評を行う場合が多かった。「ホトトギス」誌上の『蕪村句集講義』は輪講形式に加え、江戸元禄期の蕉門ではなく天明期の蕪村を取り上げ、しかも「写生」的に解するなど全てが斬新であり、各地の青年俳人はこぞって『蕪村句集講義』を参照し、自らも輪講を行うことで俳句観を培ったのである。

9 俳句観そのものが変容

従来の俳諧宗匠は芭蕉門の選集『猿蓑』『炭俵』に加え、江戸後期の梅室、蒼虬といった著名宗匠の句解を好み、歌仙（連句）の解説も多かった。蕪村や几董といった俳人については類題句集収録の句を紹介したり、三森幹雄のように称賛する宗匠もいたが、大々的に取りあげることはなかった。彼らは江戸後期から連綿と続く俳諧観を遵守し、芭蕉を頂点とする価値観の中で蕪村を味読したわけだが、子規派は同時代宗匠の誰とも異なる角度で蕪村を発見し、熱中した点が独創的だったのだ。それは句作において蕪村調となり、論上では『蕪村句集講義』や子規の『俳人蕪村』等に結実し、双方ともに全国各地に多くの追随者を生んだ結果、子規派として巨大なうねりを見せたのである。

先に紹介した子規派俳誌「サラシ井」には同人作品の論評欄があり、明治三十七年八月号に次のような記事が見える。

丸あきのまだ寝ぬ家や夏の月　八重桜

雉子郎曰　陳腐。俗語をして俗ならしめぬ所が生命であらう。

止観堂曰　どう見ても大した手柄の句とは思はれぬ。蕪村の「短夜や小店明けたる町外れ」を思い出した。趣の似た所があるからだらう。

蜻蛉、柳塘曰　「丸あきの」より「まだ寝ぬ」に続く所、拙。

春圃曰　町外れの家で他の家の寝静まった後まで飽まで涼を貪る処、中々雅味がこもつてる。印象明瞭。

彼らは句の良し悪しを論じる際、蕪村句に似ていると指摘したり、「印象明瞭」とも評している。従来であれば芭蕉門や梅室句、類題句集や『去来抄』の文言等を参考に論じたところを、「サラシ井」同人は子規派の俳句像に沿って作品を捉え、論じあっているのだ。

関西の子規派俳誌「くぢら」も見てみよう。

広告を見て待ちに待つて居つた、鼠骨氏の歳時記例句選を手にしたが、俳書堂の季寄せをやゝ引延した様なもので案外に例句も少ない。運座の席なぞへ此一書のみを携へて行くなぞは我々初心の者には少々心細ひ感がする、ヤツパリ蕪村句集や春夏秋冬が是非必要の様に思はれる。

（秋蒼「潮ぶき」、「くぢら」明治三十六年九月号）

秋蒼は、子規派の寒川鼠骨による『歳時記例句選』（内外出版会、明治三十六年）を手にとると例句も少なく、参考にするには「少々心細ひ感がする、ヤツパリ蕪村句集が春夏秋冬が是非必要」と感じたらしい。秋蒼が句会に携えようとしたのは芭蕉七部集や江戸後期宗匠の句集でなく、子規派の選句集『春夏秋冬』であり、『蕪村句集』であった。

「サラシ井」「くぢら」のような俳誌は、明治三十年頃から全国各地に急増する。彼らは子規派が仰ぐ蕪村や几董を軸に江戸俳諧を味読し、「印象明瞭」や「写生」を旨とする実作に励み、『蕪村句集講義』のスタイルで句を評しあい、子規俳論の術語を盛んに口にした。「明治二十九年の俳諧」や『蕪村句集講義』を熟読する子規派俳人は、子規の口吻に倣って俳諧宗匠を旧派と公言し、自らを新派と胸を張ったのだ。

子規は数多の青年俳人の史観や実作、論評や句会のあり方も含めた俳句像を丸ごと変容させたのであり、それは彼の登場から十年ほどの出来事であった。

五　無の発動、英雄子規
―「写生」の発見と病臥について―

1 無の発動

司馬遼太郎が『坂の上の雲』（「産経新聞」昭和四十三〜四十七年）で秋山好古、真之兄弟や正岡子規を明治の青春と謳い、変革と野心に燃える英雄と描いたのは著名であろう。その『坂の上の雲』連載中、文芸誌「新潮」で『日本の文学史』を連載（同四十四〜四十六年）したのは批評家の保田與重郎（一九一〇〜一九八四）だった。彼は戦前から文芸評論等で活躍し、特に詩歌に関心があったため子規について多々言及している。『日本の文学史』でも近代に筆が及ぶと子規を取り上げ、次のように述べた。

正岡子規に、私は夥しい批判をもつても、この人を、尊敬する対象として、わが日本の文学史の上に祭るのである。子規は日本の文藝の最高唯美の風雅に殆ど無縁の人だつた、西洋の近代に対しても殆ど内的教養がなかつた。しかも彼はわが文芸史上の英雄だつたのである。年少にして一世を風靡し、短命のままあざやかに世を去つた。伝統の風雅に無縁にして、西洋の近代にも内的教養として無感覚だつた文界の英雄の続出したのは、明治文明開化期の一大偉観と云つてもよい程の現象だつた。その英文の方が巧みだつたやうな、内村鑑三、岡倉天心も、さういふ英雄だつた。

（『日本の文学史』〈新潮社、昭和四十七年〉）

司馬が朗らかに謳った英雄像と異なり、保田は子規を内村鑑三や岡倉天心と同じ意味で明治の偉人と讃えた。それは両義的な意味を含んでおり、例えば次のくだりを見てみよう。

東洋の旧来の人物評価観として、英雄は天下の大順にして、しかも天下に敵対なしといつたのは、英雄はいつも喜色を以て誰の言ふことでもきき入れ、その半面千万人といへども我一人往くの大叛逆だつた、といふことを指すやうである。（略）その身一つに、二つの相反する性格の大極端のものを雑居させ、その行動は、理によつて動くのではない。大気風動することの激しい如く、颯爽の風姿のみを後にのこして、天下を風靡した。それは理による運動でなく、無の発動である。

（保田「好日の意」、「山陽新聞」昭和四十九年一月五日）

保田の表現になぞらえると、司馬の『坂の上の雲』は「理による運動」としての子規や秋山兄弟を描いた、といえようか。超大国のロシアや欧米列強から小国日本を守るため、人智を尽くして改革に燃える士族出身の若者たち。そこには明確な理念があり、使命感に燃えて努力と研鑽を怠らず、勝利を勝ち得る姿があった。司馬が忌み嫌った太平洋戦争の無能な指導者たちと比すると明治の英雄群像は何と正しく、明るく、強いことか……こういった司馬の英雄観に対し、保田は「無の発動」に近い存在として子規を称えたといえる。

それは勝利や成功を度外視したところで「無感覚」（保田）のまま「発動」してしまった、大きなうねりに近い。全てが充満し、何もなく、最も虚ろで、燃えさかりつつ、爽やかに破壊と変革を断行し、何ら反省しない魂……戦前、保田が子規を論じたくだりを見てみよう。

子規の青年の精神に、はるかにすさまじく強烈であり、より文学的に尊敬すべきものを味はつた。（略）子規のえらさには、ひたぶるな狂にちかい文学のかげりもあらう。

（「正岡子規について」、『英雄と詩人』〔昭和十一年、前掲〕所収）

「狂にちかい文学のかげり」と、先ほどの「無の発動」はさほど離れていないと思われる。一、二章で見た子規の人生を改めて振り返りつつ、「文学のかげり」とともに彼の「写生」を捉えてみよう。

2 挫折と写生

これまで見たように、子規は順風満帆の文豪ではなく落伍者だった。彼は伊予松山藩の没落武家の長男に生まれ、父を早く亡くしたため一族の期待を背負って成長し、漢学や勉強に励んだ。明治維新時に賊軍とされた松山藩の汚名を雪ぐため、士族出身として自らを国家に益する人材たらんと欲し、土佐の自由民権運動に刺激を受けて政治演説に夢中になり、明治十六年に政治家等の野心を胸に東京の学校へ進学する。立春出世の風潮の中、将来は前途洋々だった。

旧松山藩主の久松家による育英事業の給費生に合格し、大学予備門に入学後、高等中学校から帝国大学本科に進学したが、結核に冒された上、小説や俳句などの文学に熱中したため学業に身が入らなくなった。周囲には山田美妙や夏目金之助、米山保三郎ら秀才が居並び、自信をなくしかけたのもあったろう。
今後の身の上に展望を持てず、八方塞がりの中で人生を賭けた小説執筆を思い立ち、文壇の寵児となって名誉と生計の獲得を狙うが失敗し、大学を中退して日本新聞の記者となり、一家を養うことになった。この時の心境を、彼は碧梧桐に書き送っている。

人間よりは花鳥風月がすき也　（碧梧桐宛書簡、明治二十五年五月二十八日）

胸中の大望や野心のままならない人間社会から、他者の居ない「花鳥風月」へ。それは逃避に近かったが、「花鳥風月」の世界は次第に異なる相貌を帯び始める。

明治二十七年、日本新聞社は「日本」が政府攻撃の廉で発行停止に頻繁に追い込まれたため、それをかわす意も込めて趣味や文芸を軸とする「小日本」を企画し、子規が編集を一任された。それまでの子規は政治関連が主たる「日本」の片隅で俳論や選句を載せるのみで、記者として華々しく活躍したわけではなかった。彼は「小日本」編集に身命を賭す勢いで打ちこみ、懸命に奔走したが僅か半年で廃刊となってしまう。その直後に日清戦争が勃発、国家未曾有の危機として新聞は戦争記事一色となった。

同僚たちは御国の一大事とばかり大陸へ渡り、従軍記者として戦況その他を書き送る。結核を患う子規は国内に留まり、俳論や選句にかかわるのみだった。松山藩士族出身として、また大学中退の汚名挽回として従軍記者になりたい、しかし戦地へ向かえば身は持たないだろう……「鬱勃たる不平は常に自分の胸中に蟠つて居て実は煩悶の極にあつた」（子規「獺祭書屋俳句帖抄上巻を出版するに就きて思ひつきたる所をいふ」、「ホトトギス」明治三十五年二月号）。

「煩悶の極」に苛まれる子規を救ったのが、「花鳥風月」の世界である。彼は人間社会から逃れるように郊外を散歩し、名もなき草花が風に揺れ、螽が飛び、雲が流れる風景に浸る。

　田のあぜ道を何処とも定めず行く程に人里遠くへだたりて、人の影だに見えぬまでなりぬ。そこにあぜ道とは見ゆれど幅稍〃広く草など生ひたる処あり。固より世の人の往来する路にあらず、いと淋しくて心置くかたも無ければ、草に腰据ゑてしばらく憩ふ。此あたりは螽殊に多く覚えて、稲を揺がす音かしましく、あるは路草に遊ぶも多かりけるが、はてはわが袖ともいはず背ともいはず膝ともいはず飛びつきはね返り這ひ上りなどして、いとむつまじく馴れたり。

（「車上所見」、「ホトトギス」明治三十一年十一月号。明治二十七年秋頃を回想したくだり）

単なる逃避行というより、やるせない焦燥の末に現れた忘我のひとときだった。「人里遠く」離れ、郊外で「螽」に頬を緩める子規の姿を、坪内稔典は次のように指摘する。

　日毎の郊外散歩で、子規には「別天地」と思われた場所があった。それは、人影のない、あぜ道の叢であり、世の人の往来する所ではなかった。（略）『小日本』の廃刊による喪失感と、日清戦争の進行に手を拱いているほかはない思いは、人跡絶えた叢を「別天地」として意識させたのだった。その「別天地」で、螽を友にしてうさを晴らす子規の姿は、まさに、「人間よりは花鳥風月がすき也」という言葉にふさわしい。しかし、螽によってうさを晴らさなければならない子規の姿は、実に淋しい姿というほかはない。（略）もちろん、ここに「別天地」として出現した自然に、子規自らが溺れこむことはなかった。その自然は、明治二十七年秋という時期に、子規が明治の日本から強いられた、ぎりぎりの退却地であった。

（『俳句の出立』〔俳句研究社、昭和五十一年〕所収「明治二十七年秋」）

結局、子規は死を覚悟して大陸に渡ったのは一、二章で見た通りだ。劣悪な環境の中で体調を悪化させ、僅か一ヶ月余りで日本に危篤状態で送還された子規は、療養しながらもはや自分には文学しか残っていないと思いつめ、「小生はいよ〳〵やけなり　文学と討死の覚悟に御座候」（藤井紫影宛書簡、明治二十八年、前掲）と決意する。余命短い自身に代わり、虚子に野心を嗣ぐよう懇望するも断られ、二十九年には脊椎カリエスが発覚、足腰の立たない運命が子規を待っていた。彼は「必死」にならざるをえない。

病床で高熱にうなされ、徹夜を繰り返して俳論を書いては著名宗匠を名指しで批判し、気の障った発言には知己にも辛辣な批評を浴びせる（一、二章参照）。批評家の保田與重郎が評したのは、こうした子規の姿であった。「子規のえらさには、ひたぶるな狂にちかい文学のかげりもあらう」（「正岡子規について」）。

ただ、忘れてはならないのは、その彼が「別天地」（坪内）を慈しみ、ささやかに「写生」しようとした姿だろう。

①掛稲に螽飛びつく夕日かな　（明治二十七年）
②一段は刈り残す田の雀かな　（同）
③畦道の尽きて溝あり蓼の花　（明治二十八年）
④畑見ゆる杉垣低し春の雨　（明治二十九年）
⑤草むらや一寸程の木瓜の花　（同）

挫折と苦渋の末に詠まれた句群は人間社会について何も語らず、穏やかで静かな風景のみ描かれている。「花鳥風月」の世界から、人間社会を排除したためだ。

誰も居ない風景で「雀・蝨」が無心に生きる秋の日、子規は安心して無心に風景を眺める（①②）。小さな「蝨」や「雀」を眺めるのは自分のみで、眼前の風景をほしいままに出来る充溢感が彼を癒やすのだ。そこに人間界の喜怒哀楽は見当たらず、心中の屈託を刺激するものは存在しない。子規は「雀」らを一方的に眺め、慈しみ、可憐な「蝨・雀」として愛でる。

その点、子規の「写生」は自身を脅かす他者が入りこまないよう、そして胸中の「煩悶」を持ちこまずに「風景」を構成し、その中に身を埋める営為でもあった。その眼に写るのが取るにたらないものとしても、むしろ何気なく、平凡ゆえに「風景」を愛するのである。そこには「人間＝他者」も「雀・蝨」であってほしい――ありえないとしてもそれゆえに感傷を味わいたい、たとえば引用句「かな」に微かにこめられたように――と無意識に近い願望があったのかもしれない。

子規は人気のない「風景」を逍遙する。畦道の途中で見かける草花を素通りし、道が尽きた「溝」に咲く「蓼の花」に胸を打たれ、柔らかい心情を注ぐ（③）。色鮮やかに、しかし誰も振り向くことのない、地味で寂しげな「蓼の花」を独り愛でるのが嬉しいのだ。

子規は何気ない「杉垣」にも目を留める（④）。普通、「杉垣」は目線を遮るような高さがあるが、眼前の「杉垣」は低く、その向こうには畑が見える……春雨がしめやかに降り、自然の恵みが地上を覆う期待を感じさせるが、むしろ雨音は静けさをもたらし、子規は向こうの畑が見えるほどに低い「杉垣」を眺める。そのまなざしは、「草むら」から「一寸程の木瓜の花」を見出すこともあろう（⑤）。

「一寸程」ゆえに好ましく、「木瓜の花」がひっそり咲く「草むら」も愛おしい、いずれも名もなき日陰の存在だからだ。

松山藩の士族出身として、藩の給費生として立身出世のエリートたる帝国大学まで進学した身にとって、あまりに可憐な「花鳥風月」の世界ではあった。

彼がそこへ強いられたのは、つまるところ、喀血（略）や文科大学中退というできごとが、この年の『小日本』の廃刊によって、明治の日本からのずれを極度にしたことによる。喀血以来のずれが一挙に広がったと言ってもよい。（略）日清戦争従軍は、明治の日本とのずれを一挙に埋めてしまおうとする行為であった。しかし、その行為は、かえってそのずれを彼の意識深くに刻みつけることになった。

（坪内「明治二十七年秋」、前掲）

明治日本との「ずれ」を痛切に感じつつ、「煩悶」に苛まれる子規は、同時に短詩たる俳句に「煩悶」など盛りこみえず、「風景」の断片しか詠みえないことに気付く。それがかえって「煩悶」の浄化をもたらしたのだ。「写生の妙味は此時（＝明治二十七年、引用者注）に初めてわかつた様な心持」（「獺祭書屋俳句帖抄上巻を出版するに就きて思ひつきたる所をいふ」、前掲）がしたのは、「煩悶」も自然愛も盛りこみえない短詩で外界を「写生」すると、胸中の心情が微かにしか宿らない「風景」が現れることに気付いたために他ならない。

そもそも、無人の「風景」を彩る植物や昆虫は子規の「煩悶」と無関係に存在し、ただそのようにある。可憐な、何気ない美しさは無償で、春や夏が来れば姿を現し、秋や冬の訪れとともに死にゆく。人間が生きようと、死のうと、どれだけ悩もうと関係なく花は咲き、虫が跳びはねる姿に子規の「煩悶」は和らぎ、ひととき慰安に浸ることができたのだ。

保田與重郎が指摘したのは、この子規のまなざしだった。「写生は所詮病床の最も美しい眼の変形であつた。恐らく子規にあらはれた感傷の相である」（「正岡子規について」）。保田自身は子規が病床で綴った随筆や「病床六尺」（明治三十五年）等の「写生」論を念頭に置いたと思われるが、業病に冒された子規がなぜ「写生」を求めたのか、彼の心の陰翳を言い当てたかに感じられる。それは「強いられた」（坪内）まなざしであり、「狂にちかい文学のかげり」（保田）と背中合わせの認識でもあった。

この「かげり」は、ある時には碧梧桐や虚子への「メスで抉るやうな冷たさ」（碧梧桐『子規を語る』、一章4節参照）となり、著名宗匠を「月並」「二流以下」と公言する激しさともなり（二章3節参照）、花の本聴秋を歯牙にもかけない傲岸たる態度となったのだ（二章7節参照）。

3 「ほとゝぎす」再刊時の子規

子規の「狂にちかい文学のかげり」は、次のような場面にも見え隠れしている。

明治二十八年、帰省中の子規が漱石の下宿に居候した折、松山の俳人たちが日参して指導を仰いだことは三章2、3節で述べた。子規は快く応え、毎日のように句会や吟行に出かけた結果、大量の鼻血を出して寝込んでしまう。句会や談義が深夜に及ぶこともあり、日清戦争従軍で重篤に陥った身体に応えたのだろう。子規に指導を仰いだのは松風会というグループで、その一人が柳原極堂だったのも先述の通りだ。

やがて子規は東京へ戻り、その後松風会はしばらく句作に励んだが、一年も経つと熱意が薄れてきた。折しも子規派に共鳴する俳人が各地に現れ、愛媛にも複数の子規派グループが出来はじめた時期だった。そこで極堂は松山で子規派俳誌を刊行することで、革新の気運を形にしようと計画したのである。

彼は海南新聞社に勤めるかたわら政治運動に携わり、国事に奔走する人物だった。子規と同年生まれの士族出身で、松山中学校時代には自由民権運動に感化されて子規とともに政治演説に熱中するなど、士族独特の国家意識が濃厚で、在野の志士という観がある。極堂が俳句革新に共鳴したのは、よりよき国家を目指す政治運動と俳句革命がさして離れていなかったためだろう。

極堂は東京の子規の承諾も得て、俳誌名を「ほとゝぎす」――「子規」が鳥のホトトギスを指すため――とし、明治三十年一月に創刊号を発刊する。その後、極堂は「ほとゝぎす」を毎月刊行し、松山以外からの投句者も増えたが、一年半も経つと音を上げてしまった。新聞編集と政治運動に奔走しながらの雑誌編集は無謀で、沸騰した俳句熱も潮が引くように薄れたためだ。

廃刊を相談された子規は動揺した。「ほとゝぎす」を自派唯一の俳誌として重視したためだった。彼は極堂に続刊を強く勧め、資金援助も申し出たが、極堂は首を横に振るのみだった。

廃刊は避けたい、しかし俳誌経営を引き受ける者はなし……と懊悩する子規に、意外にも「ほとゝぎす」を譲り受けたいと申し出た人物がいた。二十四歳の高浜虚子で、東京の新聞社「万朝報」を退社したばかりだった。子規は嬉しさ半面、彼の決意を危ぶんだ。再三に渡り俳誌経営の困難を説き、慎重な判断を求めたが、虚子の決心は変わらない。結局「ほとゝぎす」は虚子が引き受けることになり、東京での再刊号が明治三十一年十月に刊行された。

再刊号で特筆すべきは、計二十本の記事の内、子規が約半分も執筆した点だろう。芭蕉の古池句の解釈（署名は獺祭書屋主人）や「蕪村句集講義」、芭蕉や蕪村句を論じた「俳諧無門関」（俳狐道人）に随筆「小園の記」「土達磨を毀つ辞」。募集俳句の選句や美術批評（ねずみ）、新体詩に和歌（ともに竹の里人）、かつ碧梧桐・虚子の句合を判じた「朝顔句合」に加えて附録「俳句分類」（室町〜江戸期の古句をテーマごとに分類したもの）も子規によるものだ。長年に渡り続けた古俳諧研究や各ジャンルの筆さばきが遺憾なく発揮されているが、その量の多さと内容の濃さは驚きを通り越して呆然とするほどである。

子規がかくも多くの記事を寄せたのは、再刊に強い危機感を抱いたためだった。

第一売れぬといふ事ぢや　二千部などゝいふは思ひもよらぬ　俳句専門ならば五百部位が高ぢやないかと思ふ（略）その技量すなはち売れるやうな雑誌を拵える技量が貴兄に無いと思ふ（略）第一に種々の変化した者が一号の内に備つて居らねばならぬ

（虚子宛子規書簡、明治三十一年七月一日）

「ほとゝぎす」再刊の際、虚子に宛てた手紙である。俳誌の売れゆきなど五百部程度、「貴兄」（虚子）はそれも危ういと子規は述べ、「種々の変化した」記事が必要と説く。ゆえに彼は誌面に随筆・注釈・古句批評・俳句・和歌・新体詩等と縦横無尽に筆をふるったのである。

子規は「ほとゝぎす」再刊に悲壮な決意を抱いており、「ホト、ギスが倒れるやうなら僕ァ生きていない積りだ」（石井露月宛子規書簡、明治三十一年十月初旬頃）と思いつめていた。数年前、心血を注いだ「小日本」が約半年で潰れた苦い経験を――新聞「日本」の衛星誌で、子規が編集主幹を務めた――繰り返したくなかったことに加え、余命数年の焦りもあった。

子規はすでに重病人である。脊椎カリエスは進行し、腰部の腫れ物から膿が流れ、左足は膨れはじめ、咳をすると全身に激痛が走った。その状況の中、彼は取り憑かれたように論を発表し、俳句、短歌、新体詩等を詠み、『蕪村句集』輪講や俳句分類に打ちこむなど、常人とは思えない仕事量をこなしている。

　医者は常に興奮剤を与へるけれど小生は飲みたくない　小生は常に興奮してゐる　どんなに身体が衰弱しても精神は興奮してゐる（略）数日前　寒暖計が九十五度に上つた　暑いのはそれ程苦まぬ小生もあまり苦しすぎると思ふて体温器を取ると卅八度七分あつた　卅八度七分の熱を熱と知らないで天気の熱いと間違へている位ぢやけれ　平生いかに苦に馴れているかは分るであらう
（虚子宛子規書簡、明治三十一年七月一日）

「卅八度七分の熱を熱と知らない」のは常態となった高熱に馴れたのではなく、「精神が興奮している」、つまり激情に駆られたために他ならない。ある時は「今までも必死なり　されども小生は孤立すると同時にいよ〳〵自立の心つよくなれり　死はます〳〵近きぬ　文学はやうやく佳境に入りぬ」（五百木飄亭宛書簡、明治二十八年、一章参照）と半狂乱になり、ある時には「余のごとく大望を抱きて空しく土と化せしもの古来幾人かある」(虚子宛書簡、明治二十九年三月十七日)と茫然自失に陥った。「常に興奮してゐる」と虚子に書き送った約二週間後、子規は河東可全（碧梧桐の兄）に自身の墓誌銘を伝えている。「アシャ自分ガ死ンデモ石碑ナドハイラン主義デ　石碑立テ、モ字ナンカ彫ラン主義」と断りつつ、もし墓碑を建てねばならない時は次の一文を刻んでほしいと綴った。

正岡常規又ノ名ハ処之助又ノ名ハ升又ノ名ハ子規又ノ名ハ獺祭書屋主人又ノ名ハ竹ノ里人伊予松山ニ生レ東京根岸ニ住ス父隼太松山藩御馬廻加番タリ卒ス母大原氏ニ養ハル日本新聞社員タリ明治三十□年□月□日没ス享年三十□月給四十円

（河東銓（可全）宛書簡、明治三十一年七月十三日）

余命数年を意識しただけでなく、自身没後に大がかりな墓碑や石碑が建つだろうことを、つまりそのように顧みられる存在になることを自覚していた。それは自然の成り行きとしての実感であり、後世に名を残す誇りや喜び云々よりも一種の咲呵に近かったろう。

子規が虚子や河東可全に手紙を送った明治三十一年は、「吾幼時の美感」が「ホトトギス」に発表された年でもある（二章7節参照）。脊椎カリエスで足腰が立たなくなり、病臥の子規が幼い頃に野原で遊んだ頃を懐かしんだ随筆だ。「ゲン〳〵の花太き束にこしらえて自ら手に持ちたらんも、何となくめゝしく、恥ずかしくて小さき女の童にやりたるも嬉し。菫は相撲取花といひて、花と花とうち違ひ、それを引ききりて首のもたげるよと笑ふなり。（略）花は我が世界にして草花は我が命なり」（子規「吾幼時の美感」、前掲）……自らの墓誌銘を伝え、日々高熱が分からないほど「常に興奮してゐる」子規と、病床で目を細め、「花は我が世界にして草花は我が命なり」と懐かしむ子規。この両極の姿は、同じ処から発したのかもしれない。

写生は所詮病床の最も美しい眼の変形であつた。恐らく子規にあらはれた感傷の相である。

（保田與重郎「正岡子規について」、前掲）

病床の「感傷の相」に彩られた「写生」は、「狂にちかい文学のかげり」（保田）と背中合わせのまなざしで、その「かげり」が「感傷」と渾然一体となり、幼時の「ゲン〳〵の花」を輝かせたのだ。病臥の「美しい眼」が見出したのは、「草花」だけではない。今一つの「美」の姿を次節で見てみよう。

4「一点の理がひそみ候」

明治三十四年のある日、病床で喘ぐ子規は「仰臥漫録」に次のように書き記した。

兆民居士の一年有半といふ書物世に出候よし　新聞の評にて材料も大方分り申候　居士は咽喉に穴一ツあき候由　吾等は腹背中臂ともいはず蜂の巣の如く穴あき申候　一年有牛の期限も大概は似より候ことと存候　乍併《しかしながら》居士はまだ美といふ事少しも分らずそれだけ吾等に劣り可申候　理が分ればあきらめつき可申　美が分れば楽み出来可申候　杏を買ふて来て細君と共に食ふは楽みに相違なけれども　どこかに一点の理がひそみ居候　焼くが如き昼の暑さ去りて夕顔の花の白きに夕風そよぐ処何の理屈か候べき

（十月十五日項）

中江兆民（一八四七〜一九〇一）のベストセラー、『一年有半』（博文館、明治三十四年）についてのくだりだ。土佐藩出身の兆民は明治維新後に自由民権運動に関わり、ルソー『社会契約論』の翻訳や各新聞で主筆を務めるなど東洋のルソーと知られ、第一回衆議議員選挙では圧倒的な支持を得て国会議員になった。しかし、政府に反発して二ヶ月ほどで辞職し、在野で事業を起こすも失敗を重ねた上、喉頭癌に冒されてしまう。医師に余命一年半と宣告された兆民は、妻と二人で暮らす日々を『一年有半』と題して刊行し、大きな評判を呼んだ。
しかし、子規は『一年有半』に全く共感しなかった。彼が「居士はまだ美といふ事少しも分らず」と批判したくだりを見てみよう。

余既に不治の疾を獲ていはゆる一年半の宣告を受けて、而して妻日夜余に侍して薬餌の労を取るも、これ固より治癒を求むるにあらずして、ただ死期を待つのみ。（略）余固より産を治するに拙にして、家に逋債ありて貯財なし、而してこの重症に罹る、悲惨といはば悲惨なり。此夕余笑ふて妻に謂て曰く、卿年已に四十余、余死したる後ち復た再嫁の望あるにあらず、余と倶に水に投じて直ちに無事の郷に赴かん乎如何と。両人哄笑し、途中南瓜一顆と杏果一籠を買ふて寓に帰る、時に夜正に九時。（『一年有半』）

不治の病に罹り、余命一年半にして「貯財」もない夫を甲斐甲斐しく看病する妻。近い将来、独り残されるだろう妻は「已に四十余、余死したる後ち復た再嫁の望あるにあらず」、もはや「倶に水に投じて直ちに無事の郷に赴かん乎」と二人は冗談とも本気ともつかない軽口を叩いて「哄笑」し、「南瓜一顆と杏果一籠を買ふて」帰宅したという。

暗い将来が待ち受ける中、これまでの生活を変えることなく淡々と日々を過ごす夫婦。解決策はどこにもないが、そのどうしようもなさに臆することなく、いつも通りの日常を笑いながら暮らす二人は「南瓜一顆と杏果一籠」を買い、帰宅する……のしかかる絶望の中、ささやかで平凡な幸せを味わおうとする『一年有半』は多くの人の胸を打ったのだ。

ところが、子規は『一年有半』をにべもなく否定する。兆民は不治の病を強調するが「咽喉に穴一ツ」ではないか、こちらは「腹背中臀ともいはず蜂の巣の如く穴」が空いている上、兆民は「美」が分からない、と凄い批判をしたのだ。「美」を知らないのは、「杏を買ふて来て細君と共に食ふは楽みに相違なけれども　どこかに一点の理がひそみ居候」ゆえという。このあたりの機微を、批評家の福田和也は次のように説いている。

一緒に死のうかなんて言いながら南瓜と杏を買ってくるという、兆民のテキストは一読すると爽やかなんだけれども、そんなものは本当の「美」ではない。それよりも「昼の暑さ去りて夕顔の花の白きに夕風そよぐ処何の理窟か候べき」、これが写生文の、子規の文学の真骨頂なんですね。日が傾いて少し涼しくなって、夕顔の花が風にそよいでいる、ただそれだけの、そのもの自体の無茶苦茶な美しさ。（『病気と日本文学』〔洋泉社新書、平成二十四年〕）

兆民はそうでしかありえなかった一生を受け入れ、納得しつつ、妻とのささやかな余生を大事にすることで、自身の生涯は価値あるものだったと信じようとする。「南瓜一顆と杏果一籠」は一年強しかない二人の日常を、そして両者の一生を甘受し、輝かせるために必要なのだ。

ところが、子規が批判したのはまさにその点で、「南瓜一顆と杏果一籠」を購うことに意義を付すのは「美」を知らないためという。「日が傾いて少し涼しくなって、夕顔の花が風にそよいでいる、ただそれだけの、そのもの自体の無茶苦茶な美しさ」（福田）……「夕顔」は人間社会とかかわりなく、ただひたすら美しい。見る側の感傷や悔恨、諦念や野心等と無関係に花咲き、夕風にそよいでいる「美」そのものになぜ胸を打たれないのか。子規はそのように主張するのだった。

「美」は無内容で、人間に何ももたらさない。救済もなければ、反省を強いるわけでもなく、草花や昆虫はただ無償に生き、四季がめぐるたびに生まれ、栄えては滅びゆく。善悪や正邪、理屈や納得といった「理」は人間側の尺度に過ぎない。

居士は学問があるだけに理屈の上から死に対してあきらめをつけることが出来た。今少し生きて居られるなら「あきらめ」以上の域に達せられることが出来るであらう。

(子規「命のあまり」、新聞「日本」明治三十四年十一月二十日)

「「あきらめ」以上の域」とは今まさに生きていること、生きようとすることに「理」を見出さず、「そのもの自体の無茶苦茶な美しさ」(福田)に浸り続けることに他なるまい。腰部から「蜂の巣」(「仰臥漫録」)のように穴が空き、膿がとめどなく流れ、その吸い取りや包帯の取り替えに絶叫する激痛に苛まれる子規がそのように述べるのだから、凄い一節だ。

5 病床の美

「理」を放棄した「美」の日々とは、子規にとって次のようなものだった。

病床に寝て、身動きの出来る間は、敢えて病気を辛しとも思はず、平気で寝転んで居つたが、この頃のやうに、身動きが出来なくなつては、精神の煩悶を起して、殆ど毎日気違のやうな苦しみをする。この苦しみを受けまいと思ふて、色々に工夫して、あるいは動かぬ体を無理に動かして見る。いよいよ煩悶する。頭がムシヤムシヤとなる。もはやたまらんので、こらへにこらへた袋の緒は切れて、遂に破裂する。もうかうなると駄目である。絶叫。号泣。ますます絶叫する、

> ますます号泣する。その苦しみその痛み何とも形容することは出来ない。むしろ真の狂人となつてしまへば楽であらうと思ふけれどそれも出来ぬ。もし死ぬることが出来ればそれは何よりも望むところである、しかし死ぬることも出来ねば殺してくれるものもない。一日の苦しみは夜に入つてやうやう減じ僅かに眠気さした時にはその日の苦痛が終ると共にはや翌朝寝起の苦痛が思ひやられる。寝起ほど苦しい時はないのである。（子規「病床六尺」、明治三十五年六月二十日）

業病に苛まれる日々に「理」を付けず、想像を絶する痛みや「精神の煩悶」に襲われるあられもない姿をそのまま記すのが「美」に他ならない。大野心家と称したほどの自分が無為のまま朽ちゆく煩悶に加え、耐えがたい激痛が頻繁に襲ってくる。そこには「理」や体裁もあったものではなく、ただ痛い、苦しい。男子たるもの涙を見せず、痛みをこらえるといった世間体をかなぐり捨て、逃れようもなく、直視したくもない宿命や現実から目を背けず、それを正面から受け止め、愚直なまでにさらけ出すのが子規の「美」であった。

子規は、「病床六尺」の他箇所で次のように書きつけている。

> 余は今まで禅宗のいはゆる悟りといふ事を誤解して居た。悟りといふ事は如何なる場合にも平気で死ぬる事かと思つて居たのは間違ひで、悟りといふ事は如何なる場合にも平気で生きて居る事であつた。（「病床六尺」、同年六月二日）

兆民の『一年有半』を批判した子規が「病床六尺」で実践した「美」とは、達観や「あきらめ」からほど遠い生《なま》の姿、つまり喜怒哀楽や痛み、苦しみ等の感情を存分に味わい尽くし、赤子のように一切をさらけ出して「平気で生きて居る」姿を書き記す営為であった。結核菌で腰骨や背骨が溶け、「蜂の巣」（「仰臥漫録」）の穴から膿があふれる業病から逃れようと悲運の宿命を嘆いたり、物語や抒情で味付けするのではなく、絶叫しながら苦しみぬく姿を活写するのが「写生」なのだ。

批評家の福田和也による指摘を、再び見てみよう。

結核が何をもたらしたかというと、病気というものが泣き喚くしかない近代的な不幸としてのしかかってくるわけですね。布団に縛り付けられて身動きできなくて、陸羯南とかいろんな人が土産に持ってきたものを旨いとか旨くないとか言いながら一生懸命俳句を書いている。自分はもうどうしようもないところにいる、身体も何も持ち堪えられないところに来ている、それを本当に格好も何もつけずに、露骨に、容赦なく写生すること。そこに「一点の理」を打破する子規の文学が結晶している。

逆に言えば、儒教的な観念とか雅びな興趣といったものでは到底表せない、身も蓋もない生身の人間というものが、結核という病気によって現れた。そこで泣き喚いて我が儘を言う人間によって初めて、前時代の文学が打ち破られたということ。（『病気と日本文学』、前掲）

「儒教的な観念とか雅びな興趣といったもの」、つまり江戸期までの日本人の発想や認識の規範となった諸学問や倫理観、それぞれの身分や男女のあり方と同時に、漢詩文や和歌、大和言葉による物語といった「前時代」の表現が洗い流され、「身も蓋もない生身の人間」が現れる。その姿をいきいきと記すのが「写生」であり、「美」であった。こういった「写生」のありようを、保田與重郎も独特の表現で指摘している。

病床から見る森羅万象はかつて想像を絶して美しい。（「正岡子規について」、前掲）

明治国家や立身出世から遠く離れ、また人生の真実や教訓、納得しうる物語や理屈、共感や同情云々からはるかに隔たった「美」……ここで本章冒頭に引用した保田の英雄論を思い出そう。「その行動は、理によつて動くのではない。大気風動することの激しい如く、颯爽の風姿のみを後にのこして、天下を風靡した。それは理による運動でなく、無の発動である」（「好日の意」）。

「理」の埒外に蠢く「美」と「無の発動」はほぼ等しい、とはいえないだろうか。しかも、それはごく平凡な、取るに足らない日常生活に垣間見えるものだった。

ガラス玉に金魚を十ばかり入れて机の上に置いてある。余は痛をこらへながら病床からつくづくと見て居る。痛い事も痛いが綺麗な事も綺麗ぢや。（子規「墨汁一滴」、明治三十四年四月十五日）

II 高浜虚子

（明治七（一八七四）年〜昭和三十四（一九五九）年）

一　枯野から遠山を「写生」する
―「遠山に日の当りたる枯野かな」について―

❶「陳腐」と「写生」

Ⅰ部で子規の「写生」を折に触れて考察してきた。一章6節で碧梧桐の「赤い椿白い椿と落ちにけり」を、三章で「菊」句を取り上げ、子規派と当時一般の感覚がいかに異なるかを考察するとともに、五章では子規の人生に沿って「写生」を捉え、晩年の随筆における「美」がいかなるものかを味わった。四章で扱った蕪村調は「写生」と異なるが、俳諧宗匠らと相容れない点で「写生」と共通しており、子規派がいかに独特の俳句観を有したかを考察した。

ここで「写生」に戻り、改めてそのまなざしを考えてみよう。それも一句に絞り、当時の「写生」の特徴と奇妙さを味読してみたい。

＊

子規の俳句革新は、次のように評されることが多い。

近世末以降の旧派の弊風を打破し、明治新時代の写実説を深めて、俳句革新・短歌革新・写生文の提唱に写生の平淡味を実践し、近代短詩型文学革新の偉業を達成した。

（『俳文学大辞典』〔角川書店、平成七年〕「正岡子規」項）

子規派が「旧派の弊風を打破」するには「新時代の写実説」が起爆剤だった、つまり子規達は実景のありのままを詠む「写生」を原動力にしたという。「旧派の弊風」とは、子規の「俳句問答」（新聞「日本」明治二十九〔一八九六〕年五〜九月）によると次のような句調である。

問　新俳句と月並俳句とは句作に差異あるものと考へらる。果して差異あらば、新俳句は如何なる点を主眼とし、月並句は如何なる点を主眼として句作するものなりや。

答　新俳句とは新派俳句の事を謂ふか。（略）我は意匠の陳腐なるを嫌へども、彼（＝月並句、引用者注）は意匠の陳腐を嫌ふこと我よりも少し、むしろ彼は陳腐を好み、新奇を嫌ふ傾向あり。

（新聞「日本」、明治二十九年七月二十七日）

子規派と俳諧宗匠には差異があり、子規派は「意匠の陳腐」を嫌うが宗匠は「陳腐を好み、新奇を嫌ふ傾向」があるという。子規派は「写生」で「陳腐」に陥らない新鮮さを得たが、宗匠たちは「陳腐」さに安住したというのだ。

では、次の著名な「写生」句はいかに「陳腐」を打破したのか。

遠山に日の当りたる枯野かな　高浜　虚子（初出は「ホトトギス」明治三十三年十二月号）

明治三十三年十一月に虚子庵例会で詠まれ、虚子の故郷松山の風景を想起したという。「一面の枯野が、眼前に広がっている。遠方の方には一脈の山が亘っていて、其の遠山にだけは、明かに日が当っている。景は唯それだけのことである」（『新訂俳句シリーズ高浜虚子』〈桜楓社、昭和五十五年〉、清崎敏郎解説）。「それだけ」を詠んだ句でありつつ、「大まかな写生のうちに深い趣を蔵して句品高き一句となっている。（略）荒涼たる枯野の中にその遠山だけが日が当たっているのだ。それが心の救いとなり、心の支えになる。（略）虚子傑作の一であり、虚子は晩年好んでこの句を短冊色紙に書いている」（『近代俳句大観』〈明治書院、昭和四十九年〉、大野林火解説）と評価された。

「遠山に」句は虚子の代表作となり、「写生」の好例に挙げられることも多い。しかし、発表時にいかなる「新俳句」（子規「俳句問答」）の新鮮さがあったか、今や分からないのが実情だ。子規派の斬新さを知るには同時代の「陳腐」な句群、つまり旧派宗匠の類型句と比較して初めて分かるはずだが、従来は旧派と括られた類型句は顧みられることはなかった。子規たちは革新集団ゆえに新鮮だったと無条件に評され、「陳腐」の側から見た虚子や子規派の「新奇」さは忘却の海に沈んだままだったのだ。

評価の定まった現在の感覚で虚子句を鑑賞せず、発表時の「遠山に」句の斬新さを味わうため、本章ではやや専門的に考察してみよう。

旧派とされた宗匠の俳誌には、子規が「月並」と難じた類型句が毎月のように発表されている。その句群と比較することで、つまり「陳腐」（子規）で古いとされた作品パターンと虚子句を見比べることで、かえって「遠山に」句の「新奇」さを浮き彫りにするという手法である。

2 明治期の「枯野」

まず、虚子句に用いられた措辞のイメージを検討してみよう。季語の「枯野」は、当時いかなるイメージだったのだろうか。「旅に病んで夢は枯野をかけ廻る　芭蕉」で著名な季語だが、明治期の諸俳誌に芭蕉句の強い影響は見られず、次の作風が数多い。

①見えて居る寺へは遠き枯野かな　宇　雀　（「俳諧明倫雑誌」三十四号、明治十六年九月）
②不二の外見ゆる物なき枯野哉　尽誠堂　（「俳諧矯風雑誌」三十号、明治二十四年十二月）
③小さうても松の眼にたつ枯野哉　寸　光　（「俳諧黄鳥集」十八号、明治二十五年十二月）

「枯野」は草花の生い茂る「夏野」や秋の花が咲き乱れる「花野」と異なり、植物の枯れた寄るべなき孤独の地として詠まれる。人の住む「寺」は向こうに見えるが、むしろ「枯野」の荒涼とした世界に居ることを実感させ（①）、「枯野」を見渡しても彼方に聳える富士山のような山以外に目に留まるものもなく（②）、小ぶりの松が目立つ索漠とした空間である（③）。

その「枯野」を横切る人間は、次のような心情を抱きがちだった。

④馬子の歌風にとぎるゝ枯野哉　冬　月　（「俳諧一日集」六十五号、明治二十七年十月）
⑤かさ一つ見へて淋しき枯野哉　雲　哉　（「俳諧新誌」五十六号、明治二十九年十二月）
⑥行違ふ人足はやき枯野かな　凸　邨　（「俳諧明倫雑誌」九十七号、明治二十二年五月）

遠くから聞こえる「馬子の歌」は吹きすさぶ「風」に途切れがちで、哀切じみた心細さを感じさせる（④）。彼方に見える「かさ（笠）一つ」の孤影、それを眺める自身も「枯野」を歩く「淋しき」者で（⑤）、「枯野」を後にしたいがために「行違ふ人」は皆早足である（⑥）。

孤独と淋しさをかきたてる「枯野」は清々しい朝日や昼の明るい陽光より、暮れ方に赤みを帯びる夕日がさしこむ地と詠まれたものだった。

⑦日は颪の中をくれ行く枯野かな　琴　哺　（「筑紫俳諧清風草紙」二十九号、明治三十三年七月）
⑧松ひと木夕影のひく枯野哉　兎　月　（「俳諧黄鳥集」十九号、明治二十六年一月）
⑨暮淋し枯野にひよろり石地蔵　（無署名）（『俳諧十万集』〈積善館、明治二十九年〉冬部）

吹きさらす凩に暮れゆく侘びしさ（⑦）、一本の「松」影が徐々に薄れゆく心細さもあれば（⑧）、目立つもののない夕暮れの荒野に佇む「石地蔵」の淋しさもあろう（⑨）……侘びしい「枯野」を照らす光は、夕日が相応しいのだ。

その寂寥感をかきたてるのは、一日の終わりを告げる「鐘」である。

⑩鐘ひとつ〳〵にくれる枯野かな　里　月　（『発句万代集』〈弘文館、明治三十年〉）
⑪鐘の音もかるゝ枯野の夕かな　寛　良　（「俳諧大熊手」六号、明治十二年十月）

一つ、また一つと「鐘」が鳴るにつれて日は落ちゆき（⑩）、蕭条たる「枯野の夕」に「鐘」の音も消え入るかに漂い、気付けば絶えてしまった（⑪）。

日が沈み、夜空の月が「枯野」を照らす際、人々が感じるのは次のような「枯野」である。

月の出て尚広さます枯野かな　貞　雨　（「俳諧明倫雑誌」百八十一号、明治三十一年三月）
夕月のやどる樹もなき枯野哉　聴　濤　（「俳諧友雅新報」三十三号、明治十二年十月）

詳細は省くが、月光に照らされた「枯野」の荒涼とした広大さが詠まれている。このように「枯野」は夕日や暮れの鐘がふさわしい「淋しき」（⑤）世界で、早く通りすぎたいと願う地なのだ。

当時、宗匠たちの俳誌にはこれらの句群が膨大に掲載されているが、俳人たちはなぜ類型的な句ばかり詠んだのだろう。それは詠者や選者、読者がいずれも「枯野」らしさを共有し、それに沿った句こそ俳句と認めたために他なるまい。類想を乱さない句、つまり類型的な内容や趣向をなぞった作品こそ俳句だったのである。

その点、虚子の「遠山に日の当りたる枯野かな」は不思議な句だ。「枯野」の孤独を託つわけでなく、足早に通りすぎる人とすれ違うこともない。夕日が「枯野」を照らすわけでもなく、鐘も鳴らず、冬の「遠山」に日ざしが当たっていることを告げるのみである。

通常の句作感覚でいえば、「小さうても松の眼にたつ」（引用句③）のは「枯野」ゆえ……と詠んだり、「行違ふ人足はやき」（⑥）理由は「枯野」のため……とするなど、上五・中七と「枯野」を因果関係で結びつけ、季感を増幅させる場合が多かった。「枯野」ゆえに上五・中七のような心情や状況なのだと強調しつつ、「枯野かな」と切字を用いることで夏野や花野でもない「枯野」の風情を示し、「枯野」を用いた必然性を読者に伝えようとしたのである。

虚子句のような「遠山・枯野」の取り合わせとしては、次のように詠むのが定番だった。

遠山のあり〳〵見ゆる枯野かな　　宝　船　（「俳諧一日集」六十六号、明治二十七年十一月）

寂寥たる「枯野」に佇むと「遠山」も「あり〳〵」見えるという句で、「遠山」が枯れ果てた荒野であることを強調している。先の①～③と同趣向といえよう。

一方、虚子句の「遠山に日の当りたる」は「枯野」らしさを何ら強調せず、ただそのようにあったという報告に近く、趣向が存在しないかに感じられるのが奇妙である。「遠山に日の当りたる」は日の当たらない「枯野」のイメージを喚起するかもしれないが、「枯野」の季感を増す情景でもないため、

①〜⑪のような趣向こそ俳句と信じる読者が虚子句を読んだ際、肩すかしに近い印象を抱いたのではないか。同時代の「枯野」句と比べると、虚子句はオチのないまま終わる感じがあるのだ。
それは、「遠山」についても同様なのだろうか。

3 「遠山」のイメージ

「遠山」は漢詩文や和歌、連歌や謡曲等で好まれ、明治期にも和歌や漢詩で多々詠まれている。

絵にかきてとゞめやおかん霞たつ
遠山こゑてかへる雁金　山村　長芳（「文庫」明治二十九年五月号）

春霞たなびく「遠山」を越えゆく雁の群れ、その美しさは一幅の絵に描き留めたいもの……と古典和歌以来の景を織りなすものとして「遠山」を詠んだ歌である。
俳句に目を移すと、「遠山」の眺望は季節や天候に左右されるため、次のように詠まれる傾向にあった。

①遠山の眼のかすかなる炎暑哉　（無署名）（『俳諧十万集』夏部）
②遠山のはつきり見えて今朝の秋　宝　船（「俳諧一日集」六十六集、明治二十七年十一月）
③小春日や四方の遠山よく見ゆる　刀　涯（「芭蕉新聞」二十一号、明治三十三年十二月）

照りつける日ざしと熱気ゆえ「炎暑」の「遠山」は「かすか」にしか見えないが（①）、空気の澄む「秋」には「はつきり」確かめることができ（②）、冬になれば雪催いの日もあるが、「小春日」には「四方の遠山」を一望しうる(③)。「遠山」の眺めと季感は連動しており、「遠山」は「炎暑・秋・小春日」らしさを増す措辞として詠まれている。

彼方に見える「遠山」は、近景の事物とともに詠まれることも多かった。

遠山にゆらりとかゝる柳かな　茂　翠（「俳諧矯風雑誌」二十号、明治二十四年二月）

穂の上に遠山のせる薄かな　蛙　窓（「俳諧新誌」六十三号、明治三十三年十月）

破れたれば遠山見ゆる芭蕉哉　田　二（「俳諧一日集」六十五集、明治二十七年十月）

春の柳や秋の薄、破芭蕉等に向こうの「遠山」を重ね、奥行きのある情景を詠んだもので、江戸期の安藤広重や葛飾北斎らの浮世絵に近い「近景／遠景」の構図といえよう。

薄や芭蕉が枯れる晩秋になると、彼方の「遠山」は次のように詠まれた。

遠山にはや雪見せて散る紅葉　久　尾（「俳諧明倫雑誌」四十一号、明治十七年四月）

平野より早く白雪を被り、冬の到来を告げる「遠山」。その寒さも緩み始め、冬から春へうつろう時期、「遠山」は次のように詠まれた。

④遠山はまだ雪ながら初かすみ　酔　月（「俳諧鴨東新誌」八十六号、明治二十五年十二月）

⑤遠山の雪を根にして春の水　竹　保（「越路の雪」二号、明治三十三年六月）

「遠山」には「雪」が積もるが、麓の人里や平野部には「初かすみ」が立ち(④)、川には「遠山」の雪解け水が勢いよく流れ、春の訪れを告げる(⑤)。厳しい冬を乗り越え、春の到来を喜ぶ心情も手伝い、「遠山」の雪と春の季語を詠む季重なりは当時の定番であった。

人里や平地に降らない雨が「遠山」に降り始めることもあり、次はその句群である。

⑥遠山の雨脚立つやいかのぼり　湖月（『明治新選俳諧一万集』〔博文館、明治二十四年〕）
⑦遠山の雨を見て掻く落葉かな　野紅（「俳諧明倫雑誌」一号、明治十三年十二月）

青空に舞い上がる凧の向こうに見える「遠山」には春雨が降り始め（⑥）、あるいは秋雨が降りそむる「遠山」を眺めて「落葉」を掃除する（⑦）……「遠山」は人里と異なる雨模様が見受けられるとともに、天気のうつろいを示すものとして――「遠山」の雨はいずれこちらに来るだろう予感を漂わせる――詠まれたのである。

「遠山」と「雨」を取り合わせた句には、虚子句に近い作品も見られる。

⑧遠山に日を追にがす時雨かな　英父（「俳諧新報」十七号、明治十三年一月）

こちらに降り始めた「時雨」で空が曇り、あたりは暗くなったが、「遠山」の方に日が当たっている（⑧）…虚子句同様、「遠山」を眺める主体の近景の日は翳り、かたや「遠山」に冬日が当たっている情景である。

しかし、両句は中七の働きが異なる。⑧は「時雨がにわかに降り始めてこちらは暗くなったが、遠山の方には日が当たっている」状況を、「時雨がせっかくの冬の日ざしを遠山の方へ追いやったのだ」と趣向を立て、「遠山」に「日を追にがす」張本人は「時雨」であった、と因果関係やひねりを持たせたのに対し、虚子句は「遠山に日の当りたる」ことと「枯野」に明瞭な結びつきがない。「遠山に日の当りたる」状況と、それを「枯野」から眺める状況の因果関係が分からず、ただそのような状況だけがあり、何を意味するのか、「枯野」の季感といかなる関係かは語られない。

一般的に「遠山」を眺めるのは、⑧のように「時雨」がこちらを薄暗くしたため、「遠山」が目立つ――「時雨」が去って天気が回復してほしい心情も漂っていよう――場合や、②のように夏が過ぎ去った後の秋らしい大気を実感したい時だった。「遠山」に「枯野」を取り合わせるにせよ、「遠山のあり〳〵見ゆる枯野かな」（前節掲出）のように「枯野」ゆえ「遠山」がありあり「見ゆる」と詠むのが通常で、つまり「遠山」は四季それぞれの季感を増幅させるための措辞だったのである。

当時は①～⑧こそ「遠山」らしく、それと相容れない虚子句は奇妙な作品であった。では、虚子はなぜそのような作品を俳句として提示したのだろうか。

4 虚子句と「写生」

明治期の大部分の俳人は、先の句群のように趣向や措辞にひねりを加え、季語と内容の因果関係を明確にし、オチを付けた作品を俳句と信じた。その中で虚子がなぜ「遠山に日の当りたる枯野かな」を俳句として詠みえたかといえば、子規の「写生」の影響があったのは明らかだ。

はじめの程は空想ならでは作り得ぬを常とす。やがて実景を写さんとするにつかまえ処なき心地して、何事も句にならず、度々経験の上写実も少し出来得るに至れば、写実ほど面白く作り易きはなかるべし。空想の陳腐を悟り、写実の斬新を悟るまたこの時にあり。

（子規「俳諧大要」、新聞「日本」明治二十八年十二月八日）

「空想＝陳腐／写実＝斬新」と区別したこの論に、本章冒頭の子規「俳句問答」を重ねてみよう。「我は意匠の陳腐なるを嫌へども、彼は意匠の陳腐を嫌ふこと我よりも少し、寧ろ彼は陳腐を好み、新奇を嫌ふ傾向あり」、つまり「彼＝旧派」は「空想＝陳腐」を好み、「我＝新派」は「写実・写生＝斬新・新奇」を求める、となろう。

留意すべきは、「空想の陳腐を悟り、写実の斬新を悟る」（「俳諧大要」）という一節である。子規は単に現実を「写実」すればよいと述べたわけでなく、「空想の陳腐」を打破する「実景」を掴み出し、それを斬新な世界として「写実」することを提唱したのであり、つまり「写生」とは事実の報告ではなく、「陳腐＝月並」に陥らないための現実を見出す認識に他ならない。

俳諧宗匠が類想やパターンを遵守し、それを洗練させて俳諧観を保持したのに対し、子規派は従来の俳句観からはみ出た作品こそ俳句と判断したのだ。類想を打破する句を是とし、それには「実景」（「俳諧大要」）を重視せねばならぬ、なぜなら現実界には類型や「空想」では捉えきれない多様な姿があるはずだ、奇妙で理由のつかない、因果関係の見えない不思議な、しかし驚きに満ちた意外さや新鮮さが……子規派は安定した類想を揺るがす「実景」こそ俳句の核と見なし、それを「写生」と名付けたのである。

ところで、虚子の句は次の「実景」が元になったという。

松山の御宝町のうちをでて道後の方を眺めると、道後のうしろの温泉山にぽつかり冬の日が当つてゐるのが見えた。その日の当つてゐるところに何か頼りになるものがあつた。それがあの句なのだ。（『高浜虚子全集』第一巻〈毎日新聞社、昭和四十九年〉収録「解説」、高浜年尾執筆）

虚子の子息、高浜年尾がある時「遠山に」句について父の虚子に尋ねたところ、虚子は郷里松山の風景を元に詠んだと答えたという（作品自体は東京の句会で出された）。これが興味深いのは、実景を「写生」したという事情と、「遠山に」句の強引な、唐突ともいえる箇所がおそらく関わっているためで、それは「遠山に日の当りたる／枯野かな」の句切れについてである。

松ばかり枯残りたる広野かな　　朝　寝　（「俳諧一日集」六十八号、明治二十八年一月）

虚子句同様に「〜残りたる／広野かな」と句切れを用いており、草花が枯れて松ばかり残った、それが冬の「広野」であることだ……という句である。「広野」に「松」がまばらに枯れ残るという情景は瞬時に把握しやすく、「広野」の荒涼としたさまを容易に味わうことができよう。

一方、虚子句は「遠山に日の当りたる」という遠景の後、「枯野かな」という近景（及び中景）が突如出現し、視点が急展開している。従来の類型であれば、「遠景／近景」を詠む際は3節の引用句――「遠山にゆらりとかゝる柳かな」等――のように「遠山」と「柳」が重なって見えるように配したものだった。江戸後期の広重や北斎の浮世絵のように、近景と遠景を重ねて遠近感を出す構図が定番だったが、虚子句の「遠山／枯野」はこのような構図にない。上五から中七まで遠景がなだらかに詠まれた後、下五で突如近景付近が現れており、それは遠近感というよりぼんやりした奥行きを感じさせる心象風景に近い。

虚子は、なぜこのような句作を是としたのだろう。理由は複数考えられるが、一つは「実景」の多様かつ膨大な情報を十七音で示すのは不可能なため、「遠山に日の当りたる／枯野かな」の切れで他の情報を大胆に省略することで、「実景」と接した彼なりの実感を十七音に押し込んだ結果、強引な詠みぶりになったのではないか。

虚子句が乱暴ともいえるのは、「日の当りたる」が連体形にもかかわらず「枯野」に係らず、内容上は切れている点に他ならない。表現と内容がずれており、当時の類想句と比較にならない強引さがあるのだ。

前章まで見た類型の発想であれば、有季定型に無理のない、整った形で詠みえただろう。「遠山のあり〳〵見ゆる枯野かな」等、「枯野」らしさに沿った内容さえ詠めばよく、「枯野」のイメージにそぐわない夾雑物を無理に盛りこむ必要もない。「空想」(子規「俳諧大要」)による類想は、一句を洗練させた季感や風流さを安定して供給することができるのだ。

それに対し、「写生」は類想にいかに陥ることなく、むしろ定番のイメージや美意識を揺るがしかねない意外で新鮮な内容を得ようとする認識であり、いきおい作品は不安定にならざるをえない。予定調和に収まらない「実景」を素手でつかみ、極小の有季定型に押し込もうとすると、強引なまでの省略や飛躍が求められるのは当然であろう。「遠山に」句の切れは、「実景」の雰囲気を何とか有季定型で詠もうとした力みが漂ってはいないか。

加えて、平凡な風景を詠んだ点も注目される。当時の大部分は「枯野」らしさを増幅させようと類想や季感に沿った措辞や内容だったが、「遠山に」句は「枯野」らしさを重視せず、そっけない風景をあえて詠んだ風がある。「枯野」の季感は漂ってはいるが、むしろ「遠山に日の当りたる」という何気ない風景を「枯野」から黙って眺める主体、その存在感やまなざしの方を強調したいかのようだ。春や秋でもない、冬の「枯野」らしさを膨らませることなく、趣向やひねりも放棄したまま、平凡な風景をぼんやり眺める主体のまなざしは季感を増幅させるわけでもなく、何か事情を物語るわけでもない。小説であれば、そういう風景を眺める主人公の心情や状況等が物語として示されるため、何気ない風景を眺める意味を掴みやすいが、俳句は短すぎるため前後の事情や作者の心中が不明なままなのだ。

取るに足らない、何気ない風景をあえて詠むことで、主体（作者）はなぜそのような風景に目を留め、詠もうとしたかと読者を誘いつつ、その風景に入らせて追体験させること。虚子以外の、明治期俳誌に掲載された「枯野」「遠山」句群は、有季定型内で明確に理屈付け、趣向を加えようと措辞に磨きをかけ、作者と読者が共有する季感を膨らませる作風を俳句と信じた。彼らからすれば、虚子句は見たままの景色をそっけなく詠み、なぜその景色を選び、芸もひねりもなく詠んだのか説明せず突如終わった句に等しく、それは未完成か、素人の習作と感じたのではないか。

自然を愛し細工を許さず、而して往々平凡に了る。これ近時の達人の作句なり。

（角田竹冷「聴雨窓漫話」、明治二十九年、Ⅰ部一章6節に前掲）

子規派を暗に諷した一文で、他俳人たちは虚子句を是とする子規たちの句を、無技巧かつ「平凡」と見なしただろうことがうかがえる。

虚子句は、むしろ「平凡」さが主眼であった。「枯野」らしさや「遠山」のイメージを放棄し、取り柄のない風景が黙って示されたまま句は終わる。読者は「蕭条たる枯野に佇む主体は、なぜ日の当たる遠山を見つめているのか」と意識してしまい、その意味を、まなざしのありかを深読みしようとする。句中の景色が何気ないものであるほど、かえって詠んだ作者の心情を探りたくなるのだ。

しかも、「遠山に」句にはある種のユーモアすら漂っている。これまでの引用句群のように類想や季感らしさを念頭に置く読者は、上五・中七を「遠山に日の当りたる」と緩やかに読み、下五で「遠山」

らしさを膨らませる季語を期待しつつ読み進めると、突如「枯野かな」が現れる。視点がいきなり移動する上、「遠山」「枯野」いずれのイメージも膨らむことのないまま、一句は終わるのだ。大部分の読者はオチがないように肩すかしの印象を抱いただろうし、「〜日の当りたる枯野」のようにつながっているのか、切れているのか一瞬混乱しかねない箇所すらある。これら一切を放置したまま、作品は「〜かな」と俳句らしい詠嘆で大団円を迎えるが、内容は全く俳句らしくない。大多数の読者が信じる「遠山」「枯野」らしさからかけ離れているためだ。

この点、「平凡に了る」（竹冷）虚子句は地味に見えるが、従来の俳人たちが遵守すべきと信じた俳句らしさを軽やかに無視した、野蛮な作品だった。「実景」（子規）を有季定型に押しこめようとさりげなく強引で、定番のイメージからずれたまま、あっけなく句を終わらせる諧謔味も伴った虚子句は、子規の「写生」を有季定型で体現した一句だったのだ。子規が論や句評、また『蕪村句集講義』等で語った「写生」を、虚子が実作で証明する。子規派はこの両輪が、つまり論と作品双方が斬新かつ魅力的だったために全国各地の若者たちが熱中し、結果として子規派の革新運動は急速に広まったのである。

5 虚子は句も選も「写生」

近代俳句の大動脈となった「写生」は、虚子句に限らず同時代の類型やイメージからはみ出た「実景」の痕跡が刻まれる場合が多い。後に虚子が「ホトトギス」雑詠欄選者として多くの句を取捨選択した際、上位に掲げた句には同時代の他誌や「ホトトギス」内の類想句とも相容れない、奇妙な特徴を持つ作品が多々存在した。それらを俳句と判断しえた虚子の背後には、明治期に子規が提唱した「写生」の認識が、そのまなざしが息づいていたことは想像に難くない。

虚子の選句眼がいかに「写生」たりえたか、次章で「ホトトギス」雑詠欄を見ながら考えてみよう。

二　権門富貴や夏草、蚊、手袋
―「ホトトギス」雑詠欄と「写生」について―

1 老獪な俳人

日本人は老獪な為政者より、若く散った英雄を愛しがちだ。源平合戦の源義経や幕末の高杉晋作等……難局を打開して歴史を転回させつつも夭折した若者を、美化しつつ愛惜してきた。

一般的に、近代俳句の英雄といえば正岡子規であろう。結核のため三十代半ばで世を去ったにもかかわらず、俳句や短歌、文章を革新した彼は「明治の青春」（司馬遼太郎）であった。その子規の衣鉢を継いだ高浜虚子が俳句史上の巨人として名を刻んだことは指摘するまでもあるまい。虚子自身が傑出した俳人で、主宰誌「ホトトギス」から近代の高峰をなす俳人が陸続と現れたため、彼及び「ホトトギス」の動向そのものが近代俳句史となった。

虚子は八十代半ばまで長寿を保ち、数多の栄誉や権力を手中に収めたためか、生前から毀誉褒貶の喧しい存在であった。明治期に商売人と陰口を叩かれて以来、銭勘定に聡い経営家と批判され続け、虚子が主張した写生や花鳥諷詠も結社経営の方便云々と語られることも多い。この点、彼は源頼朝や徳川家康に――清濁併せ呑み、権力の頂点に君臨した政治家――近く、世間的には子規の方が人気が高いはずだ。

厳選で知られた「ホトトギス」雑詠欄も句の芸術性を純粋に測る場でなく、虚子との近しさや社会的地位で選が上下するという非難も絶えなかった。「ホトトギス」で句作に励みつつも脱退する形で「京大俳句」を創刊した平畑静塔は、次のように回想する。

平畑　あのひと（虚子）はえらい人だけれども、権門富貴にはまるでだめじゃないか、お金儲け主義じゃないかというふうにだんだんなってきたのです。（略）私らの医学部の松尾教授なんか、五十嵐播水先生のところで俳句をはじめて、投句したらすぐ二句出るようになった。それは播水が手を加えてこうやれああやれというのでしょう。我々はときどき一句出ればいい。頑張って頑張りぬいてやっている。中村吉右衛門がそうですからね。（略）吉右衛門だってすぐ二句、三句出るんだから。富貴が非常に悪かった。それから三菱地所の部長、赤星水竹居。これなどはすぐずっと行ってしまう。家主だもん、あれ。

金子　あれは大パトロンですもんね。そういう事実が大正終わりごろからずうっと露呈してきたんですね。

平畑　それは定評があったんです。虚子先生はこれを持っていきゃ大丈夫と。これはね、私よく考えてみたらね、当然のことだと思う。（略）今なら私も虚子を許すと思いますけれども、その時分はそうはいかんですよ。（中略）しかし結局、虚子先生もあれだけの財をなしたんだから、あれだけの反撥を受けるのも自然の流れとちがいますか。

京大俳句事件で特高警察に逮捕され、徴兵から敗戦を経て私生活でも幾多の困難を味わった静塔は、後に「権門富貴」を意識した虚子選を「当然」と理解を示した。俳句を生業とする専業俳人が「権門富貴」に配慮するのは仕事の一つというのだ。

主宰は単一の基準で選句をする、つまり作品の優劣のみ厳密に計り、上位から下位まで揃えると私たちは見なしがちだ。しかし、圧倒的に優れた句ならまだしも、横並びでさして変わらない場合や、ある程度の上下を許容する作品であれば、主宰の匙加減で優劣は決定されようし、何より結社運営を図る主宰が常に優れた句だけを上位に据えるはずもないのは、「当然」であろう。まして専業俳人――不安定な、浮草稼業に近い仕事――となれば結社や組織内外の人間関係に配慮しつつ選句するのが普通かもしれない。

2 「権門富貴」との関係

選句もそうだが、専業俳人たるもの収入の方策を考えねばなるまい。試みに「ホトトギス」昭和八〔一九三三〕年十月号を繰ると、表紙裏には虚子揮毫の「花鳥諷詠額」広告が掲げられている。「貴家の楣間を輝かしむるものと存じます」という宣伝文とともに大小額が示され、大額の朱蒔塗は三十五円――現代に換算すると六、七万円ほど――、小額の古代色塗は二十円という。この広告頁後に目次が続き、次頁に衛生誌「玉藻」――虚子の娘である星野立子の主宰誌――の宣伝が載っており、さらに頁を繰ると「中村不折・高浜虚子両先生の対幅頒布会」の広告が折り畳まれている。不折俳画、虚子句の対幅は四十三円で、「花鳥諷詠額」よりやや高値である。

文学たるもの純粋な芸術理念に向けて邁進せねばならぬ、それをダシに儲けるなど……と感じる文学青年であれば、この時点で「ホトトギス」を放り投げるだろう。先生の額や掛軸を購入することと、優れた作品を産み出すことに何の関係があるのか等々、かつての俳諧宗匠然とした雰囲気に嫌気がさしたに違いない。

そういう目で昭和八年十月号を繰ると、虚子礼讃記事や内輪ネタが多いのも事実だ。例えば、「俳論・俳話」特集に寄せた赤星水竹居――三菱地所（不動産）所長で、「ホトトギス」事務所のあった東京丸ビルの責任者――の一節を見てみよう。

昔から驕るものは久しからずと云ふ諺がある。然らば驕らぬものはいつまでも栄へてゆく。我ホト、ギスの如きは即ちそれである。驕ると云ふことは何であるか。君を君としない、親を親としない、師を師としない、そんな心が即ち驕りである。（略）我ホト、ギスは、四十余年奮闘を続けて来られた虚子先生を中心とし、親とし、師として仰いで居る。これほど強き集中力を有する団体はない。（「最近の目標」）

俳句史的に見ると、明治期の俳句革新は「君を君としない」正岡子規の「驕り」によるもので、虚子も子規を「師」と仰ぐ一方、後継者になるのを断るなど反発気味に育ったのではないか……とボヤきたいが、水竹居にそういうツッコミは野暮であろう。

三菱の重役だった水竹居に礼讃された虚子は三菱財閥と関係が深く、「ホトトギス」同月号の「句日記」――句会や吟行等での虚子句を簡単な日付や説明を付して一年後に発表したもの――には次のくだりが見える。

十月十九日、嵯峨野吟行。二條、巨陶庵。

草じらみ手帳をもつて払ひけり　（他句略）

秋の嵯峨野吟行で、着物についた「草じらみ」を手に持った「手帳」で軽く払う……素手ではなく、「手帳」でぞんざいに払うところにほのかな生活感とユーモアが漂う句だが、それ以上でもない軽い句だ。「巨陶」は三菱財閥総帥たる岩崎小彌太の俳号で、京都南禅寺近くの別荘名が「巨陶庵」だった。小彌太は昭和初期頃から俳句に親しみ、主治医の佐藤漾人が「ホトトギス」で句作に励んだこともあり、その縁で虚子が俳句の先生として巨陶庵に招かれたのである。

昭和八年十月号の他記事を見ると、「座談会」では虚子が「逓信省の俳句が盛んになつたのはいつからですか」と逓信省次官――大臣に次ぐ地位――等を歴任した富安風生に水を向ける場面や、東京帝国大学教授の山口青邨が同姓の教授と間違われて料亭に招かれた話など、社会的に成功した名士との談話が多数載っている。

虚子選の雑詠欄を見れば、各地の名士や実業家が名を連ねている。歌舞伎役者の中村吉右衛門は「そこゝの早つゞきの瓜はたけ」等が入選、また華族の水野白川は「人形師の繕ひ仕事お虫干」その他が選ばれたが、特に印象の残らない句ではある。確かに「あのひと（虚子）はえらい人だけれども、権門富貴にはまるでだめじゃないか、お金儲け主義じゃないか」（前掲の平畑静塔対談）と、当時の「京大俳句」編集長が嫌悪感を抱く雰囲気があったのも事実であろう。

3 雑詠欄の凄み

大正期から昭和期に至る「ホトトギス」雑詠欄を通読すると、虚子が「権門富貴」や人間関係に、また結社の趨勢に配慮しつつ選句を上下させた様子を実感しえるはずだ。主宰及び専業俳人として、句の良し悪し以外の諸基準があったはずで、虚子選には複数の選句基準があったことを考慮せねばなるまい。では、「ホトトギス」には平畑静塔が批判した内容しか持ちえなかったのか。再び昭和八年十月号雑詠欄を見てみよう。

芭蕉葉に水晶の蝉羽を合せ　川端　茅舎
大文字の大はすこしくうは向きに　藤後　左右
木葉髪文芸永く欺きぬ　中村草田男
娘等のうかくあそびソーダ水　星野　立子
夏草に汽罐車の車輪来て止る　山口　誓子　（雑詠欄掲載順）

整った有季定型に見えつつ、いずれも通常の季感からはみ出た実感が奇妙に宿る「写生」句群で、各俳人の特質が無節操なまでに幅広く、また錬磨された技量の冴えは壮観である。「ホトトギス」の凄みは、虚子が「お金儲け主義」（静塔）で——彼は専業俳人なので当然なのだが——あろうと、虚子礼讃記事や内輪ネタが誌面を賑わせたにせよ、これらの句群がほぼ毎月雑詠欄に入選した点であり、その傑作群のぶ厚さ、多彩さたるや他に並ぶものが見当たらない。

茅舎から誓子に至る句群は、当時の句作常識とかけ離れたものだった。明治期に碧梧桐が詠んだ「赤い椿白い椿と落ちにけり」や虚子の「遠山に日の当りたる枯野かな」のように、類想や常識を無視した横紙破りの句群だったのである。

虚子が「ホトトギス」雑詠欄で上位に据えた句がいかに異例かつ野蛮だったか、例えば山口誓子の「夏草に」句に注目してみよう。

4 「汽罐車の車輪」の野蛮さ

昭和八年十月号雑詠欄に、誓子句は四句入選している。

夏草に汽罐車の車輪来て止る　　山口　誓子
汽罐車の真がねや天も地も旱
汽罐車の車輪から〳〵と地の旱
夜の川汽車の車輪の下に鳴る

誓子は「ホトトギス」発表前に「かつらぎ」同年九月号にも同作を掲載しており、それは「大阪駅構内」と題を付した全五句だった（「夏草に」句と「汽罐車の真がねや」句の間に「汽罐車の煙鋭き夏は来ぬ」が置かれる）。いずれも前例のない詠みぶりだったが、今なお著名な「夏草に」句に絞って考えてみよう。

「夏草」は江戸期以来のゆかしい季語で、誓子句が詠まれた昭和初期の歳時記には次のように説明されている。

夏草　夏の草生ひ茂りて青々たるものゝ総称とす。

夏草やつはものどもが夢の跡　　芭　蕉（『簡明歳時記』〈大文館、昭和九年〉）

春や秋の草花と異なる「夏草」は、「生ひ茂りて青々たる」草木の情景であり、かの芭蕉句を手繰り寄せる季語でもあった。昭和初期の「夏草」句を見てみよう。

夏草や竹垣古りてかたむきし　　守　静（「俳諧鴨東新誌」昭和二年八月号）
釣竿を夏草深くあづけけり　　秀　草（「ホトトギス」昭和五年十月号）
夏草の中にきてゐる湖水かな　　羽　公（「馬酔木」昭和六年十二月号）
夏草の中に拾ひぬ不発弾　　龍　灯（「俳諧」昭和七年八月号）

主義の異なる各俳誌だが、いずれも「生ひ茂りて青々たる」風情を活かした句作りだ。この季感を生かしつつ鉄道関連を詠む際、廃線や不動の貨車が草に埋もれる風景を描く傾向にあった。

夏草に深く埋もるレールかな　　虚　子（「ホトトギス」明治三十二〈一八九九〉年八月号）
夏草や廃線の鉄路さび赤く　　聴　秋（花の本聴秋句集『鶴鳴集』、大正八年）
夏草や忘れられたる貨車一つ　　志　豊（「南柯」大正十三〈一九二四〉年九月号）

現役であることを終え、繁茂する「夏草」に埋もれた「レール」や「廃線」、「貨車」……「生ひ茂りて青々たる」草の中に鉄道が埋もれるさまが定番だったのである。

従来の「夏草」句群と比べると、誓子句は「夏草」らしくないことに気付くだろう。「汽罐車の車輪」の存在感があまりに巨大で、また場所を駅構内や線路近くとすると「夏草」はバラストに生えた弱々しい青草の印象が強く、「生ひ茂りて青々たる」季感を無視するかのような強引さがある。加えて、「夏草」と勢いよく稼働する「汽罐車の車輪」を取り合わせた例も誓子以前に見当たらず、前例のない「夏草」句だったといえよう。

誓子の「汽罐車」句群は、「旱」（二、三句目）や「夏の川」（四句目）も一般の句作常識とかけ離れた詠みぶりだった。まずは「旱」を見てみよう。

・旱田へ一水落ちぬ厨水　　朱　朗（「ホトトギス」大正十五年十月号）

・旱風ひりつく喉や藁仕事　　風　水（『最新二万句集』〔資文堂、昭和二年〕）

・旱　毎日々々炎暑がつゞいて飲料水もなにもなくなつてしまふことをいふのである。だから昔の句には、「島の井戸が涸れた」などゝといふ趣向が随分多かつた。それから水平線に入道雲が出てゐたり、干網が道の邪魔をしてゐたり、連想はとかく海へ向けられ勝ちであつた。然しそんな限句性は無論ないので、沼でも田でも庭でも、どこの旱を詠んでも決して差支はない。（後略）

大旱の小作の家をめぐり来ぬ

（解説、句ともに水原秋桜子。『現代俳句季語解』〔交蘭堂、昭和七年〕）

秋桜子は「旱—海」の類想に囚われず、「どこの旱を詠んでも決して差支えはない」と述べたが、駅構内の「汽罐車の真がね」や「車輪」に「旱」を重ねるなど思いもよらなかったろう。秋桜子句や大正十五年の「旱田へ」句はともに海から離れた場所で、類想に陥らないよう心がけたといえるが、「旱」が影響を及ぼす農村風景を詠むことで季感と情景に関連を持たせ、「旱」を詠む必然性を醸成している。ところが、誓子句は最初から水を必要としない駅構内を舞台とし、「汽罐車」の巨大な、黒々とした鉄塊に「旱」の乾ききった季感を重ねたのだ。バラストのレール上を漆黒の「汽罐車」が煙と蒸気を噴き上げて進む姿は、言われれば「旱」の季感と響きあうが、従来のイメージとかけ離れた内容で、暴力的な詠みぶりだったといえる。

誓子句群の四句目、「夏の川」の詠みぶりも異例であった。

・夏川は旱魃のために水涸るゝことあれども、梅雨中は降雨多く水量増加して出水、（後略）

夏川に雑魚こそばゆくふみにけり　野風呂

川止の宿よもすがら燈しけり　助二郎（『纂修歳時記　詳解例句』〈修省堂、昭和七年〉）

・夏川や晒場の石藍に染む　水巴（『俳諧歳時記』成光館、昭和七年）

・仮橋を水すれ〳〵や夏の川　松風（「神路」昭和六年八月号）

「夏川」は旱魃や増水、また川そばの生活風景を詠むのが定番だが、誓子句は「夏の川」がどうあろうとほぼ無関係な鉄橋上を「汽車の車輪」が轟音とともに走り去る設定である。従来の「夏川」のイメージを素通りする詠みぶりで、乱暴な「夏川」の用い方といえよう。

加えて、誓子句群で最も特異なのは「車輪」を詠みこんだ点に他ならない。無論、蒸気機関車そのものは明治維新後の小説のみならず詩歌で多々詠まれている。文明開化の喧しい音とともに疾走し始めたその姿は、和歌や俳句で次のように描かれたものだ。

①煙のみひとすぢ空にたなびきて
　車は遠く成りにけるかな　佐佐木弘綱（『明治開化和歌集』、明治十三年）

②皆たつて汽車に向けり田植笠　華　城（「俳諧評論」明治三十年六月号）

③汽車走る音余所にして月見かな　木　南（「ホトトギス」大正十三年十二月号）

④汽車降りて里なつかしき春田かな　　静　古（「花の雫」昭和四年五月号）

⑤汽車涼し海かぜにほふ夜を走る　　秋　郊（「馬酔木」昭和八年九月号）

汽車は瞬く間に去り、残るのは空に棚引く「煙のみ」（①）……馬や人力車とも異なる、今まで見たことのない速度で去りゆく蒸気機関「車」には驚くばかりで、ゆえに中腰で「田植」に勤しむさ中にも「汽車」が現れるや「皆たつて」注視する（②）。明治期は「汽車」の存在自体が珍しかったが、大正期には見慣れた一景物となり、例えば夜を走る「汽車」の轟きを厭うように距離を置いて「月見」を愉しむこともあれば（③）、はるばる「汽車」で帰郷して郷里の「春田」に懐かしさを覚え（④）、夏の「夜を走る」汽車の窓を開け、潮の香り漂う風に涼を感じることもあった（⑤）。

「汽車」を詠んだ韻文は俳句以外にも多々存在し、短歌と詩を一例ずつ見てみよう。

吾妻やまに雪かがやけばみちのくの

我が母の国に汽車入りにけり　斎藤茂吉（『赤光』〈東雲堂書店、大正二年〉）

高名な「死にたまふ母」連作中の一首で、危篤の「母」の下へ向かう焦燥感を「汽車」の速度感に重ねた歌だ。轟音と煙をまき散らして地上を疾走する「汽車」は、自身の切迫感や焦りの比喩としても描かれている。

昭和期の詩人、中原中也の詩も見てみよう。「汽車の笛聞こえもくれば／旅おもひ、幼き日をばおもふなり／いなよいなよ、幼き日をも旅をも思はず／旅とみえ、幼き日とみゆものをのみ」（「羊の歌」、『山羊の歌』〈文圃堂、昭和九年〉所収）……「汽車の笛」が懐旧とも望郷ともつかない、何処かへの郷愁を誘う。茂吉の短歌や中也の詩のように、明治中期頃までは珍しかった蒸気機関車も大正～昭和期には心象風景に溶けこんだ事物として詠まれたことがうかがえよう。

誓子句群に戻ると、「汽罐車」の「車輪」をかくも詠んだ例は見当たらず、例えば俳句で「車輪」が詠まれるのは次のような場合だった。

①炎天や車輪の道の砂烟り　呑　海（「俳諧鴨東新誌」大正二年十二月号）

②雨後錆びし草の車輪に蜻蛉哉　和木知（「ホトトギス」大正十年十一月号）

③暮れしづむ冬の日の街に自動車の
　車輪のめぐりおのづから迅し　三井　陽（「句と評論」昭和八年三月号）

荷車等の轍の跡が刻まれた道に舞い上がる砂埃や（①）、野原に打ち棄てられ、錆びた車輪に蜻蛉が止まる風情（②）、また街中に目を移すと仕事が終わり、夕暮れの暗がりと競うように「おのづから」速度を出す自動車（③）……荷車や自動車の「車輪」は散見されるが、「汽罐車」の巨大な「車輪」は見当たらない。散文に目を転じても、誓子連作のように蒸気機関車の「車輪」の動きに注目した例はなかった。

・逢坂山の隧道は十八町あるとや。しばし夜の国の入るの思ひ、只車輪の音洞中に響きて雷の如く冷し。（「俳諧明倫雑誌」明治二十四年八月号）

・道すがらの話に、弟は今朝汽罐車に敷かれて死んだが、前にうつ伏せに倒れた為に車輪に触れず、死体は普通の病気で頓死したのと変りはないと聞いたのは、せめてもの慰安であつた。（「ホトトギス」昭和二年七月号）

明治期に初めて登場した鉄道トンネルの世界を描写する時や、鉄道事故の際などに言及することはあっても、「車輪」の動き自体に着目した文章ではない。

　誓子句群は他にも特異な点があり、「汽罐車」（列車を牽引するボイラー室を有した先頭車）の漢字は俳句でほぼ使用されなかった。「機関車の火のもえてをり虫の闇　山史」（「馬酔木」昭和七年二月号）という風に、車両先頭の「機関車」に存在する罐火を詠む場合が多かったのだ。しかし、誓子は真昼の駅構内に出入りする「汽罐車」を堂々と詠み、罐火でなく「汽罐車」の「車輪」や漆黒の「真がね」にひたすら注目するなど、それまでの蒸気機関車を詠んだ俳句と目線そのものが異なっている。

　かくも異例尽くしの誓子「汽罐車」句群は、俳句史上例のない詠みぶりだった。季感のイメージを爽やかに素通りし、巨大な「車輪」の動くさまや「真がね」の黒光りする鉄塊を熱心に詠む作品など、当時一般の読者は俳句と感じなかったろう。季語のイメージや類型をなぞりつつ、それらを乱さない範囲で新鮮味を付すのが俳句であり、誓子句群のように季感を殺しかねない設定で「汽罐車」の躍動を活写するなど、映画ならまだしも、平凡に季感を重視する俳人には考えもつかない世界だった。（注）

　しかし、虚子は誓子の五句投句のうち四句を選句し、「ホトトギス」雑詠欄上位に据えたのである。並の選者ならば俳句とすら認めないだろう異例の句群を、黙って評価したのだ。

（注）誓子句群が前例のない「車輪」を詠みえたのは、同時代の新興映画や写真に示唆を受けた点が大きい。詳細は拙稿の学術論文「汽罐車のシンフォニー　山口誓子の俳句連作について」（「昭和文学研究」七十三号、平成二十八年）で、また「円座」三十一～三十八号（平成二十八～二十九年）で論じた。

5 「蚊の声」の不思議さ

昭和戦前期の「ホトトギス」雑詠欄上位句は今や仰ぐべき傑作とされる作品が多く、俳句史を知る上で学ぶべき正典と見なされている。しかし、実際は「汽罐車」句群のように破格かつ暴力的な詠みぶりが多数を占め、虚子の選句眼は同時代の他俳人と異なっていた。例えば、「汽罐車」句群掲載の二ヶ月前の昭和八年八月号に次の句が上位入選している。

蚊の声のひそかなるとき悔いにけり　　中村草田男

蚊を退治できなかった悔いを詠んだかに一瞬感じるが、そうではあるまい。普通は蚊の音がかしましい時に――耳近くを飛ぶ時など――あの時やっつけていれば……と後悔しそうなものだが、「ひそかなるとき」に後悔したとあり、いささか妙だ。

草田男句のような作品は、同時代に見当たらない。

一家愁に沈めるを訪ひぬ蚊の夕　　礁　村（『最近新二万句集』〈資文堂、昭和二年〉）

蚊の一つ沈みゆきけり草の闇　　世　壽（『昭和新選俳句大観』〈大文館書店、昭和八年〉）

礁村句は「愁・蚊」を詠みこむ点で草田男句に近いが、「一家愁に沈める」余情を膨らませるため「蚊の夕」を点じたと詠むのに対し、草田男句の「蚊の声／ひそかなるとき／悔いにけり」は統一した情景や余情を結ぶことなく、微妙に不協和音を奏でたままだ。

同時代の俳誌も見てみよう（作者名は略）。

筆とめて打ち落としたる藪蚊かな　　「明ほの」昭和五年九月号

叩く蚊に愛し児の夢破りけり　「鴨東新誌」昭和六年九月号
佇みて蚊にさされけり萩の花　「漁火」昭和七年十月号
白粉の瓶にとまりし春蚊かな　「山茶花」昭和八年七月号
春の蚊を見失ふ時壁画あり　「土上」昭和七年六月号
蚊遣火に焚かまく草を干せる母　「馬酔木」昭和八年九月号

俳諧宗匠系や「ホトトギス」系、新興俳句陣営等、いずれも草田男句のような「蚊の声」は見当たらない。かくも特異な作品を虚子は雑詠欄上位に据えたのであり、作者の草田男と選者の虚子ともども当時一般の句作感覚とかけ離れていたことがうかがえる。

草田男句の「ひそかなるとき」に悔いた何事かは、「蚊」に関することなのか、無関係な何かをふと思い出して後悔したのか、微妙に分からない。「ひそかなるとき」は「ひそかでなかったとき(過去)」も含意し、ある程度の時間経過を感じさせる。「ひそかなるとき」に何かを悔いたとすれば、「ひそかでなかったとき」はいかなる心情だったかが気になるが、一句は何も示さずに終わってしまう。内容が曖昧ゆえに「悔いにけり」は意味深長になり、「ひそか・悔いにけり」が心情の陰翳を想わせるため、作者は蚊を退治できなかった悔い以上の、または別の何かを悔いたように――ひそやかになった蚊の声を契機にある過去が思い出され、それを悔いるような――読めてしまうのだ。草田男句は一語一語が微妙にずれ、重なりつつ心情の襞を喚起させており、このような「蚊」句は同時代に全く見当たらない。

6「写生」句

これまで見た山口誓子や中村草田男は「ホトトギス」でも異端児に近く、後に誓子は反「ホトトギス」を旗頭とする新興俳句運動に身を投じている。その点、彼らの句群が異端じみたのは意外ではないかもしれない。

しかし、「ホトトギス」雑詠欄上位句は前例の見当たらない作風が多く、例えば虚子の「写生」を忠実に実践したとされる高野素十の句を見てみよう。

漂へる手袋のある運河かな　高野素十（「ホトトギス」昭和二年一月号）

雑詠欄第四席の句で、運河の水面に手袋が漂うという明瞭な句意である。これも発表当時は類例のない奇妙な句だった。そもそも、「手袋」は人が冬の寒さを防ぐため身に付けるものであり、例えば明治期の歳時記『新撰一万句』（博文館、明治四十一年）を見てみよう。

手袋の指出るまでになりにけり　稲　青

「指出るまでに」使いこんだ「手袋」に愛着を感じつつ、それを使い続けた来し方をそこはかとなく思い返す……このように、明治から昭和初期に至る「手袋」句は手に嵌める防寒具として詠まれる傾向にあった。

手袋の白きにしみる余寒かな　無　一（「秋の声」明治三十年三月号）
手袋や従軍の夫におくるべく　冷　火（「俳諧評論」明治三十七年一月号）
手袋をぬぎてあたれる焚火かな　盧　集（「ホトトギス」大正八年五月号）

手袋の色の好みや編上げぬ　杉　麓　（「山茶花」大正十三年四月号）

いずれも人間が「手袋」を嵌め、脱ぐ仕草を前提に詠まれており、素十句のように人間の手から離れた「手袋」がただ水面に漂う……という情景は見当たらない。そもそも、素十句の「運河」の雰囲気も従来の「運河」句と異なっていた。試みに明治から昭和初期の俳誌を見てみよう。

名月や運河の船の遅々として　金　巌　（「卯杖」明治三十六年一月号）
年々に殖る運河の初荷哉　泰　山　（「俳諧鴨東新誌」大正二年八月号）
柳散りて水静かなる運河かな　北　楼　（「ホトトギス」大正八年十一月号）
枯柳に舟曳きのぼる運河哉　二月堂　（「同人」昭和五年四月号）

詳細は省くが、「運河」に浮かぶのは「船（舟）」であり、間違っても「手袋」が漂う場所ではなかった。冬の寒さから手を守り、温もりとともに包む「手袋」が人から離れ、「運河」の水面に漂う……不安定な、遺品に近い不穏さとともに水面にあてどなく漂う状況を指差す句など、明治期から昭和期に至るまで――それも「ホトトギス」にすら――およそ存在しなかったのだ。

素十句は、上五「漂へる」の迫力が異様に強いのも独特である（次章4節で後述）。それは「運河に手袋が漂っている」という内容を伝えるのみならず、「漂へる」という措辞そのものが句意と別に宙に浮き、あてどない不穏さを帯びるように感じられる。運河にさまよう「手袋」はいつまでも水面を彷徨い、遺品めいた不安定さが作品を覆うかのようだ。

並の選者ならば、前例がない上に不気味な素十句を俳句と見なすべきか否か迷うだろう。しかし、虚子は素十句を上位に据えるだけでなく、目指すべき「写生」と称賛したのである。従来の俳句が育んだ「手袋」「運河」等のイメージを破壊しかねない、生々しい現実の断片をそっけなく詠む素十句を俳句と認めたのは、当時の結社主宰の中で虚子のみだったろう。

素十句のみならず、山口誓子や中村草田男等は一般の句作感覚と相容れない句ばかりで、「ホトトギス」以外では俳句と見なされない――多くの俳人は一定の既視感や類想を元に俳句と認めるか、類句を避けるあまり奇矯なだけの句を尊ぶ傾向にあった――生々しく奇妙な句が多い。虚子はそれらを俳句として見出し、雑詠欄上位に据えたのであり、その際の基準が「写生」であったのは言うまでもあるまい。

それは明治期に正岡子規が主張した「写生」を継承した価値観だったが、昭和初期の「ホトトギス」における「写生」句の幅は爆発的に広がっており、異例で迫力のある句群が頻出していた。類型や安定したイメージと摩擦を引き起こしかねない句群を俳句と認めた虚子は、いわば俳句観そのものを創造したのであり、その矜持が「選と云ふことは一つの創作」（虚子、『ホトトギス雑詠全集』第四巻〔花鳥堂、昭和六年〕の夏部序文）という宣言になったのだろう。

「蚊の声のひそかなるとき悔いにけり」を詠んだ中村草田男は、同門の素十句を「絶えずおツかない」（「俳句研究」昭和十五年五月号）と怖れた。虚子選雑詠欄の凄みは、1、2節で見た中村吉右衛門や赤星水竹居等の「権門富貴」を丁重にもてなすことで「財をなした」（静塔）とともに、素十のような句を結社の頂点として掲げた点にある。バランス感覚というより無節操に近い選句のありようで、両者が「ホトトギス」雑詠欄に平然と混じりあうところに専業俳人虚子の本領があり、彼の選句眼を見るべきだろう。

その混淆に耐えられない者は平畑静塔や水原秋桜子のように「ホトトギス」から離れていった。しかし、虚子は彼らの背中を一瞥しつつ昂然と言い放つ。「私はこの犠牲者を沢山に出した雑詠全集を自ら尊重する」（『ホトトギス雑詠全集』第一巻〈花鳥堂、昭和六年〉序文）。それは為政者としての――江戸幕府数百年の礎となった徳川家康のように――自負であり、しかも素十のような作品を俳句と見なした俳人は彼のみだったことを忘れてはなるまい。

三　蟻地獄に春の蝶
―虚子の選句眼と「ホトトギス」四Sの「写生」―

❶「ホトトギス」の隆盛

明治半ば頃、松山で創刊された「ホトトギス」は一年半ほどで行き詰まり、それを東京の虚子が譲り受けた際、子規が様々な心配をしたのは先述した（Ⅰ部五章3節参照）。子規は雑誌編集に不慣れな虚子を心配し、千五百部強も印刷しようとするのを危ぶみ、俳誌は三百部程度がよいと忠告する。しかし、虚子は予定通り印刷し、完売させてしまった。子規を含めた周囲の俳人は虚子の強運と商才に胸をなで下ろしたのだった。

明治三十五（一九〇二）年に子規が没した後も虚子は「ホトトギス」編集を続け、明治末期には俳句欄を廃して小説誌として売り出したこともある。友人の夏目漱石が神経衰弱に陥ったため、虚子が気張らしに「ホトトギス」への寄稿を依頼すると、漱石は『吾輩は猫である』（明治三十八～三十九年掲載）『坊っちゃん』（同三十九年）等をまとめた。作品が発表されるや爆発的な人気を呼び、売り上げも急増したため、元来小説家志望だった虚子は刺激を受けて筆を執り、「ホトトギス」に自作を発表しつつ小説専門誌として押し出したのだ。

しかし、小説誌としては売れず、虚子は紆余曲折の末に俳句雑詠欄を復活させ、「ホトトギス」を俳句雑誌として再出発させる。その後は虚子の奮闘もあって順調に発展し、昭和初期の百号記念大会には二千人強が集う巨大組織になっていた。

虚子が大正期から昭和期にかけて選をふるった「ホトトギス」雑詠欄には傑作が続々と現れ、特に昭和二（一九二七）年九月号は圧巻である。

蟻地獄みな生きてゐる伽藍かな　　阿波野青畝
啄木鳥や落葉をいそぐ牧の木々　　水原秋桜子
方丈の大庇より春の蝶　　高野　素十
七月の青嶺まぢかく熔鉱爐　　山口　誓子

彼らは大正末期から雑詠欄巻頭を――全句中で最も優れた最高位で、巻頭を飾ると全国に名が知れ渡るほど権威があった――競った若手俳人たちで、全員の名前がSで始まるため四Sと称された。詳細は省くが（青畝句と素十句は後述）、青畝の諧謔を帯びた絶妙な展開や秋桜子の洗練された美意識、素十の「写生」以外に何も感じさせない句、そして誓子の雄渾かつ奇妙な眼差し……いずれも彼らの生涯の傑作にして近代俳句の金字塔であり、これらが同月号掲載とは驚きである。当時の雑詠欄がいかに高峰をなしたかがうかがえよう。

子規没後から二十五年ほど経った昭和初期、虚子率いる「ホトトギス」は俳句界そのものという観があった。主宰の虚子は同時代の誰とも異なる選句眼を有し（前章参照）、また雑詠欄で活躍した四

Sは「ホトトギス」以外ではまず俳句と認められない破格の作品を連発し続けたのである。

彼らを雑詠欄上位に据えた虚子の基準の一つが、「写生」だったのは言を俟たない。では、虚子が認めた「写生」はいかなる作品なのか。これまで彼の句や山口誓子、中村草田男らの句を通じて考察したが、今回は四Sの阿波野青畝と高野素十の句を味読してみよう。

2 昭和初期の宗匠俳誌

まず京都のある俳誌から話を始めよう。

明治二十五年、十代の虚子が高等中学校進学のため京都に下宿した際、東京の子規に次のように書簡を綴ったのは以前紹介した。「当地にては花の本宗匠も近処に居候へど、未だ訪問仕らず候。大方鼻の下宗匠位と存じ候へど（以下略）」（詳細はⅠ部二章5節参照）……花の本号は江戸期に和歌の二条家から授かった権威ある庵号で、当時は聴秋が第十一世を嗣いでおり、全国的に知られる宗匠だった。しかし、虚子はさほど尊敬する風もなく、「鼻の下宗匠」程度と高を括っている。

書簡を受け取った子規も、聴秋を相手にしていなかった。虚子の手紙から五年後の明治三十年、子規は「愛媛新報」の選句を依頼された際、選者が自身と聴秋の二人と知り、次のように難じた。「私は宗匠輩の選句を載る新聞へは一切関係致さず候　ほとゝきす紙上にて愛媛新報の罪をならさんと存じ居り候」（岡村恒元宛書簡、詳細はⅠ部二章7節参照）……聴秋と同類に扱われた怒りを綴っており、にべもない辛辣さである。今や虚子や子規は近代俳句そのものと仰がれるが、当時は俳句界でほぼ知られておらず、その彼らが天下の著名宗匠を歯牙にもかけないのは凄い。

聴秋は俳誌「俳諧鴨東新誌」（明治十七年創刊）を刊行し、毎月一万句強の投句数を集める知名度を誇る宗匠だった。「ホトトギス」以降の子規派俳誌と異なり、投句には入花料（投句代）が必要で、複数の選者が多様な枠やテーマの中で選句し、枠毎に高点を競うスタイルである。江戸期以来の点取俳諧――賞品目当ての俳諧で、明治期に賞金や反物等の品が高額になり、賭博と同一視された――に近いが、「俳諧鴨東新誌」は高点句に聴秋の掛軸や色紙、歳時記や絹張扇子等を贈呈したり、巻頭に肖像画を掲載するなど、高額賞金を誌面に掲げることは一応なかった。

明治期に人気を確立した聴秋は「俳諧鴨東新誌」を刊行し続け、後継者を育てつつ、昭和初期にも三千句前後を集める人気があった。先の「ホトトギス」昭和二年九月号と同月の「俳諧鴨東新誌」天位句を見てみよう。

門松に雪新しき旭哉　　　　梅　月（花本聴秋選）
研ぎ上げた太刀の光や青嵐　梅　芳（日東庵喜芳選）
新緑に搗き放されて迷ふ鐘　照　月（緒方英山選）
鈴蘭や瀧の響に香の揺れる　雪　汀（古杉庵菊園選）

詳細は略するが、一、二章で紹介した俳諧宗匠らの句と似た趣味感覚といえる。季感と見合った内容に整え、一読して疑問のない穏和な句風に仕立てており、七月の青嶺に溶鉱炉などという野蛮な組み合わせ（先の誓子句）は見当たらない。

「俳諧鴨東新誌」は昭和期も健在で、右のような句が毎月発表されていたが、昭和二年一月号には次のような記事も見える。

鴨東誌の改善、それは叫ばずとも月を追ふて見ゆるを喜ぶ。全くの改革論は尚早？　時ならずして来るを待つて居ます。愛読者の句評を募るはよい事ながら、惜しいかなそれに値するもの幾何ありや…じやに依つて私は秋邨先生の活た選後のお言葉をより多く聞かして戴きたい。（略）宗匠とか本位昇級などゝ黙想を破るは不風流無芸術的とも言ふべく驚異にあらずや。かゝる故、ことに心を悩まさず、動物性でも反逆性でもいゝからもつと〳〵真面目な俳句を見せて戴きたく思ふ。

（読者投書欄、原田一亀坊「本欄を見て」）

「俳諧鴨東新誌」は今や改善期で、中身のない「愛読者の句評」より「楸邨先生の活た選後のお言葉」を読みたいという提案、また「本位昇級」云々を目当てにせず「真面目な俳句」を誌面で読みたいなど、従来の内容に疑義を呈した投書だ。

「秋邨先生」は聴秋の後継者とされた俳人で、昭和七年に花の本第十二世を嗣いだが――聴秋が同年に亡くなったため――、投書時点では花の本号を冠していない。秋邨は毎号「山紫水明抄」と題し、添削等を加えた選句を発表するとともに、選後感想等も綴っていた。投書家が「選後の活たお言葉をより多く聞かして戴きたい」と述べるのは句評の充実を希望したものだろう（選後評は簡潔で、突っ込んだ内容は述べられなかった）。投書した原田一亀坊なる俳人は刺激的な発言と自覚しつつも、「俳諧鴨東新誌」の句の物足りなさを嘆じたのである。

無論、他会員は黙っていない。直後から編集部に反論が続々と届いたらしく、次号の昭和二年二月号から論争めいた騒ぎになった。投書した原田一亀坊を情けないと嘆息する者や、彼の反論や一亀坊による再反論が掲載されるなど一時は賑やかになるが、数ヶ月も経つと元通りになり、目立った改革等は行われなかった。

このやりとりの中で、「ホトトギス」を意識した発言が散見されるのが興味深い。

東京の雑誌等で往々募集し、一等二等百円の賞に入選した句といへど、其選者の一番好いた句であつて、他の選者にかけては、一文の値もないかもしれない。現に私は其実例を見て居る。故に自己の句が雑誌なり新聞なりに出して、もし入選発表なしと雖も、それのみに依て句の価値を決めるわけにはいかない。

虚子に入選した句が、機一に入選すると定まらない如く、師翁に入選した句といへど、秋邨宗匠に不入選の如くに？

（昭和二年三月号、読者投書欄）

入選句は選者に左右されるため必ずしも秀句ではないという投書で、「師翁」は花の本聴秋を指す。興味深いのは、選者例に「虚子・機一」がセットで挙げられた点だ。

「機一」は其角堂機一という東京の宗匠で、聴秋同様に名を知られた俳諧師である。投書家は「正岡子規以来の新派・江戸期以来の俳諧宗匠」の象徴として虚子と機一を挙げており、しかも虚子が先に言及されたのは機一以上に有名だったためだろう。昭和二年の時点で彼及び「ホトトギス」が俳諧宗匠の世界より存在感を放っていたことがうかがえる。

「俳諧鴨東新誌」昭和二年八月号には次のような一文も見える。

「俳句は芸術である。然し現代の俳壇に、芸術家としての俳人がいく人見出し得られるか。」こんなことを得意さうに言てゐる人がずい分居る様だ。無論俳句は芸術である。然しながら、俳句はいわゆる芸術家のための芸術ではない。百姓の芸術、商人の芸術、職人の芸術である。俳句はそれで結構なのだ。
（戸山玉陽子「俳壇独語」）

玉陽子は「俳句＝芸術家のための芸術」という発想を批判し、俳句は「百姓・商人・職人」が嗜む「芸術」でよい、「俳句はそれで結構」という。玉陽子が反発した「芸術家としての俳人」を語る姿は、次のような論を述べる山口誓子を念頭に置いたのかもしれない。

俳句は他の芸術と共に一の道であつて、非修練者、非精進者の容易に窺知し得ざるところのものをその奥深くに内蔵してゐる。
しかも芸術的価値の創造たる目標は作家を遠ざかることいや遙かなるが故に、かの道は不断の道であり、従て苦難の道であり、寂蓼の道である。さればわれわれは疲労困憊の極、或は安きにつき、或は落伍した多くの同伴者をこの道に見出したのである。
（山口誓子「俳壇なるもの」、「ホトトギス」昭和二年七月号）

自身の信ずる俳句は「苦難・寂寥の道」で、「非修練者」と相容れないが、多くは「安きにつき、或は落伍した」……こういった「芸術のための芸術」的な貴族主義に対し、「俳諧鴨東新誌」の玉陽子は苦言を呈したのだった。

その頃の「ホトトギス」は最大勢力として君臨し、史上の傑作が続々と発表された時期である。「俳諧鴨東新誌」は年々縮小し——辞典類に昭和七年終刊とあるが、以後も刊行されてはいた——、かつての存在感を取り戻しえないままだった。明治期に巨大だった「俳諧鴨東新誌」が減少の一途を辿り、少数派の革新集団だった「ホトトギス」が昭和期に並ぶものなき王として君臨する姿は、そのまま近代俳句の消長を見るようである。

3 「蟻地獄」の句

「ホトトギス」と「俳諧鴨東新誌」の差異を、例えば阿波野青畝の「蟻地獄みな生きてゐる伽藍かな」で考えてみよう。寺院の堂や塔といった伽藍下に無数の蟻地獄が蠢く、つまり仏像群が安置された堂の下で蟻地獄がいきいきと殺生を繰り広げる……ブラックユーモアに近い内容だが、そもそも当時の「伽藍」はどのように詠まれるのが定番だったのか。「俳諧鴨東新誌」掲載句を見てみよう。

①傾きし伽藍の縁や羽蟻飛ぶ　大阪　厳　陽　（大正二〔一九一三〕年十月号）
②開基千年七堂伽藍風薫る　能登　半　酣　（同　二年十二月号）
③一山の若葉明るき伽藍かな　羽前　茶　好　（同　十四年四月号）
④蝙蝠や伽藍の空に星一つ　仁川　若　柿　（同　十四年四月号）
⑤赤い陽のさして時雨るる伽藍哉　京城　春　湖　（同　十四年十月号）
⑥伽藍只に咳のみ響く余寒かな　東京　楽　笑　（昭和四年五月号）
⑦登り来し汗に冷あり大伽藍　石見　井　狸　（同　四年七月号）

いずれも「伽藍」を軸に景を組み立て、それに見合う季感を漂わせて「伽藍」らしさを醸成している。「開基千年」の荘重たる堂塔群を「風薫る」（②）と寿ぎ、人里離れた伽藍の清浄な佇まいを「一山の若葉」で示し（③）、あるいは「登り来し汗に冷あり」（⑦）と描く。その荘厳さを「赤い陽・時雨」

で浮きあがらせ（⑤）、日没後には「蝙蝠」と「星一つ」のみ見える夜闇の濃さを強調する（④）。「余寒」の時候には伽藍の寂寞たる景を「咳のみ響く」と示し（⑥）、朽ちて「傾きし伽藍の縁」から飛び立つ「羽蟻」に閑寂さを感じることもあった（①）。このように道具立てや趣向は多様だが、人里離れた「伽藍」らしさを季感で増幅させ、伽藍を一幅の情景として詠む点では共通していよう。それは「俳諧鴨東新誌」のみならず、当時の「伽藍」の定番でもあった。

⑧此度来て冬木の中の伽藍かな　　貞　子（「枯野」大正十五年二月号）
⑨伽藍より見ゆる人出や彼岸晴　　次　紫（「南柯」大正十五年五月号）
⑩樹々の空伽藍の空や春隣　　水　馬（「俳諧雑誌」昭和二年四月号）

樹木に囲まれた伽藍は静かに厳かさを漂わせ（⑧⑩）、珍しく人出があるとすれば彼岸の頃（⑨）……こういった類型の詠みぶりと「ホトトギス」の青畝句と比べた時、「蟻地獄」句は発想から詠み方に至るまで異例だったことがうかがえる。

先の句群に戻ると、大体が「伽藍」の堂塔群を俯瞰的に捉え、目線が地面に降りることはなかった。⑨は上から見下ろす視点だが、「人出」を眺めており、地面そのものではあるまい。ところが、青畝は「伽藍」の下に棲息する無数の「蟻地獄」を捉え、しかも「伽藍」のイメージを壊しかねない「蟻地獄」を「みな生きてゐる」と謳い上げたのだ。どっしり聳える本堂や塔の下には、暗く湿った土の世界が広がっており、蟻地獄はそこかしこに巣を掘り、蟻が落ち込むのを穴の底で待ち続ける。巣に落ち込んだ蟻は蟻地獄に捕まり、巣穴の底に引きずられゆく……衆生が救いを求めて訪れる「伽藍」の下に陰翳と湿気を帯びた世界が広がり、「地獄」を冠した蟻地獄がいきいきと殺生をしているのだ。

蟻地獄は音を立てたり、鳴く虫ではない。巣穴にひっそりと潜み、蟻が落ちた時も大きな音はしないものだ。ゆえに「蟻地獄みな生きてゐる」世界はむしろいきいきとした沈黙を感じさせ、上に聳える「伽藍」の静けさや厳かさすら想像させるだろう。「伽藍」の荘厳さを詠む点では青畝句も他の句群も共通するが、地面の「蟻地獄」を用いて「伽藍」の静寂や荘厳さを浮かび上がらるなど前例のない発想だった。

青畝句は詠み方も破格だ。「蟻地獄みな生きてゐる」とゆったりした調子で詠みつつ、下五で視点が飛躍したまま「伽藍かな」と一気に終わる上、「〜生きてゐる」が連体形でありながら「伽藍」に係らず、内容の上では切れている。結果として「蟻地獄／みな生きてゐる／伽藍かな」と全てに切れが発生し、文法的にも破綻しかかった乱暴な詠みぶりといえよう。

「〜みな生きてゐる／伽藍かな」が連体形ながら名詞に係らない手法は、師たる虚子の有名句「遠山に日の当りたる枯野かな」（一章参照）が念頭にあったのだろうか。いずれにせよ、青畝句は「伽藍」の類型パターンと比較にならない強引さに満ちており、全ての面で型破りだった。

「蟻地獄」句は一例だが、「ホトトギス」雑詠欄で頂点を競った四Ｓの作品は破格の句が多く、「俳諧鴫東新誌」会員が読めば眉をひそめただろう。一般俳人は定番や類想を素通りする句を喜ばず、特に市井の愛好者が余技に俳句を楽しむ際、類想と常識にくるまった句をやりとりした方が安心しうるためだ。

しかし、「ホトトギス」主宰の虚子は従来の季感や類想に沿わずとも、例えば蟻地獄の生々しさが伽藍の巨大さや質感を感じさせる句を是としたのである。虚子は「漂へる手袋のある運河かな」「夏草に汽罐車の車輪来て止る」（前章参照）のように迫力に満ちた「写生」句を雑詠欄上位に据えており、特に高野素十を「客観写生」の鑑と称賛したのは知られていよう。

それにしても「写生」の生々しさとは、迫力とはいかなるものなのか。青畝句と同じ「ホトトギス」昭和二年九月号入選の素十句「方丈の大庇より春の蝶」を取り上げ、引き続き「写生」を考えてみよう。

4 高野素十の「感興」

高野素十の「方丈の」句は「龍安寺」と前書きがあり、枯山水庭園で著名な京都龍安寺を詠んだことがうかがえる。龍安寺の方丈から庭の枯山水を望む景色の中、大きな庇から蝶がふわりと見えた……大庇は方丈にのしかかるようにかぶさり、枯山水は静寂に満ちているが、可憐な蝶がふと現れて緊張が破れ、枯山水に春が訪れた瞬間、ユーモアが微かに漂う。寂寞たる「方丈の大庇」と「蝶」の取り合わせは多くの対比を惹起しよう。静と動、大と小、暗と明、荘重さと軽やかさ……これらが渾然となった素十句は史上の傑作と名高い。

「方丈の」句は発表時から好評だった。虚子は次のように素十を称賛する。

素十君の方は別に理想といふものは持つて居ない。（略）たいがいな事柄に当面してそのうちに自然の趣味を見出し得る豊かな感受性を持つてゐるやうに思ふ。龍安寺で受けた大いなる感興は遂に『方丈の大庇より春の蝶』といふ句を成すに至つた。（略）厳密なる意味における写生と云ふ言葉は、この素十君の句のごときに当て嵌まるべきものと思ふ。素十君は心を空しくして自然に対する。自然は何等特別の装ひをしないで素十君の目の前に現はれる。自然は雑駁であるが、素十君の透明な頭はその雑駁な自然の中から或る景色を引き抽き来つてそこに一片の詩の天地を構成する。

（虚子「秋桜子と素十」、「ホトトギス」昭和三年十一月号）

素十を「厳密なる意味における写生」の徒と評したくだりで、彼には「豊かな感受性」があり、「透明な頭」を有するため「自然は何等特別の装ひをしないで素十君の目の前に現はれる。（略）そこに一片の詩の天地を構成する」という。虚子は、素十が「特別の装ひをしない」自然を捉える感性を有し、「そこに一片の詩の天地を構成する」俳人と称賛するが、注目すべきは「特別の装ひをしない」自然を捉えることと、「一片の詩の天地を構成する」ことを微妙に分けて語った点であろう。そもそも、虚子は「自然は何等特別の装ひをしないで素十君の目の前に現はれる」と評するが、人は容易に「心を空しくして自然に対する」ことなど出来るのだろうか。

「特別の装ひをしない」自然を捉える素十の特徴を感じるには、彼と対照的な作風とされた水原秋桜子と比べると分かりやすい。虚子の秋桜子評を見てみよう。

秋桜子君には或る理想があつて其理想に満足するものでなければ材料としない。（略）要するに空想化された天地であるが、しかし景色はやはり、現実の景色の如く描いてをる。（略）秋桜子君はその理想を抱いて広く実際の景色を探つてあるく、そしてたま〳〵その理想に叶つた好い景色にぶつかると忽ちその詩情が爆発して句を成すのである。（略）秋桜子君も写生といふ事を信奉してゐる。しかしその写生といふのは以上述べた如くその理想を満足さす為めの景色を宇宙から捜しもとめてたま〳〵理想に満足するものがあれば之と写生するといふ主義である。

この評は、秋桜子の句を見ると納得しやすい。和辻哲郎『古寺巡礼』（岩波書店、大正八年）に感激した彼が古都の風情を求めて奈良を訪れた際の句を見てみよう。

（虚子「秋桜子と素十」、前掲）

来しかたや馬酔木咲く野の日のひかり　　秋桜子　（「ホトトギス」昭和二年六月号）

前書に「二月堂」とあり、奈良東大寺周辺を舞台とした句だ。春の麗らかな陽射しに包まれた、古都のゆかしい風景。『古寺巡礼』に誘われるまま大和路を逍遥し、東大寺の二月堂に至った時、しみじみとした感慨とともに胸中にせり上がるのは、陽光さざめく大和路を漫ろ歩いた追憶であり、万葉集以来の馬酔木がたおやかに、野のそこここに咲き誇る春の景色であった。ああ、我が来し方よ！美しい回想の中、大和路の野には馬酔木の花が咲き、古都の幻を散りばめたように春光が降り注ぐ……秋桜子は大和路を逍遥した「来しかた」を自らの「理想」として「馬酔木咲く野の日のひかり」に染め上げる、つまり「来しかた」から大和路という情調以外の全てを排除し、春光のみをきらめかせ、万葉以来の野趣あふれる馬酔木のみ咲かせたのである。

「馬酔木咲く野の日のひかり」はいかにも明るく、色彩も豊かで美しい。春らしい季感は万葉集のゆかしい面影を漂わせた古都の大和路と響きあい、「来しかたや」と思い出したい情景であろう。秋桜子句がかくも美しく、明るいのは「理想」を乱す要素を詠まず、全てを「理想」で染め上げた風景を詠んだために他ならない。

一方、高野素十は「別に理想といふものは持つて居ない」（虚子「秋桜子と素十」）まま自然や外界を捉える俳人という。彼が「写生」すると、世界は次のように現れる。

ひつぱれる糸まつすぐや甲虫
食べてゐる牛の口より蓼の花
漂へる手袋のある運河かな
（素十句集『初鴉』〈菁柿堂、昭和二十二年〉所収。発表はいずれも「ホトトギス」雑詠欄）

角に糸を結われ、柱や枝に括り付けられた甲虫が逃げようと力強くもがき、糸がまっすぐに張りつめる。牛が舌で巻き取った草を口に放り込み、咀嚼する際にふと見えた蓼の花、そして運河には手袋が漂っている……美しくもなく、劇的な出来事でもなければ、季節感や抒情も特にない現実の断片がそっけなく詠まれたような句群だ。

ここで、虚子の素十評を再び見てみよう。

この作者（＝素十、引用者注）の心は、専ら実際の景色に遭遇する場合、その景色の美を感受する力が非常に強い、同時にその感受した美を現はす材料の選択が極めて敏捷に出来るのである。（略）常に胸を開いて自然にぶつかつてゐる。たいがいな自然な趣は素十君を欣ばすものと思ふ。
（「秋桜子と素十」、前掲）

素十は「たいがいな自然な趣」を「美」として「遭遇」しうる「力が非常に強い」という。ただ、その「美」は先の秋桜子とおよそ異なっている。逃げようとする甲虫を黙って眺め、牛の涎まみれの口から蓼の花がのぞく瞬間を見逃さず、運河に漂う遺品じみた手袋を見つめる……人間社会の善悪や美醜、また因果の埒外に漂う現実の無内容じみた些事を驚きとともに興がる認識が、「美」であるかのようだ。

この点、秋桜子句は作者がいかに「風景」に感動したか、その答えを作者側が用意し、読者に余すところなく伝えるため、詠む側の美意識や理念、趣味性が優先される傾向にある。かたや素十句は現実の意外な些事にいかに出会ったかという驚異を黙って示すため、読者はその驚きを追体験してしまうが、その体験が何を意味するかは分からないままだ。善悪や美醜は何も示されず、ただそのような些事と出会った時の驚きのみ詠まれる――「自然は何等特別の装ひをしないで素十君の目の前に現はれる」（虚子）――ため、読者は謎めいた問いを受け取る形になる。つまり、秋桜子句には優れた答えがあるが、素十句には奇妙な問いかけが漂っており、それが読後も引っかかりを感じさせるのである。

これを、先の引用句に即して考えてみよう。句は、いずれも「ひつぱれる・食べてゐる・漂へる」で始まっている。上五をいきなり動詞で始めるのは異例に近く、読者からすると「漂へる」等が突如目に飛び込むので驚かざるをえない。何がどこで「漂へる」のか一瞬分からないためだ。その驚きは、「漂へる手袋のある運河かな」と最後まで読み下し、句意を理解した後も残響のように漂ってしまう。「ひつぱれる・食べてゐる・漂へる」の存在感があまりに強く、句の内容とずれたところで妙な迫力を保ったまま脳裏に刻まれてしまうのだ。

加えて、動詞連体形の「ひつぱれる」等は「現在」を感じさせるため、今まさに眼前で甲虫が糸を引っ張っている映像が一瞬想起されはしないだろうか。ショートフィルムが永遠に再生されるように、甲虫はずっと糸を引っ張り続け、牛は黙々と蓼の花や草を食べ続け、運河の手袋はただ漂う……しかも、水原秋桜子のような「理想」や、俳諧宗匠らが好んだ季感や風流に沿った内容でもなく、生々しい現実が緊張を保ったまま一瞬現れるのみだ。
「自然は何等特別の装ひをしないで素十君の目の前に現はれる」（虚子）。その「自然」とは、張りつめた糸の緊迫感や牛の口から見えた蓼の花の驚きであり、あるいは運河に漂う手袋の虚無感に他ならない。
「来しかたや馬酔木咲く野の日のひかり」と謳う秋桜子には詠むべき「理想」があり、それに沿って自然を見出し、「理想」に形を与えるべく「写生」する俳人だった。かたや素十は詠むべき「理想」を持たないまま自然にぶつかり、その驚きに形を与えようと眼前の出来事を「写生」して一句をまとめてしまう。そして、高浜虚子は奇妙な迫力を詠みえた素十を秋桜子以上に称賛したのである。

5 自然に捕らえられる事

このように考えると、「写生」が単なる観察や描写ではなく、やや特殊な認識に近い様相を帯び始めるだろう。虚子は素十句を純度の高い「客観写生」と称えたが、それは次のようなありようでもあった。

自然を描写するといつても、内に作者の感興が動かなければ心の鏡は何物も映さぬ。（略）心の鏡に従つてその鏡はものを映す。白雲を見た時、ただ白雲とのみ観ずれば、その鏡はそれだけを映す。その光沢、運動に心が躍れば、すなわちその鏡はそれだけのものを映す。

（虚子「客観写生も主観の領域」、「ホトトギス」大正十四年十月号）

「客観写生」は外界を無感動に写す記録でなく、一句の仕上がりとしては客観性を帯びた「描写」

を目指すが、「主観の涵養が何よりも大事」(「客観写生も主観の領域」、他の一節)というのだ。つまり、素十は「食べてゐる牛の口より蓼の花」「漂へる手袋のある運河かな」といった場面に遭遇した時の「感興・主観」が濃厚であり、それゆえ美しくもない地味な、無意味に近い現実の断片を迫力とともに詠みきる強靭な「心の鏡」を備えた俳人となろう。

虚子は、「写生」を次のようにも語る。「例へば桜の花を見る場合には、その花に非常に同情を持つ。あたかも自分が桜の花になつたごとき心持で作る。すなわち大自然と自分と一様になつた時に写生句ができる」(虚子「写生俳句雑話」、「ホトトギス」大正十二年五月号)。それは全身を貫く電流のごとき「同情」というより、次のような心境だった。

　感情と客観写生と唯一不二といふ境涯に達し、(略)更らにその心を空しうして、大自然に接し、常に心を流動の姿に置く。

(虚子「写生主義」、「ホトトギス」昭和四年三月号)

「心を空しうして、大自然に接し、常に心を流動の姿に置く」心境、また「花に非常に同情を持つ」こと、そして「作者の感興」。文脈が異なりつつも「写生」の機微についてほぼ同じことを述べており、それは小林秀雄の批評文を参照した方が分かりやすいかもしれない。十九世紀フランスの印象派、セザンヌを論じたくだりを見てみよう。

　自然を見るとは、自然に捉えられる事であり、雲も海も、眼から侵入して、画家の生存を、烈しい態度で、充たすのである。セザンヌは客観主義の画家と言われるが、大事なのは、そういう言葉の意味なのであって、当時の芸術に非常に大きく影響した科学的客観主義の意味を、彼ほどはっきり見抜いていた画家はない様に思われる。(略)画家とは、彼にとって眼に見える世界だけが存在する、そういう人間である。だから、心を空しくして自然を見るのであるが、心を空しくして自然を見るという事は、セザンヌには、彼の残した様々な言葉から推察すると客観主義という様なものとは、何か大変違ったものの様に考えられていた様である。（略）自然とは感覚の事だ、と彼は言う。そして感覚とは、彼にその実現を迫って止まぬものなのである。彼は絵のモチフを捜しに行くというが、彼は自分の方に、何の用意も先入主も基準もない事をよく知っている。自然と出会うという事は、そういうものがすっかり無意味になって了う経験だ、と彼ははっきり知っていた。むき出しの彼の視覚が、自然に捕えられるのである。彼はそれを待っているだけだ。その強度に耐えられぬと感ずるところに立ちどまるだけだ。自然は画題に関する画家の選択や好悪などには全く無頓着に、到る処で生きている。彼は自然の方に向って自分を投げ出す。それが、自然は感覚だ、という意味なのであり、自然の方が人間の意識の中に解消されるなどとは露ほども考えていない。大事なのは、自然を見るというより、寧ろ自然に見られる事だ。

（小林秀雄「セザンヌ」、『近代絵画』〈新潮社、昭和三十三年〉所収）

「心を空しくして自然を見る」とは「自然を見るというより、寧ろ自然に見られる事」で、「自然」は見る側の「選択や好悪などには全く無頓着に、到る処で生きて」いる。その「自然と出会うという事は」「先入主も基準も」「すっかり無意味になって了う経験」であり、「むき出しの彼の視覚が、自然に捉えられる」「強度」を受け止める営為というのだ。

虚子も、「客観写生」は「心を空しうして、大自然に接し、常に心を流動の姿に置く」（「写生主義」）姿勢と述べていた。それは俳人として「自然に捉えられる」（小林）瞬間を待ち受ける準備なのであり、

「自然」に対する先入観や美意識、類想といった「理想」（虚子）が「無意味になって了う経験」（小林）に遭遇するために他なるまい。「大自然と自分と一様になつた時」（虚子「写生俳句雑話」）とは自然との心地良い一体化や充実感などではなく、むしろ「自然に捕えられる」（小林）瞬間なのだ。

虚子が「写生」について講演した際のやりとりを見てみよう。

H「写生をして居つて――例へば桜の花を見て桜の句を作つて、或ことを描き出すといふ場合に、これは桃の方が面白さうだ、といふので桃に替へる、といふやうなことはいけませんか」

虚「それは必ずろくな句ぢやないでせうね。（略）」

H「調和も必要ぢやないかと思ふんですが」

虚「必要です。けれども自然に調和されて居るのです。桜を桃に替へるほどの余裕は無いわけです」

（虚子「写生俳句雑話」、前掲）

「自然に調和されて居る」とは、「むき出しの彼の視覚が、自然に捕えられる」（小林秀雄）状況に他ならない。「自然」が命ずるままを詠むのが「客観写生」であり、人間の都合で入れ替える余裕などないのだから……「「存在するもの」に、愛らしいものも、厭わしいものもない。選択は拒絶されている」（小林「セザンヌ」、他の一節）。

虚子が素十を評した一節、「実際の景色に遭遇する場合、その景色の美を感受する力が非常に強い」、また「常に胸を開いて自然にぶつかつてゐる」（「秋桜子と素十」）というくだりを小林秀雄風に換言すると、素十は「自然を見るというより、寧ろ自然に見られる」という「強度」を一句にしえた俳人だったといえよう。

6 春の蝶

「強度」を軸とした素十句の例に、先ほどの引用句を改めて見てみよう。「ひつぱれる糸まつすぐや甲虫」「食べてゐる牛の口より蓼の花」「漂へる手袋のある運河かな」、これらは上五が動詞連体形で始まる共通点があった。なぜ、素十は作品冒頭を動詞から始めるという異例の詠みぶりをしたのか。

作者は、甲虫そのものより今まさに「(真っ直ぐに糸を) ひつぱれる」という「現在＝強度」に何より目を奪われ、その体験を読者に体感させようと冒頭に「ひつぱれる」を置いたのだ。他句も同様で、牛や蓼の花といったイメージや季感以上に、「(牛が蓼の花を含めた草花を) 食べてゐる」ことに遭遇した「現在＝強度」を読者にまずもって体感させるため、いきなり「食べてゐる」から始めて読者に驚きを与えることで追体験させようとしたのであり、「漂へる」も同様といえよう。

読者は、上五に突如「漂へる」が現れたことに驚きつつ、「〜手袋のある運河かな」と読み下して内容を把握する。しかし、最初の驚きは句意が分かった後も残り続け、「漂へる」に引っ張られる形で運河に手袋があてどなく漂い続けるさまを想像し、次第に遺品のような不穏さが醸成されるだろう。なぜ手袋が運河に漂っているのか、誰が一体落としたのだろう。無論、作品に前後の理由は何も述べられないため、読者はいくら考えても分からない。実感しうるのは「漂へる」と唐突に始まった驚きと、句が惹起する一瞬の「現在」である。

冬の季語たる手袋が人の手から離れ、ただのモノとして水面に浮いている情景に出会い、それに驚きえた作者は、いわば「手袋」と遭遇してしまったのだ。「自然と出会うという事は、そういうものがすっかり無意味になって了う経験だ、と彼ははっきり知っていた。むき出しの彼の視覚が、自然に捕えられるのである。彼はそれを待っているだけだ。その強度に耐えられぬと感ずるところに立ちどまるだけだ」（小林「セザンヌ」）。事件のように、唐突に出会った「手袋」という「現在＝強度」をいかに読者に感じさせるか、その答えとして素十は上五を「漂へる」から始めることで、作品冒頭の動詞連体形に「強度」を宿らせたのである。

では、「方丈の大庇より春の蝶」はどこに「強度」が宿っていたのか。それは下五「春の蝶」であり、「ホトトギス」雑詠欄句評会での虚子評を見てみよう。

虚子。この句は気分を詠んだ句の如き感じがする。龍安寺に行つてあの飾りけのない而も芸術の極致といつたやうな庭の泉石に対した、その時の感じを何といふ言葉であらはして好いかと考へたときに遂にかういふ言葉となつて出たものであらうと思ふ。がしかし実際はさうではなくて、素十君が龍安寺を訪ふてその広縁に一時間余りを費してぼんやりと泉石に対して居つた時分に目のあたり一匹の蝶がその大きな庇より飛んで出た光景に接してそれを写生したものかも知れぬ。がしかしながら私ははじめに、龍安寺における素十君の気分を描き出した句であらうと言つたのは、この句が単純な写生でなくつて、龍安寺といふものゝ精神をとらへ得た俳句であることを言ひ度い為であつた。たとへ写生の句であつても、それが作者の深い〳〵冥想を経て来た写生句であるといふことを言ひ度い為であつた。龍安寺の方丈の大きな鴨居、大きな柱、巾の広い縁側、深い庇、夫らの建物の辺から一匹の蝶が飛び出たといふことは、是等の景を見て素十君の心が感動を起した、その感動を或活動を以て現はさうとして、此蝶を見出したものと言へるのである。又庭前にある泉石は何の活動もなく、四五百年の間ぢつとしてゐる。白砂と岩とのみから成立つてゐる其庭園は簡素の極で、而も絶大な生命を持つてをる。此の感じを何物かで現はして見度いと考へて千思万考した末に素十君は庇の下より蝶を生れしめたものともいへるのである。而も無味無臭なる泉石の感じを現はすに、突として一個の胡蝶を以てす。(略)其等の主観が特に「春の蝶」と「春」の一字を捻出し来つたのである。(略)唯目に映じた一個の景を写生したのでもよい。その景を写生するといふ頭にはこれだけの冥想が根底を為してゐるのである。

(「雑詠欄句評」、「ホトトギス」昭和二年十月号)

虚子が述べる「感動」は「強度」とほぼ同義であり、またセザンヌが「自然は感覚だ」(小林秀雄)と述べた際の「感覚」に他なるまい。虚子は、素十句が石庭を客観的に描写したか否か、また蝶がいたかどうかを重視せず、庭から得た「感動」を「或活動を以て」表現しようとした際、「春の蝶」という措辞を発見し、下五に置くべきと判断したために「龍安寺といふものゝ精神」を詠みえたと評したのだ。

また、彼は一般的な「写生」と異なる時間感覚で素十句を解している。通常、「写生」といえば「目に映じた一個の景」(虚子)をカメラのように写す、つまり体験した瞬間に情景を切り取り、句に記録すると見なす傾向にあろう。しかし、虚子は「その時の感じを何といふ言葉であらはして好いかと考へたときに遂にかういふ言葉となつて出た」、また「此の感じを何物かで現はして見度いと考へて千思万考した末に素十君は庇の下より蝶を生れしめた」(以上、傍線は引用者)等と評するなど、「感動」の瞬間と句が成立するまでの経緯や位相を別物と見なし、「方丈の」句を実体験即一句とは捉えていない。

先に4節で紹介した「秋桜子と素十」で、虚子は「自然は何等特別の装ひをしないで素十君の目の前に現はれる。（略）そこに一片の詩の天地を構成する」と述べていた。「特別の装ひをしない」自然を捉えることと、「一片の詩の天地を構成する」ことを虚子が分けて語ったのは、いわば「むき出しの彼の視覚が、自然に捕えられる」（小林秀雄）時の「強度」を、有季定型という特殊な「一片の詩」に「構成」する際、強引なまでの飛躍や圧縮が、あるいは翻訳が求められることに虚子が意識的だったためだ。当然ながら、次のような事態に遭遇しつつ有季定型に整えるには相応の技術力が求められるに違いない。

　自然がその心をこちらの心へ通わせて来るというどうしても疑えぬ事実について語るのだが、其処には決して明瞭な言葉にはならないものがある。語りかけて来る自然の恐ろしさは、何とは知れぬ親しさを秘めているし、自然の美しい心は異様な奇怪なものを含んでいる。彼（＝柳田國男、引用者注）は言葉にならぬ自然という実証に面しているのだが、その直接な経験が、言葉にならぬというその事が、彼に表現を求めて止まないのです。

（小林秀雄「信ずることと知ること」、『人生について』〔中公文庫、昭和五十三年〕所収）

龍安寺という「気分」や「感動」、つまり簡単に「言葉にならぬ」経験をいかに極小の有季定型に翻訳すればよいか。「白砂と岩とのみから成立つてゐる其庭園は簡素の極で、而も絶大な生命を持つてをる。此の感じを何物かで現はして見度いと考へて千思万考した末に素十君は庇の下より蝶を生れしめたものともいへる」（虚子）。つまり「言葉にならぬというその事が、彼に表現を求めて止まない」（小林秀雄）結果、素十が得たのは「春の蝶」という五字であった。

「蝶」は春の季語で、「春の蝶」と詠む必要は全くないはずだ。それを承知で素十が強引な表現をとったのは、龍安寺石庭の「強度＝感動」を読者に追体験させるために他なるまい。

読者からすると、「方丈の大庇より」まではなだらかに読み進めることができよう。前書の「龍安寺」も踏まえて「方丈の大庇」を把握し、重厚な存在感とともに情景を想起しつつ読み進めると、「方丈の大庇より」とある。「大庇」から何か現れるのか、一体何だろうとさらに読むと、「方丈の大庇より春の」と来る。多くの読者は、作中には「方丈の大庇」と存在感のあるモノがあるため、「〜春の空」や「風」「雪」等の自然現象を予測するのではないか。あるいは、「〜春の雁」と鳥をあしらって「大庇」の向こうに広がる空を意識させつつ、意外さも打ち出す可能性が脳裏を掠めるかもしれない。

昭和二年当時、「方丈の大庇より春の」の次に「蝶」が来ると予想した読者は存在しなかったろう。「春の蝶」などと素人じみた表現が想定外の上、龍安寺の「方丈の大庇」という重厚感ある世界を締め括る下五に、まさか「春の蝶」と脱力するヘンな措辞が来ると思うはずもない。「方丈の大庇より春の〜」と来れば風や空あたりで軽く流し、「方丈の大庇」に焦点を定めて句を閉じるのが穏当な句作感覚だったはずだ。

ところが、「方丈の大庇より春の↓蝶」と来たので読者はアッと驚いた。「春の蝶」という奇妙な表現に目を丸くしつつも重々しい緊張が一瞬破れ、モノトーンじみた世界に小さな色彩がこぼれたような鮮やかな急展開に息を呑む。春の蝶が軽やかに舞うことで大庇や石庭はかえって重厚な存在感を増し、龍安寺の「気分」はいきいきと躍動し始めるだろう。読者は「春の蝶」に驚くことで、作者の「感動」（虚子）そのものを追体験したのだ。

この点、「春の蝶」という破格の表現は枯山水を前にした時の「言葉にならぬ」「直接な経験」（以上、小林「信ずることと知ること」）を読者に実感させる「強度」を帯びてはいないか。虚子が「無味無臭なる泉石の感じを現はすに、突として一個の胡蝶を以てす」（「雑詠欄句評」、傍線引用者）と評したのは、このあたりの気息を指摘したのだろう。

また、虚子の素十評には次のようにあった。「素十君の透明な頭はその雑駁な自然の中から或る景色を引き抽き来つてそこに一片の詩の天地を構成する」、あるいは「この作者の心は、専ら実際の景色に遭遇する場合、その景色の美を感受する力が非常に強い、同時にその感受した美を現はす材料の選択が極めて敏捷に出来る」（以上、「秋桜子と素十」）。素十は「一片の詩の天地を構成する」腕力が並外れて強い俳人であり、「感受した美を現はす材料の選択が極めて敏捷に出来る」、つまり龍安寺から「方丈・大庇」のみ大胆かつ一気に抽出し、下五に「春の蝶」と乱暴な措辞を置いて俳句が完成したという判断が「極めて敏捷に出来る」。句が出来るまでの試行錯誤があったにせよ、完成句には「春の蝶」に関する逡巡が見当たらず、極めて滑らかに、強引に一句が出来上がってしまっている。「春の蝶」を躊躇しない決断力の潔さは、俳句たりえるか否かを考慮しない強さ、野蛮さを漂わせており、それは「方丈の大庇より」と重厚かつ緊張みなぎる把握とも響きあっている。絶妙かつ暴力的な、しかも有季定型句として完成してしまった稀有な作品といえよう。

その点、俳人素十の凄みは「自然を見るというより、寧ろ自然に見られる」「強度」（小林秀雄『近代絵画』）を、あるいは「気分」や「感動」（虚子「雑詠欄句評）を「春の蝶」という措辞に躊躇なく翻訳しえた腕力の強さにあり、ここに「客観写生」の要点があった。

一章の虚子句「遠山に日の当りたる枯野かな」でも述べたように、現場の「強度」や「感動」等を短詩型の俳句で余すところなく盛りこむのは不可能で、膨大な選択肢から一点のみ抜き出さねばならない。その際、「感動」に形を与えようとすると「遠山に日の当りたる／枯野かな」と強引に有季定型に整える必要があり、その歪な飛躍や省略にこそ「強度」が、「感動」が宿るのだった。高野素十の「方丈の大庇より春の蝶」、阿波野青畝の「蟻地獄みな生きてゐる伽藍かな」も同様で、「むき出しの彼の視覚が、自然に捕えられる」（小林秀雄）瞬間の「強度」が表現の捻れに刻まれたのが「客観写生」であり、しかもそれらは有季定型の枠に安らい、俳句らしく整えられている。無季や自由律でもなく、昔ながらの有季定型をまといつつも季感や風流、因果や理屈でもない「強度」によって一句が生彩を放つのが「客観写生」なのだ。

そのような作品を俳句と認め、選句の上位に据えた俳人はおそらく高浜虚子のみだった。無論、素十や青畝本人の才能や研鑽もあるが、そもそも彼らの句を優れた俳句と認定しなければ、その句群は多くの読者に俳句として仰がれなかった可能性が高い。青畝や素十を含む四Sの作品はそれほど前例のない、破格の「写生」句ばかりだったのだ。

「ホトトギス」雑詠欄の選を一手に引き受けた虚子は、次のようなことを述べている。

選と云ふことは一つの創作であると思ふ。

（『ホトトギス雑詠全集』四巻の夏部序文〔前掲、二章6節参照〕）

虚子の選句は俳句そのものの価値の創出であり、その大きな基準が「写生」であった。そこに明治期の正岡子規が先鞭を付けた「写生」の感性が流れこみ、息づいていたことは言うまでもあるまい。

四　虚子の眼　―亡びと花鳥諷詠―

❶ 感覚の強度

前節では高野素十の句や小林秀雄を参照しながら、「客観写生」の要点が「強度」（小林『近代絵画』）にあることを述べた。そのありようを、高浜虚子に即しつつ改めて考察してみよう。

桐一葉日当りながら落ちにけり　　虚子

（明治三十九〔一九〇六〕年作、『五百句』〔改造社、昭和十二（一九三七）年〕所収）

やや透き通った秋の陽ざしの中、桐の梢から大ぶりの葉がゆったりと落ち、湿った土に横たわる……数秒に近い出来事だが、桐の葉の落ちるさまがスローモーションの残像のように脳裏に浮かぶ句だ。明治三十九年八月末、虚子庵句会の席題「桐一葉」で詠まれたもので、吟行ではなかった。

句は、季節のうつろいや故事のイメージをふりまきつつ始まる。「桐一葉」は他の木々に先駆けて落ちゆき、秋の訪れを告げる季語であり、また「一葉落ちて天下の秋を知る」（『淮南子』）、つまり些事に天下の大事を看取する故事成語でもある。「桐一葉」から始まる句であれば、その続きは秋らしく澄んだ大気や侘しげな風情が謳われるだろう……当時の読者はそう予測したはずだ。

桐一葉落て見えけり富士の山　楽友（「俳諧新誌」九号、明治二十五年七月）

桐一葉落ちて秋しる夕かな　社名（「俳諧鴨東新誌」百四十三号、明治三十年九月）

これら定番の風流を期待しつつ読み下すと、「～日当りながら落ちにけり」と句は結ばれてしまった。眼前の出来事が淡々と詠まれるのみで、梯子を外されたようなあっけなさがあるが、一瞬の簡素な映像が不思議な臨場感をもたらし、微かに回想を帯びた感触もある。「桐一葉」のイメージを裏切るように瞬間の情景のみスケッチし、いわばオチを付けず句を終わらせつつ、妙に実感を漂わせる作風は河東碧梧桐の「赤い椿白い椿と落ちにけり」と響きあう「写生」句といえよう（Ⅰ部一章7節参照）。

「桐一葉」句で主観の濃い箇所、つまり「強度」（小林秀雄）はどの箇所にあるのか。それは、中七「日当りながら」に他なるまい。「桐一葉・落ちにけり」が淡々と客観的に描写した箇所であるのに対し、「日当りながら」には濃い主観が宿っている。十七音内でたっぷり七音を用いつつ「日当たりながら」と強調するのは、かの「桐一葉」が単に落ちゆくのではなく、「日当りながら」落ちる様子の発見が大きな驚きだったことを物語っていよう。人生の真実や劇的な事件ではなく、「桐一葉」が秋の陽ざしに照らされながら落ちる無内容の美しさに虚子は目を見張ったのだ。

この「桐一葉」句のように、虚子の「写生」句は力を入れずに情景を描写しつつ、一点のみ力をこめた執拗なまなざしを詠みこむ場合が多い。

①大空に伸び傾ける冬木かな　（大正十五〔一九二六〕年作、『五百句』所収）

②流れゆく大根の葉の早さかな　（昭和三年作、同）

③囀や絶えず二三羽こぼれ飛び　（昭和八年作、同）

いずれも句意は明瞭で、自然の姿を描写した典型的な「写生」句だが、なぜそこまで見入ったのか不思議に感じなくもない。冬木が大空に向かって伸びつつ傾く様子を発見し（①）、川を他の菜屑もろとも流れる大根葉の早さに驚き（②）、あちこちの木々に移りながら囀る鳥の群れを「絶えず二三羽こぼれ飛び」（③）と仔細に観察する……妙に具体的で、かくも自然の些事にこだわる理由がどこか腑に落ちないが、無内容に近い出来事を熱心に観察した可笑しさも漂いつつ、結果的に傍線部の強い「主観」に押し切られる形で読まされる句群だ。中七に「伸び・傾ける」（①）と動詞を押しこみ、「流れゆく」動きに「早さ」（②）を重ね、「絶えず」「こぼれ・飛び」（③）と強調しつつ下五に動詞を畳みかけて不安定な連用形で締めくくる……これらの出来事に唐突に出会った作者の驚きや発見を有季定型に押しこもうとした結果、傍線部のようにさりげなく強引な詠みぶりになったかに感じられる。この点、①〜③も「遠山に日の当りたる枯野かな」（一章参照）に近い「写生」の感覚に満ちた句群といえよう。

ところで、虚子は①〜③で余白を置くように力を抜いて描写しつつ、傍線部のみ力を入れる――「伸び・傾ける」「こぼれ・飛び」など――ことで、読者に想像の余地を残しながらも作者の「主観」が「強度」（小林）として伝わるように工夫している。その「強度」を帯びたまなざしは、虚子本人に言わせると次のような説明になろう。

H「写生をして居つて――例へば桜の花を見て桜の句を作つて、或ことを描き出すといふ場合に、これは桃の方が面白さうだ、といふので桃に替へる、といふやうなことはいけませんか」

虚「それは必ずろくな句ぢやないでせうね。（略）」

H「調和も必要ぢやないかと思ふんですが」
虚「必要です。けれども自然に調和されて居るのです。桜を桃に替へるほどの余裕は無いわけです」（「写生俳句雑話」、三章5節に掲出）

彼は、自然と人間が一体化するといった無垢な自然観を説いたわけではない。「自然に調和されて居る」とは激しさを伴う驚異や感情の膨張する体験であり、前節参照の小林秀雄の一節に近いはずだ。「自然を見るとは、自然に捉えられる事であり、雲も海も、眼から侵入して、画家の生存を、烈しい態度で、充たす」（小林「セザンヌ」、前掲『近代絵画』所収）。「自然に調和されて居る」（虚子）状況は、人間の美意識に沿って見出した「自然」を愛でるひときではなく、唐突に「視覚という急所を自然の強い手でおさえられている」（「セザンヌ」）事態に出会った理不尽なまでの強い体験に他なるまい。再度、小林秀雄のセザンヌ論を見てみよう。

彼は自然の何処かで、モチフとばったり出くわす。この時、彼にはっきりしている事は自然の或る様相、或る色や形の真実性に対し、こちら側にはこれに応ずるどういう行為も言葉もないままに、感覚の強度だけが否応なく増大して行くという事だろう。（「セザンヌ」）

この点、虚子の「写生」は「感覚の強度だけが否応なく増大して行く」（小林）瞬間を臨場感とともに示す認識だったといえなくもない。「桐一葉日当りながら落ちにけり」と桐の葉の落ちる様子のみ詠みきるのは、並の俳人ならば間が持たない——何らかの取り合わせや趣向、措辞を凝らしたり、自身の感慨等を詠むなどして表現を複雑にしたり、材料を増やす——のではないか。それを虚子は悠然と構えつつ、秋の陽ざしの中、落ちゆく桐一葉の「自然」の姿に遭遇した「感覚の強度」（小林）

を「～日当りながら落ちにけり」とのみ示し、その他を詠もうとしなかった。「感覚の強度」以外を俳句に盛りこもうとせず、その「強度」を一句の中心に据えて俳句が完成すると判断するためには、相当の粘り強さが必要とされるはずだ。

「存在するもの」に、愛らしいものも、厭わしいものもない。選択は拒絶されている。（略）大画家にとって、見るとは自己克服の道になる。（略）「私はこれを愛する」と言っている様な絵を画家は皆描きたがるが、セザンヌの絵は「此処にこれが在る」と言っているだけだ、と言う。

（小林秀雄「セザンヌ」、『近代絵画』）

虚子の「桐一葉」句や①～③の句群は、「此処にこれが在る」ことのみ詠もうとした強い意思の現れともいえ、それが鮮明に現れたのが「日当りながら」といった措辞に他なるまい。しかも、それは桐一葉が落ちたり、大空に伸びつつ傾く冬木の佇まいといった無内容じみた自然の些事なのである。

2 花鳥諷詠

先に引用した「写生俳句雑話」の三ヶ月後、虚子は次のような句を発表している。

棹の先に毛虫焼く火のよく燃ゆる
二階より大地の蟻の見ゆるかな
蟻這ふや掃き清めたる朝の土

（以上、「ホトトギス」大正十二年八月号）

庭の木々に付いた毛虫を取りつつ、棹先で火に炙ると「よく燃ゆる」ことを発見し、二階から下を見やると「大地」に「蟻」が黒々と居る姿が目に飛びこむ。蟻たちは人間界と無関係に棲息し、せっかく「掃き清めたる朝の土」に無頓着に這いまわる……小林秀雄の一節を思い出そう。「「存在するもの」に、愛らしいものも、厭わしいものもない。選択は拒絶されている」（「セザンヌ」）。

虚子が「自然に調和されて居る」（「写生俳句雑話」）と語る際の「自然」は、例えば大地に蠢く黒蟻が存在感をもって二階の人間に迫り来る事態であり、あるいは業火に包まれるように燃え盛る毛虫の姿態であった。これらが「感覚の強度」（小林）とともに眼に飛びこみ、「自然に調和されて居る」と語る作者のありようは神経質を通り越して不気味な過敏さに満ちてはいないか。しかも、そういった俳人が「花鳥諷詠」を唱えたのであり、そのことに私たちは今少し留意すべきだろう。

自然界はすべて沈黙をつゞけてゐます。（略）人間とは精神的に没交渉で、風が吹き、雨が降り、雷が鳴り、地震が揺り《ママ》、海嘯が起るのである。それらのものは少しも人間に対して情を持つてゐるものとは思はれない。人間は他の動物植物と同じく雨風、雷霆、地震、海嘯の如きものに翻弄されて、或は生命を墜し、阿鼻叫喚の声を挙げるに過ぎない。而しながら人間から有情の眼を以てこれに対するときは自然は直ちに暖かい情緒を以て迎えて呉れます。

（虚子「花鳥諷詠」、「ホトトギス」昭和四年二月号）

俳句を花鳥諷詠詩と定めた高名な論で、後に信仰のように崇める俳人が続出するほど「ホトトギス」会員に絶大な影響を及ぼし、「花鳥諷詠」は虚子の代名詞ともなった。ただ、「自然は直ちに暖かい情緒を以て迎えて呉れます」といったくだりは、微妙な陰翳を湛えている。

虚子の述べる「自然界」とは、優しく、慈しみに満ちた母なる世界というより、人間社会の栄枯浮沈や個々人の死生に何ら頓着せず、「没交渉」に人々を「翻弄」する造化の戯れに近い存在ではなかったろうか。人間側の善悪や正邪、理念云々と無関係の「自然界」を「有情の眼」で眺めた時、そのまなざしの向こうに広がるのは秋の晴れた日に桐の葉が散る空ろなひとときであり、毛虫が焼かれ、掃き清めた土に這う蟻の姿なのだから……。

同時に、句集『五百句』には次のような「自然」も散見される。

濡れ縁にいづくともなき落花かな　（大正二年）
露の幹静に蝉の歩き居り　（同　五年）
雪解の雫すれ〳〵に干蒲団　（同　十年）
白牡丹といふといへども紅ほのか　（同　十四年）
鴨の嘴よりたら〳〵と春の泥　（昭和八年）

どこからともなく散ってきた落花、秋の露に濡れた幹を無言で歩む蝉。春の雪解の頃には雫が干蒲団すれすれに落ちゆくさまを興がり、夏の白牡丹にほのかにさす紅色を「といふといへども」と人を食った表現で言い留め、再び訪れた春のある日、水中から顔を上げた鴨の嘴からは春泥がしたたり落ちる……美醜や常識、先入観等にさほど頓着せず、「自然」の諸相に浸り、興がるかのようである。

3 栄えるのも結構、滅びるのも結構

人情味あふれるというより冷静で、天才肌というより穏当な、しかし執拗にこだわって力を入れる

部分もあり、飄々と興がる風も漂いつつ、神経質そうで、かといって潔癖ではなく、美しさも醜さも淡々と受け入れるかに見えてまなざしの強さが感じられる……こういった印象の俳人虚子は、なぜ前節のような「自然」を黙って見つめ、受け入れるに至ったのか。ここで角度を変え、彼の人生に即して考えてみよう。

虚子は十七歳の時に父親を胃癌で亡くしたが（明治二十四年）、その際、担当の医者を殴り殺したいほどの怒気に駆られたという。

如何なる名医が出て来ても助かる筈は無かつたのであるが、其当時の私は父は死ぬべき人でなかつたのを医師の不行届から殺したのだと考へた。（略）理屈では人は死ぬるものだといふ事位百も承知してゐたのであるが、感情上どうしても自分の父が死ぬるものだとは考へられなかつた。

（虚子「落葉降る下にて」、「中央公論」大正五年一月号）

その後、多くの親戚や友人の死を体験し、母が逝去した際には牛肉屋で知らせを受け、食べたものを吐いて泣いた。多くの親しい者の死を経た虚子は、「感情上にも自分の骨肉の死も世間の人の死と同様拒むことが出来ぬものと観念」（「落葉降る下にて」）するようになる。

ところが、結婚して子宝に恵まれ、父となった彼はわが子に死など訪れないと再び信じるようになった。実際、次女（後の星野立子）や他の子どもが肺炎に罹った時は必死で看病し、無事回復させている。生まれつき病弱だった四女の六もやはり肺炎に罹り、虚子は同じく看病した。しかし、治ったものの療法が旧式だったのか、六の脳に後遺症が残ってしまう。娘の容態を目の当たりにした虚子は突如わが子も亡くなるかもしれないと思い至り、六が肺炎を再発した際、もはや看病に身が入らなくなっていた。虚子は六の苦しむ姿を見ないよう距離を置きつつ、わが子が病苦から解放される日をいつしか望むようになる。

病臥の六は次第に妙な声を出すようになった。抱き上げると苦しむので蒲団に横たえたまま、父母は黙って見ていた。六は父母に抱かれることなくあっけなく亡くなる。三歳だった。

その後、虚子は葬儀その他を済ませて日常生活に戻り、折に触れて墓参するようになる。他の子と違い、看病に身が入らず、今生の最期に抱き上げることもせずに亡くした六の墓を前に、虚子は次のように感じたという。


凡てのものの亡び行く姿、中にも自分の亡び行く姿が鏡に映るやうに此墓表に映つて見えた。「これから自分を中心として自分の世界が徐々として亡びて行く其有様を見て行かう。」

私はぢつと墓表の前に立つていつもそんな事を考へた。「何が善か何が悪か。」

（「落葉降る下にて」）


虚子は娘を見殺しにしたかもしれない罪悪感から逃れるように、墓前で「何が善か何が悪か」と考えてみせるが、明快な結論や解決策、納得や指針を抱くことは無論出来ない。目の前にはただ墓があるだけだ。

同時に、彼は自身の世界が「亡び行く」定めにあること、つまり個々人の事情や心情に関係なく死は必ず訪れ、人間の願望や喜怒哀楽などで宿命に抗えないことを渾身で納得しようとする。しかし、死生観を達観するほど人間が出来ているはずもなく、現世の様々な割り切れない思いや屈託、利己心や野望、嫉妬、救いや安寧を求める自己愛云々が胸中には渦巻いたまま……父母や知人、わが子が亡くなりつつある現世で悟ることもできず、俗世間に執心するには醒めてしまった中途半端な自身を持て余しながら、虚子は次のように思いを馳せるのだった。

ぢつと考へて見ると私の頭の中には種々葛藤があつた。之を明るみに出して見たら自分乍ら鼻持ちのならぬやうなものが澤山ありさうに思へた。「さながら成仏の姿なり」と言つた仏家の言をこゝでも思ひ出して、即此善悪混淆、薫蕕同居の現状其まゝが成仏の姿だと解釈した。頭の中許りで無く、私の世間で遣つてゐる仕事が善か悪か正か邪か。凡て其等も疑問とせなければならなかつた。（略）唯ありの儘をありの儘として考へるより外は無いと思つた。（略）

子供が死んでからもう一年半にもなる。（略）私の事業は其一年半の間にいくらか歩を進めた。一向栄えない仕事も此一年半の間には比較的成功をした。が、たとひ幾ら成功しようともいくら繁盛しようとも、私は一人の子供の死によつて初めて亡び行く自分の姿を鏡の裏に認めたことはどうすることも出来ない。栄えるのも結構である。亡びるのも結構である。私は唯ありの儘の自分の姿をぢつと眺めてゐるのである。

（「落葉降る下にて」）

「栄えるのも結構である。亡びるのも結構である」と自身に言い聞かせるようで、半ば開き直るかのようでもあり、ごく自然に受け入れる風もある。自分自身や人生、世間、自然や社会等々、全ては善悪や正邪も定めなきままに「混淆」し、絡みあい、何ら解決することなく時は流れ去る。こちらに出来ることといえば、「ありの儘をありの儘として」受け入れるぐらいだ……このように嘆じつつ納得しようとする虚子が自然界を見渡した時、眼前には次のような風景が広がっていた。「山川が静かにありの儘を其掌の上に載せて居れば時は唯静かに其等のものの亡び行く姿を見せるのみである。其処に善も無れば悪も無い」（「落葉降る下にて」）。彼は「静かに其等のものの亡び行く姿」を眺め、受け入れつつ黙々と句作に励んだ。日記や備忘録のように、傑作や駄作もさほど頓着せずに虚子が営々と詠み続けた句群とは、例えば次のようなものである。

一片の落花見送る静かな　（「ホトトギス」昭和三年一月号）
道のべに阿波の遍路の墓あはれ　（「ホトトギス」昭和十一年六月号）
屋根裏の窓の女や秋の雨　（「玉藻」昭和十二年十月号）
牛立ちて二三歩あるく短き日　（「ホトトギス」昭和十三年二月号）
鼻の上に落葉をのせて緋鯉浮く　（「ホトトギス」同年十二月号）
棲とりて独り静に羽子をつく　（「ホトトギス」昭和十四年一月号）
大寒や見舞に行けば死んでをり　（「玉藻」昭和十五年三月号）
大寒の埃の如く人死ぬる　（「ホトトギス」昭和十六年一月号）
営々と蠅を捕りをり蠅捕器　（「ホトトギス」同年六月号）
水打てば夏蝶そこに生れけり　（「玉藻」同年九月号）
よろ〳〵と棹がのぼりて柿挟む　（「ホトトギス」同年十一月号）
おでんやを立ち出でしより低唱す　（「ホトトギス」同年十二月号）
ベンチあり憩へば蜘蛛の下り来る　（「ホトトギス」昭和十七年五月号）
露の中毛虫よろぼひ歩きけり　（「ホトトギス」同年七月号）
向日葵が好きで狂ひて死にし画家　（「ホトトギス」昭和十八年八月号）

悲しさはいつも酒気ある夜学の師　（「ホトトギス」同年九月号）
初夢の唯空白を存したり　（「ホトトギス」昭和十九年一月号）
いかなごにまづ箸おろし母恋し　（「ホトトギス」同年五月号）
温泉の客の皆夕立を眺めをり　（「ホトトギス」同年八月号）
秋晴の郵便函や棒の先　（「ホトトギス」昭和二十年十月号）
夏草にのびてからまる牛の舌　（「ホトトギス」昭和二十一年六月号）
藍がめにひそみたる蚊の染まりつゝ　（「ホトトギス」昭和二十二年六月号）
去年今年貫く棒の如きもの　（「ホトトギス」昭和二十六年十二月号）
蜘蛛に生れ網をかけねばならぬかな　（「玉藻」昭和三十一年十一月号）

美醜に満ちた人間や動物、虫や植物がそれぞれの宿命を背負って生まれ、喜怒哀楽その他をふりまきながら時に栄え、時に滅び、ささやかな喜びや哀しみを抱きつつ夢を見、物を食べるといった日常の些事が果てしなく現れ、連なりつつ水泡のように消えゆく。その時々の意義や意味、また価値の有無等はあってもよいが、なくとも大きな問題はない、結局亡びゆくのだから……いずれにせよ、「有情の眼を以てこれに対するときは自然は直ちに暖かい情緒を以て迎えて呉れます」（虚子「花鳥諷詠」）と虚子が述べる「自然」は、普通一般の自然観とおよそ異なることがうかがえよう。

それは人間と動植物やその美醜、善悪、価値の軽重や生死等にさほど境界を設けず、「唯ありの儘をありの儘として考へる」（虚子「落葉降る下にて」）営為を指し、結果として右の句群のような日常世界がとめどなく広がり始め、その中で明確な理由もないままに「感覚の強度」（小林秀雄『近代絵画』）

が見境なく生起しては消滅していく世界の別名であった。その無明の明滅を掬い取り、丹念に詠み続けるのが虚子の「花鳥諷詠」だったのだ。

こういった俳人が「花鳥諷詠」を唱えつつ、次のようなことを縷々説いたのである。「美しい星、爽やかな風、しめやかな雨の類ばかりでなく、怒濤も、暴風も、（略）蛇、百足、げぢ〳〵などの醜悪なる動物、虻、蚤、蚊、虱などの吾らに害を与へるところのものであつても、やはり吾等が相応の熱情を以て之に対すればそれ相応の熱情を以てそれに応へて呉れます」（虚子「花鳥諷詠」、前掲）。それは逃避なのか、確信や諦念、または身勝手な感情移入なのか。非情の達観なのか、生きとし生けるものへの慈愛の優しさなのだろうか。

4 徒労と美

「熱情」（「花鳥諷詠」）とともに自然界や人間社会を眺める虚子のまなざしは、例えば川端康成の『雪国』（創元社、昭和十二年）の主人公、島村が見つめる非人情の世界と響きあうかもしれない。東京の下町育ちの島村は幼い頃から歌舞伎や所作事に嗜みがあり、また親の遺産で働かずともよかったため、長じて後は西洋舞踏の研究に勤しんだ。西洋に赴く気は全くなく、というより西洋舞踏を見ることが出来ないのが島村の喜びであり、「これほど机上の空論はなく、天国の詩である。研究とは名づけても勝手気儘な想像で、（略）西洋の言葉や写真から浮ぶ彼自身の空想が躍る幻影を鑑賞してゐるのだつた」（『雪国』）。

ある年、島村は「幻影」を求めるように東京に妻子を置いて列車に乗り、トンネルの向こうの雪国に辿りつく。彼はその地に逼塞するように暮らす他ない女性たちの生きざまを美しい徒労と賞翫しつつ、冬の景色を慈しみ、虫や植物が生まれては死にゆく姿に目を細めるのだった。

ヴァレリイやアラン、それからまたロシア舞踊の花やかだつた頃のフランス文人達の舞踊論を、島村は翻訳してゐるのだつた。少部数の贅沢本として自費出版するつもりである。今の日本の舞踊界になんの役にも立ちさうでない本であることが、反つて彼を安心させると言えば言える。自分の仕事によつて自分を冷笑することは、甘つたれた楽しみなのだろう。そんなところから彼の哀れな夢幻の世界が生れるのかもしれぬ。旅にまで出て急ぐ必要はさらさらない。

彼は昆虫どもの悶死するありさまを、つぶさに観察してゐた。秋が冷えるにつれて、彼の部屋の畳の上で死んでゆく虫も日毎にあつたのだ。翼の堅い虫はひつくりかへると、もう起き直れなかつた。蜂は少し歩いて転び、また歩いて倒れた。季節の移るやうに自然と亡びてゆく、静かな死であつたけれども、近づいて見ると脚や触覚を顫はせて悶えてゐるのだつた。それらの小さい死の場所として、八畳の畳はたいへん広いもののやうに眺められた。（略）窓の金網にいつまでもとまつてゐると思ふと、それは死んでゐて、枯葉のやうに散つてゆく蛾もあつた。壁から落ちて来るものもあつた。手に取つてみては、なぜこんなに美しく出来ているのだらうと、島村は思つた。

（『雪国』）

島村にとって、「昆虫どもの悶死するありさま」と人間の生きざまや死にざまはさほど変わらないかのようである。雪国に暮らす女性たちに「勝手気儘」（『雪国』）に感情移入し、よりよく生きようと儚い願望を抱く彼女たちを徒労として慈しみつつ、ある時は虫が「脚や触覚を顫はせて悶えてゐる」姿に魅入る。雪深い村の、逃れようのない宿命を背負ってあがく庶民の暮らしを愛でる島村も「哀れな夢幻の世界」の一員に過ぎず、生きようと亡びようと大きな違いはないのだ。

その島村は、登山が趣味だった。「無為徒食の彼には、用もないのに難儀して山を歩くなど徒労の見本のやうに思はれるのだつたが、それゆえにまた非現実的な魅力もあつた」（『雪国』）。「無為徒食」の彼に最も相応しい、「徒労」としての登山……「哀れな夢幻の世界」に蠢く人間たちを美しく、猛々しく描いた『雪国』の隣に、虚子の花鳥諷詠論を置いてみよう。

子規は昔私に手紙をよこして「天下有用の学は僕の知らざるところ」と云ひました。子規は自分を天下無用の者だと云ひながら、其時分の賢こさうな顔をしてゐる人々に無頓着で、自分のするところを黙つてしました。尤も子規は黙つてしたといふ方ではない、大いに論じ大いに戦つたのでありますが、しかしそれは自分の進む道にあたつて自分の邪魔になる物に対してゞありました。只天下有用の徒だと自任して居る人には自任させてをいて自分の志すところは別にあると云つて黙つて仕事をしたのであります。（略）

子規の口吻を学ぶのではありませんが、天下有用の学問事業は全く私たちの関係しないところであります。私たちは花鳥風月を吟詠するほか一向役に立たぬ人間であります。

（虚子「花鳥諷詠」、前掲）

「私たちは花鳥風月を吟詠するほか一向役に立たぬ人間」と言いきるのは身の丈の自信ともいえようし、開き直りの強さに見えなくもない。冷静な諦念ともいえるし、確信に満ちた昂ぶりかもしれず、自虐めいた嘲笑とも、ふてぶてしい居直りとも取れる虚子らしい一言だ。

『雪国』の島村と比較すると、まだ虚子の方が人間らしく――何せ作者の川端康成が愛した言葉は一休禅師の「仏界易入　魔界難入」だった――、というのも「私たちは花鳥風月を吟詠するほか一向役に立たぬ人間」云々や「栄えるのも結構である。亡びるのも結構である」(虚子「落葉降る下にて」)等のくだりは、そのように言明することで自身に言い聞かせる風があり、むしろそうであるはずがないと微かに信じたいゆえの言挙げといった印象があるためだ。

同時に、『雪国』の「哀れな夢幻の世界」と虚子の「花鳥諷詠」が響きあうのは、ともに「時は唯静かに其等のものの亡び行く姿を見せるのみである。其処に善も無ければ悪も無い」(「落葉降る下にて」)地点から初めて見える「自然」の美が、無明の闇に激しく明滅しているために他ならない。

5「句日記」

大正期に「栄えるのも結構である。亡びるのも結構」(「落葉降る下にて」)と啖呵のように実感した虚子は、その後も倦まず毎日のように句会を催し、吟行に出かけ、「ホトトギス」編集を行いつつ選句をこなす一方、各種行事に出席しては精力的に旅に赴き、各地で講演等を行った。

その折々に詠んだ膨大な句群を、彼は昭和六年から「ホトトギス」に「句日記」として公開し始める(句は一年後の掲載を旨とした)。自作を一個の独立した芸術作品として捉えず、「〇月〇日の句会、吟行、挨拶句、別邸への招待」等の情報を付した日記形式で発表したのだ。例えば、「ホトトギス」昭和九年四月号の「句日記」を見てみよう（作句は昭和八年）。

四月十一日。午前八時、新宮油屋を出て、プロペラー船に乗る。

プロペラを止めて船人瀧の名を　（他句略）

田辺にて紀伊新聞主催の句会あり。四月十三日。白浜、由良荘。

下駄はいて這入つて行くや春の海　（他句略）

四月二十四日。玉藻句会。丸ビル集会室。

生えずともよき朝顔を蒔きにけり

傑作意識からほど遠い、備忘録のような句群と情報。「ホトトギス」会員には主宰の動向を知る喜びとなろうし、句会や旅行で主宰とともに過ごした会員は有り難く思い出すかもしれないが、「ホトトギス」以外の俳人には無意味な情報に近く、結社主宰の弛緩した垂れ流しに見えかねない——後に「ホトトギス」を離れた水原秋桜子などは反発に近い感情を抱いたという——発表の仕方だった。

逆に虚子からすると、部外者は分からなくて結構と感じたであろうし、主宰として誰の目にも恥じない傑作を発表すべきという気負いもない。何事か自身にとって意義があれば良く、それを他人に懇切に説くほどの時間も余裕もなく、佳句か否かも読者が判断すればよい。駄句と非難されるも良し、面白いと取られるのも良し、なぜなら「栄えるのも結構である。亡びるのも結構である。私は唯ありの儘の自分の姿をぢつと眺めてゐる」（虚子「落葉降る下にて」）のだから……あらゆるものが亡びゆく虚無の深淵に片足をかけながら、何事かを成したと自身に言い聞かせるには毎日のように句会や旅行に出かけ、句を詠み続けた記録を活字にせねば、他に何が残るというのか……全てが無に帰すからこそ、虚子は黙々と日記を付けるように自作を発表し続ける。情熱と虚無が絡みあいつつ、「哀れな夢幻の世界」(『雪国』)に蠢く喜怒哀楽を、自然の無内容の美を「感覚の強度」(小林秀雄『近代絵画』)が膨らむままに詠み続けた軌跡が「句日記」であった。

両膝と火鉢の間の闇の濃さ　(昭和六年十二月号)
ストーブや壁にうろつく影法師　(昭和七年一月号)
酌婦来る灯取虫より汚きが　(昭和十年六月号)
川を見るバナ、の皮は手より落ち　(同年十一月号)
一を知つて二を知らぬなり卒業す　(昭和十一年三月号)
大空に羽子の白妙とゞまれり　(同年十二月号)
御神籤の凶が出でたる落葉降る　(昭和十二年十一月号)
羽子板を啌へ去る犬別荘へ　(同年十二月号)
バスの棚の夏帽のよく落ちること　(昭和十三年七月号)
稲妻をふみて裸足の女かな　(同年九月号)
夏暖簾垂れて静に紋所　(昭和十四年五月号)
手鞠唄かなしきことをうつくしく　(昭和十五年十二月号)
悴める手上げて見て垂らしけり　(昭和十六年一月号)
映画出て火事のポスター見て立てり　(昭和十七年一月号)
唄ひつゝ笑まひつゝ行く春の人　(同年一月号)

惨として驕らざるこの寒牡丹　（同年十二月号）
口あけて腹の底まで初笑　（昭和十八年一月号）
スリッパを越えかねてゐる仔猫かな　（昭和十九年四月号）
手を挙げて走る女や山桜　（昭和二十年四月号）

これらの句群が詠まれたのは、次のような時代だった。折しも経済恐慌に襲われ、満州事変が勃発し、国際連盟脱退や二・二六事件を経て日中戦争に足を踏み入れた大日本帝国は勝算の見通しがないまま大陸の戦線を拡大し、静かに滅亡の淵を滑り始める。その深淵から脱しようと太平洋戦争にまで手をかけた結果、数年後にアメリカの本土空襲が日常と化し、焼夷弾の業火に包まれた各地の街が人間もろとも滅び始める……近代日本の最も多難な時期に虚子が情熱を注いだのは、右記の「句日記」のような「花鳥諷詠」であった。太平洋戦争末期の昭和十九年にはスリッパを越えかねている仔猫の可愛らしさに目を細め、昭和二十年に山桜があちこちに咲き誇る頃、狂気じみた様子で手を挙げる女が山を駆け下る様子を眺める老境の虚子は、その昔に「栄えるのも結構である。亡びるのも結構である」（「落葉降る下にて」）ことを全身で納得しようとした俳人である。善悪や正邪も、理念も結論もないままに「哀れな夢幻の世界」（川端『雪国』）を彷徨い、生まれては滅びゆく中で永劫の哀しみに浸された「天下無用の者」（虚子「花鳥諷詠」）が成しうるのは、日常の些事に一喜一憂し、その無内容の調べが奏でる「感覚の強度」（小林『近代絵画』）を一片の詩に留めながら虚無と亡びに向かって生き続け、黙々と句を綴る営為以外になかったのだ。

「ホトトギス」事務所のあった東京丸ビルの責任者、赤星水竹居――三菱地所（不動産）所長にして「ホトトギス」の幹部で、二章2節でも紹介した――は、ある時から心酔する虚子先生の言行を書き留めようと思い立ち、『論語』よろしく虚子の何気ない一言や会話のやりとりを小まめに書き残し始めた。その中に、東京の日比谷公園で起きたある出来事が綴られている。いかにも虚子らしい逸話だ。

ある年の暮のことである、私たちが何かの句会に日比谷公園に写生に出かけて、鶴の噴水のある池の囲りをぶらついてゐると、どこかの工場の失職者とも見える男が先生のそばにきて、しばらく様子を見て立つてゐたが、突然先生に、

あなたはどんな気持でこの景色を見ていますか。

と質問した。

それは、このせちがらい年の暮にのんきに句を作つてゐる我々に対して、多少反感を持った質問であつた。

先生は手にした句帳をそのまま、静かに、

私はこれが職業です。

と答えられた。

その人は黙つて立去つた。

（赤星水竹居『虚子俳話録』（学陽書房、昭和二十四年））

III 尾崎放哉

（明治十八（一八八五）年〜大正十五（一九二六）年）

一　放哉と宇和島の穂積橋

1　東大法学部、尾崎秀雄

宇和島藩家老にして国学者である穂積重樹の子、穂積陳重（一八五五〜一九二六）は日本初の法学博士で、近代民法の基礎を築いた法学者として知られる。若くして貢進生――藩推薦で西洋諸学問を学ぶ大学南校（後の東京帝国大学）の入学生を指し、近代国家を担う専門家養成所だった――に選ばれ、開成学校に進学して法学を専攻し、首席になるほど優秀だったため文部省留学生として渡欧した。ロンドン大学やベルリン大学で西欧法学を修め、帰国後は東京帝国大学法科大学に就任するとともに、明治二十四年の大津事件――滋賀で起きたロシア帝国のニコライ皇太子暗殺未遂事件で、報復を危惧した日本政府首脳は犯人の死刑を求めた――では法に則った処置を望む大審院院長の児島惟謙（穂積と同郷の宇和島藩出身）に同意し、結果的に司法側は政府圧力に屈せず被告を無期懲役とした。政府の思惑と裏腹に、日本が近代法治国家であることをかえって国際社会に知らしめた判決であり、穂積はこの事件に深く関わったのである。

貴族院議員に名を連ね、民法等を整備するとともに東京帝国大学法科大学長も務め、私生活では渋沢栄一の長女と結婚するなど、穂積は明治新政府の要人として活躍した。大学を退いた際に男爵に叙せられ、その後も枢密院議長等を歴任し、最期まで国家の一端を担った人物である。

その穂積陳重が大学で教鞭をとっていた頃、法学部のある卒業生が就職先を一ヶ月ほどで辞め、ぶらぶらしていた。名は尾崎秀雄、鳥取出身の秀才で、早くから酒の味を覚えつつ、俳句を嗜むなど文芸に心を寄せる人物である。学業には身が入らず、大学最終年をどうにか追試験で卒業し、日本通信社に就職したがすぐ退社し、無為に過ごしていた。

無論、何もしないわけにいかず、ある時尾崎は学部時代の恩師である穂積陳重を訪ね、今後の身の上を相談する。穂積は発展途上の保険業界ならば法学部出身者が重宝されると考え、尾崎に保険会社を薦めた。折しも郷里の友人も保険関係を推挙したため、尾崎秀雄は東洋生命保険株式会社に再就職する。所属は契約課だった。

2 転落

翌年には同郷の女性と結婚し、公私ともに落ち着いた……と思いきや、次第に酒量が増え、妻は新婚早々に質屋通いと郷里に送金依頼をせざるをえなくなった。会社での尾崎は大阪支店次長等の要職に就いたが、机の中には酔い覚ましの薬をしのばせ、常に何らかの本を携えていたという。茶屋が軒を連ねる界隈に出入りするのもこの時期である。

尾崎は不始末の多い生活の中でも句作を続けていたが、いつしか有季定型でなく自由律を詠み始め、荻原井泉水率いる「層雲」に投句するようになった。号は「放哉」、掲載されたのは次のような作品である。

肴屋が肴読みあぐる陽だまり　（「層雲」大正七年六月号）

日だまりの中で声を張り上げる「肴屋」、その姿は自身の属する保険業界など存在しないかのようであり、無意味に感じられるほど平凡で穏やかなひとときである。複雑な駆け引きや虚栄もなく、「陽だまり」の中で「肴読みあぐる」のが暮らしの全てであるような庶民の姿。保険会社の重役である尾崎秀雄は、何を想いつつ「肴屋」を眺めたのだろう。その胸中は知るよしもないが、彼は飲酒癖を募らせ、周囲に多大な迷惑を――年末に紙幣を通行人にばらまいたり、甥の結婚式で泥酔して狼藉を働くなどの不祥事――かけるようになった。折しも会社で人事異動があり、ついに尾崎は契約課長を罷免されて財務部への配置換えが命じられると、それに反発するかのように退社し、故郷の鳥取へ帰ってしまう。

東京の友人たちは彼の短慮を心配し、再起を促す電報を鳥取へ送ったところ、尾崎は再上京する。その際、創設予定の朝鮮火災海上保険会社の支配人はどうかという話が持ち上がり、それに一役買ったのが穂積陳重の長男、穂積重遠であった。彼は東京帝大で尾崎と机を並べた仲で、父同様に民法学者として帝大で教鞭をとるなど人生を順調に歩んでいた。穂積の推挙もあって尾崎は禁酒を条件に朝鮮半島に渡り、会社設立に奔走する。尾崎秀雄は人生の転機に二度に渡り穂積親子に助けられたのだ。

尾崎は半島移住の際にも周囲に迷惑をかけ、東京での飲み代の借金を友人に押し付ける――退職金で支払うはずがそのままにしたため、連帯保証人の友人が返済するはめになった――といった不義理を重ねた。朝鮮に渡った後も変わらず、再就職の条件だった禁酒を破り泥酔し、知己の住む警察官舎に押し入ったり、上司を罵倒するなどしたため、一年ほどで火災海上保険会社を馘首されてしまう。さすがに友人や関係者に合わせる顔がないと感じたのか、再起を期して満州へ赴き、事業を興そうとするも肋膜炎を患い、入院を余儀なくされてしまう。

3 一人

借金を返せず、事業もできない身になったため病床で死を想ったが、自殺する勇気もなく、三十八歳になった尾崎は傷心のまま妻とともに大連から帰国した。長崎に着いた彼はもはや世俗から離れる他ないと感じ、京都の一灯園へ赴くため妻と別れることを決意する。一灯園は西田天香主宰の団体で、奉仕活動等を通じて懺悔と修養を行う宗教組織であった。

ところが、彼はここでも更正することができなかった。托鉢先で貰った電車賃で酒を飲み、毘沙門天に献納された酒樽を勝手に開けるなどした上、一灯園の奉仕活動は力仕事が多かったため肋膜炎を患う身が持たなくなり、尾崎は西田天香に相談して知恩院塔頭の寺男に収まることになる。しかし、塔頭の住職と親しい女性と酒を飲みに街へ繰り出したため、住職が怒ってしまい、彼は塔頭を追われて一灯園に戻った。

酒を断てず、方々で人間関係をこじらせては不義理を重ね、東京帝大法学部卒という栄達を約束された身分から転げ落ちるように人生を損なった尾崎だったが、この頃から「層雲」への投句数は増え、毎号のように掲載されはじめる。

一日物云はず蝶の影さす　（大正十三年八月号）

いつ迄も忘れられた儘で黒い蝙蝠傘　（同年十一月号）

障子しめきつて淋しさをみたす　（同年十二月号）

孤独と沈黙が親しげに彼を包むにつれ、淋しさが澱のように募るが、その自身の姿を自虐的に、甘えにも似た想いとともに「層雲」の人々に示すこと。日々のやるせなさと引き換えに佳句を得られるのならば嬉しい、世間と相容れない自分は芸術家として生きるのだ、しかし、このどん底の生活……いや、その先は言うまい、全て自業自得ではないか、それは分かっている、分かってはいるが……淋しい。

その後も放哉に安息の日が訪れることはなかった。一灯園の肉体労働から逃れるように須磨寺へ赴き、堂守を任されたが、たびたび酒に酔って昔の仲間の家を訪ねては連行され、寺の内紛にも巻き込まれたため京都に戻らざるをえなくなる。生活の困窮と反比例するかのように「層雲」掲載句は光彩を帯び始め、主宰の荻原井泉水を瞠目させる句が陸続と姿を現し始めた。

こんなよい月を一人で見て寝る　（大正十四年一月号）

打ちそこねた釘が首を曲げた　（同）

淋しいからだから爪がのびだす　（大正十四年九月号）

もはや「一人」であることに慣れた放哉は、「淋しい」自分を強調する句を詠まなくなり、そのような自身や身の回りの出来事をむしろ興がるような作品が増え始める。「障子しめきつて淋しさをみたす」必要もない、最初から「淋しいからだ」なのだ、むしろその「からだ」から「爪がのびだす」ことに着目した方が面白くはないか、まだ死ぬこともできず、「淋しい」と言いながら生き長らえている、この身……。

放哉は京都から福井県の寺に赴いたが、寺が破産したため京都に再度戻り、以前世話になった寺に相談するも断られ、違う寺を紹介される。しかし、彼は厳しい労働に堪えきれず逃げ出し、「層雲」の面々の家に泊まりつつ今後の身のなりふりを案じたところ、兵庫県小豆島の南郷庵はどうかと話が持ち上がった。「層雲」主宰の荻原井泉水も乗り気になり、さっそく島の「層雲」会員宛に紹介状をしたため、送別会を開いて放哉の前途を祝うことにした。

4 穂積橋

この時期、放哉は下痢が増え、身体も衰えつつあり、穏やかな地で死にたいと願うようになった。彼は海が好きだったので、小豆島ならば海を見ながら死ねるかもしれない……放哉は意気揚々と島へ旅立つが、庵は生活費を捻出できるどころでなく、島の「層雲」関係者も悪評高い放哉の到着を喜ばなかった。しかも、例によって彼は到着早々に酒席で狼藉を働き、人間関係で失態を繰り返したため孤立してしまう。夢見た小豆島の生活も結局は「淋しい」ものだった。

山に登れば淋しい村がみんな見える　（大正十四年十一月号）

雀等いちどきにいんでしまつた　（大正十五年二月号）

放哉の孤独が深まる一方、その句群に井泉水や「層雲」の会員達は驚嘆し、小豆島で独り暮らす放哉の狷介な性格や身体を心配した。しかし、放哉は島を出ようとしなかった。海の潮風が庵に吹きつける中、焼米と焼豆ばかり食し、咳と痰がひどくなったため医者に診てもらうと満州時代に患った肋膜炎が悪化していたが、もはや治す気もない。郷里の尾崎家に形見の写真と短冊を送り、自分を廃嫡にしてほしいと手紙を添え、冬の激しい烈風の中、寒さに震えながら「層雲」への投句と大量の手紙執筆に勤しむ日々を過ごした。

咳をしても一人　（大正十五年二月号）

墓のうらに廻る　（大正十五年四月号）

自嘲や深刻さもなく、このように生きる他ない自分をかえって興がりつつ、ただ見つめる放哉。深い孤独を強調するというより、そのような境遇に慣れきった自分を自虐気味に眺めている節がないでもない。孤独云々は主張するほどでもなく、当然の運命であり、「咳をしても」にはその自分に改めて驚いてみせた感じすら漂う。寂しいに決まっているが、咳をしてもしなくても「一人」で居過ぎた自身の一生が間抜けで、可笑しくもあり、「咳をしても私は一人……」と感慨に浸ること自体がずれているような、やはり切ないような、感傷的に自分を慰めるようでもあり、誰かに構ってほしい甘えもあれば、「一人」で居る自然さを確認するかのようでもあり……かつて、「肴屋」が肴の名を読み上げることにさして意味がなかったように、「咳をしても一人」であること、「墓のうらに廻る」ことは日常でふと気付いた自身の姿であり、それ以上でも、以下でもない。そこにあえて注目するところに微かな感傷を漂わせた冷静なまなざしがあり、自虐めいた諧謔すら感じさせる自己凝視に、「層雲」一同は称賛を惜しまなかった。

しかし、放哉の病身は悪化の一途をたどり、咳と腹痛と高熱に苦しめられ、次第に起き上がれなくなる。知らせを受けた荻原井泉水は京都の病院に入るよう手紙で催促したが、放哉は断った。これ以上人間関係で煩わされたくない、島で海を見ながら死にたいというのだ。その内に食事が喉を通らなくなり、一人で便所に行けなくなった放哉は近所のお婆さんに介護されつつ二週間ほど過ごし、ついに大正十五年四月七日、四十一歳で生涯を閉じた。

ところで、放哉の恩師である穂積陳重が七十一歳で大往生を遂げたのは、奇しくも放哉が亡くなった日と同日である。その死後、郷里の宇和島市は近代法学の礎を築いた偉人の功績を称えて銅像を建てようとしたが、穂積は生前より「銅像にて仰がるるより万人の渡らるる橋になりたし」と固辞していたため、市は辰野川の橋を改築して「穂積橋」とした。

ある日、宇和島の穂積橋を訪ねたことがある。コンクリート製の小さな橋で、脇には由来を記した石碑があった。明治国家を担った法学博士と、自滅するように世を去った自由律の天才。対極の人生を歩んだ二人を想いつつ、橋の欄干に何気なく手をのせると、ひやりとしていた。

Ⅳ 山口誓子

（明治三十四（一九〇一）年～平成六（一九九四）年）

一　スケートリンクの沃度丁幾

―山口誓子『凍港』の連作俳句について―

はじめに

スケートは汗をかく。それは冬のスポーツだが、滑走すると汗がにじむのは経験者ならば頷くところがあろう。昭和初期の『パニンのスケート』(江守栄作・河久保子朗共著及び発行、昭和二〔一九二七〕年。翻訳書)は、次のように呼びかけている。

スケーターの衣服はその気候に応じてこれを選択すべきは勿論であるが、非常に暖かい衣服類、例へば綿入や毛皮裏附のヂャケツ等は避けねばならぬのである。競技中の劇しい発汗は恐ろしい感冒の原因となること多く、かつ非常に気持の悪いものである。　(五章「服装」)

冬用の厚着ではなく、軽装で滑るのがスケートというスポーツに他ならなかった。そのスケートが文学に描かれる際、発汗や体臭等の生理現象はどのように記されたのか。日本初のスケート専門月刊誌「スケート」創刊号(大正十〔一九二一〕年一月)に寄せられた発行者の詩を見てみよう。

みんな一所に

自由に楽しく麗はしく
すべる、すべる
この喜びを
どうして、黙つて居られやう（略）
氷よ
きら〳〵光り輝く氷よ
生き〳〵した
生命を与えてくれる氷よ

詩の巧拙は別として、謳われるのは「光り輝く氷」を「楽しく麗はしく」滑る氷上の美しさであり、煩わしい汗や体臭は無いものとして描かれている。当時の多くの文学作品もスケートを舶来の美しいスポーツとして描く傾向にあったが、ある俳人が人間臭いスケート像を詠んでいた。

スケートのをとこの匂ひ濃かりけり
スケートのをんな狐臭を発しけり

氷上を滑走する「をとこ」の体臭は濃く、スケートに興じる「をんな」は「狐臭（腋臭）」を発するという。作者は山口誓子（一九〇一～一九九四）、昭和七年前後の句である。後述するが、誓子の二句は連作と呼ばれた句群中の一部で、当時は斬新な手法であった。

この章では誓子のスケート句群を軸に、日本スケート史や俳句に詠まれたスケートのイメージを概観しつつ、彼が影響を受けたモダニズム思潮その他を横断しながら、誓子俳句及び「写生」の魅力や日本モダニズムのありようを考察してみよう。

❶ 日本スケート史の沿革

フィギュアやスピード等のスケートは明治期に渡来したスポーツで、札幌や仙台、横浜、諏訪、六甲等の居留外国人らが発端となった。

図１　当時の編上靴（海外製）

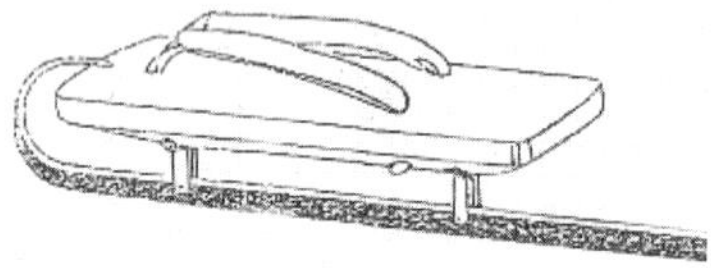

図２　明治期の下駄スケート

横浜に居留の外国人は毎年寒くなると氷辷りを催します。今年は北方の射的場の傍へ場所を拵へ、昨今は毎日午前七時より夜に入つてまで数人の男女が集まつて走り競をして、なか〳〵盛んであるといふ。（「読売新聞」明治十三〔一八八〇〕年一月十七日朝刊）

一例だが、外国人が明治初期より野外スケートに興じた様子がうかがえよう。それを眺めた日本人が見よう見まねで滑り始めたのが日本スケートの端緒で、設備が整った競技というより、降雪地方の娯楽として広まったようだ。

ただ、日本人のスケートにはある困難があった。スケート専用靴がどこにもない、という問題である（『スケート発達史』〈ベースボールマガジン社、昭和六十一年〉所収「日本のスケート発達史」に詳しい）。本来は編上靴を使用するものだが、明治期には国内生産不可能のため高価な舶来品に頼らざるをえなかった（図1）。当時の逸話として、明治二十四年にアメリカより帰朝した新渡戸稲造が札幌農学校にスケート専用靴三足を寄附したところ、使用を申し出る生徒が後を絶たなかった話が伝わっており、いかに編上靴が稀少価値だったかがうかがえよう（前掲『スケート発達史』）。

しかし、日本では次第に代用靴が作成され始め、草履に竹を取りつけた「竹草履」、下駄に刃を付けた「下駄スケート」が各地で考案された（図2）。下駄や草履に刃（竹製も多かった）を取り付け、紐で縛って固定したりと舶来の靴に及ばない脆弱品だったが、人々はそのような靴で氷上を愉しんだのだ。

図３　諏訪湖のスケート風景

これらの和製靴で湖面を滑る人々は、いかなる服装だったのだろう。例えば、諏訪湖上の女性達は襤袍にモンペ姿で（大正初期、図3）、写真からは多くが冬の普段着だったことがうかがえる。明治中期以降、人々はこのような普段着と下駄スケート等で愉しんだのである。

昭和期になると、街の公園などでのスケート遊びは見慣れたものになる。林芙美子の『続・放浪記』（改造社、昭和五年）を見てみよう。

公園に出ると、夕方の凍つた池の上を、子供達がスケート遊びをしてゐた。固い飯だつて関いはしないのに、荒れてザラザラした唇には、公園の風は痛すぎる。子供のスケート遊びを見てゐると、妙に切ぱ詰つた思いになって、涙が出る。

部屋で空腹を抱えた主人公が思いあまって公園に散歩に出かけた時、「夕方の凍つた池の上を、子供達がスケート遊び」に興じる姿に出会い、自身の不甲斐なさを感じてしまう場面だ。主人公は池上を滑る子供達を奇異に感じておらず、「スケート遊び」が日常風景だったことがうかがえる。

街なかの公園の池ではなく、広い場所で滑る場合、都会に住む者は室内スケートリンクがほぼ皆無だったため、鉄道で地方の湖に行く必要があった。都会人のスケート遊びは旅行を伴う行楽となり、例えば鉄道省編『スキーとスケート』（大正十三年）は次のようにスケート場を紹介している。

・中央線―諏訪湖、松本等　・信越線―軽井沢、松原湖等
・東北線―日光、仙台、盛岡等　・奥羽線―秋田等
・東海道線―鶴見花月園等　・他―関西阪急沿線の六甲等

各スケート場が鉄道路線ごとに説明されており、当時の他のスケート入門書にもこういった路線案内は多々掲載されていた。柴山雄三郎『スケート入門』（誠文堂、昭和五年）には鉄道運賃も例示されており、都会人はそれらの本を参考にスケート旅行に赴いたことがうかがえる。

当時の著名な野外スケート場は諏訪湖（長野）で、明治期にはすでに全国的に名を知られていた。明治四十二年には「諏訪湖一周大氷滑会」が催され、参加者三百人、見学者三万人以上に上る盛況だったという（「読売新聞」明治四十二年二月十五日朝刊など）。諏訪湖は冬の観光名所となり、例えば『冬の汽車賃割引』パンフレット（名古屋鉄道局編、昭和七年）には信州方面のスキー場・スケート場行

図５　諏訪湖風景

スケート　1.2月中

◇諏訪湖

（イ）發驛―上諏訪、往復

（ロ）發驛―下諏訪、往復

發賣驛	三等往復	通用
	円	日
名古屋	（イ）4.55	12
	（ロ）4.50	12
千種	（イ）4.40	12
	（ロ）4.35	10
大曾根	（イ）4.40	12
	（ロ）4.30	10

図４　諏訪湖方面の割引表

の割引が謳われ（図４）、またスケート場には諏訪湖の写真が掲載されている（図５）。諏訪湖がそれだけ著名だったことがうかがえよう。

「スケート・鉄道・地方の湖」といった図式が変容するのは、大正末期から昭和初期にかけてである。主要都市に屋内スケート場が続々と開場し、例えば大阪市岡パラダイス（大正十四年）、横浜の鶴見花月園（大正十四年頃、冬から春まで）、東京国技館（昭和二年、夏のみ）等であり（前掲『スケート入門』所収「スケート場案内」に詳しい）、昭和六年には都会の中心地たる大阪朝日ビル屋上にも開設された。

> 日本最初の試みになるニツケル・クローム鋼と軽合金属と耐火グラスによつて装填され、秋空に銀とグラスとの階調、燦然としてそゝり立つ景観はその近代科学の最精鋭なる機能によつて象づくられた建築、（略）【屋上】には夜間航空標識の設備と露台に百三十坪のスケートリンク（以下略）
>
> （「朝日新聞」昭和六年十月二十六日朝刊）

三井、住友財閥関連のビルが集う三井住友村と称された中之島の朝日ビルは当時最先端のデザインで、「近代科学の最精鋭なる」建

図６　大阪中之島の朝日ビル

築で名を轟かせており、その屋上のリンク設置は都心部の室内スケート場が本格的に始まったことを意味した。

　大阪は朝日ビル以前にも市岡パラダイスにリンクがあったが、約七十坪と小規模に加えアンモニア製氷で臭気のこもる設備だった（『朝日新聞社史』〔社内用、昭和五十四年〕所収「大阪朝日ビル建設　有名選手を育てたスケート場」に詳しい）。一方、朝日ビル屋上リンクは約百三十坪、天然氷に近い設備も備え、「近代建築として一偉観を呈してゐた」（東尾信三郎他『大大阪物語』〔東洋図書株式合資会社、昭和十年〕、図６）ビル屋上にあるという話題性も加わり、開場当初から大きな注目を浴びた。リンクは「ＡＢＣスケート場」と称され、昭和六年十一月二十三日より開場し、客は長蛇の列をなしたという（前掲『朝日新聞社史』）。

　明治期から昭和初期までのスケート事情を概観したが、改めてまとめよう。明治期、人々は居留外国人のスケート姿に刺激を受け、和製スケート靴で天然の湖や沼の氷上を滑ったのが受容の第一期である。その後、大正末期から昭和初期にかけて都会に室内リンクが登場し、地方に旅立つことなく都会で簡便かつ手軽にスケートを満喫しえたのが受容の第二期といえる。山口誓子がスケートを俳句を詠んだのは、第二期が定着し始める頃であった。

　誓子がスケート句を詠んだのは昭和七年前後だが、折しもスケートが競技として認知された時期でもあった。冬季オリンピックに日本人スケート選手が初参加し、大きな注目を浴びたためである。

2 スケート界の発展と成立

日本で競技スケートがいかに発展したかも確認しておこう。それは大正期に発展し、二大組織の誕生が契機となった。日本初のスケート団体は大正九年結成の「日本スケート会」で、河久保子朗を中心とするフィギュアスケート愛好者の団体であり、競技会開催や雑誌「スケート」刊行、また国際スケート連盟（ＩＳＵ）の加盟（大正十四年）を通じて競技界発展を目指した。

大正十四年には、早稲田や慶応といった東京私学を中心とする「日本学生氷上競技連盟」が結成された。昭和三年に諏訪湖で選手権を開催するなど活況を呈したが、先ほどの日本スケート界と対立状態だったため、日本スケート競技界は混乱が生じ、国際オリンピック参加にほど遠い状況にあった。

世界のオリンピックに目を移すと、冬季競技が種目に加わったのは大正十三年のパリ・オリンピックからである（武田薫『オリンピック全大会』〈朝日新聞社、平成二十年〉等に詳しい）。夏季競技と同年の冬に別地で開催することとし、第一回はシャモニー（フランス）、第二回はサン・モリッツ（スイス）で催され、この時に日本人選手が冬季オリンピックに初参加した。ただ、スキー競技参加のみで、日本スケート競技は前述のように組織が対立したため、不参加のままであった。

事態を憂慮した日本スケート競技界は、両者の連合組織「大日本スケート連盟」を結成（昭和四年）してロサンゼルス・オリンピックに照準を定め、昭和七年の第三回冬季大会（アメリカのレークプラ

図７　冬季オリンピックの競技風景

図８『アサヒ・スポーツ』表紙（昭和７年）

シッド）で日本人選手の初派遣に成功する。国際スケート競技への初出場が叶ったのは、山口哲子がスケート連作を発表した昭和七年なのである（前掲『スケート発達史』「スケート競技の発達」節や、佐藤昌彦『スケート』〔六芸社、昭和十二年〕第五章等に詳述されている）。

昭和七年になると、これらの趨勢を反映してスケート報道は増大し、例えば「アサヒ・スポーツ」でもスケート記事が急増し始めた。湖上の外国人選手（図７）や日本のフィギュア大会も掲載され（図８）、記事にあしらわれた写真の選手たちはいずれも仕立の良い服や編上靴で滑走している。頁を繰る読者は「スケート＝銀盤のワルツ」と美しい印象を抱いたに違いない[注1]。

その点、明治期より娯楽として親しまれたスケートは、昭和初期になると華やかな競技として改めて注目を浴びたといえよう。メディアによるオリンピックの颯爽とした印象、また都心部に人工リンクが登場し、以前のように冬着で下駄スケートに興じる娯楽ではなく、洗練されたお洒落なスポーツとしてスケートは再認知されたのである。
では、俳句はこういったスケート像をどのように詠んだのだろうか。

3 スケートを詠んだ俳句の変遷

スケートの詠みぶりを確かめる術として、まず歳時記（季語を四季ごとに分類し、説明と例句を添えたもの）や季寄（季語ごとに例句のみ並べる）を繰るのが簡便である。スケートが冬の季語として立項された場合、それだけスケートが認知され始めたことを示唆するためだ。
スケート立項の早い例は『新題類句集』(富取芳河士編、文成社、明治四十三年。新傾向俳人系句集で、新季語を多く取り入れた）あたりだろうか。

スケーチング
　雪霏々とすれども氷すべりかな　木外　①
　スケートやひゞりの音の寒梅に　同　②
　スケートのぶら提灯を下げにけり　菫哉　③

降りつのる雪の中、むしろそれゆえに意気揚々と氷滑（スケート）に興じ（①）、また滑走中に刃と氷の軋む音が湖（池）辺の寒梅にまで響く（②）。日も暮れた湖（池）上には提灯を手に提げて滑る姿もあった（③）。これらが収録された『新題類句集』は諏訪湖一周大会（1節参照）の翌年に出版され、俳句でスケートが詠まれる時期と諏訪湖のスケート隆盛はそれなりに軌を一にした可能性が高い。次に、『新題類句集』以後の主な歳時記を見てみよう。

・『ポケット俳諧季寄』（今井柏浦編、博文館、明治四十五年）
冬　人事　氷滑　スケート
・『袖珍俳句歳時記』（長谷川零餘子編、春水社、大正七年）
氷滑　スケーチング。冬季湖池の氷結したる時、車のつきたる下駄の如きものを穿ちて其上を滑走して遊ぶ。
雪国の第二師団のスキーかな　兎子
・『大正新修歳時記』（高木蒼悟編、資文堂、大正十四年）
氷滑り　スケート。池又は湖などの氷結したる上を滑る遊びなり。
音楽や氷滑りに人酔へる　碧梧桐
・『昭和新修大成歳時記』（星文閣、昭和三年、再版）
氷滑り　スケーチング　スキー
池又は湖の氷上を滑る遊戯なり。スケーチングも亦其種にして西洋に行はるゝもの
スケートや月下に霞む一人あり　花簔
スケートや諏訪の旅籠の蜆汁　一紫
襟巻を風になびかせスキーかな　花村
・『歳時記』（高浜虚子編、三省堂、昭和九年）
スケート　氷滑りである。（略）冬になれば、毎日の新聞のスポーツ欄とラヂヲに依て湖沼の結氷状態を知り、やれ諏訪湖だの、榛名湖だの、日光清滝リンクだのと出掛ける人が多い。

氷上に張りし天幕やスケート場　金童

大正期までは最初に漢語「氷滑」が、次いで片仮名「スケート」が示される傾向にあり、「氷滑」に「スキー」が含まれることもあったが、昭和初期には「スケート」が季語として定着した節がある。大正期に片仮名「スケート」を用いた例は少なく、次の渡辺水巴のような作品は珍しい。

鳶の翼スケートの人ら遥か下に　（『水巴句集』〔曲水吟社、大正四年〕所収）

冬空を舞う鳶の視点から湖面の人々を「遥か下に」捉えた趣向で、「鳶」と新事物「スケート」の取合せが新鮮であり、浮世絵じみた構図も効かせた句だ。例えば、安藤広重「江戸名所百景」あたりを想起するのもよいだろう（図9）。浮世絵的な構図の中、新奇な「スケート」像を捉えた点に粋な新しさがあったといえる。

図9　江戸名所百景
「深川洲崎十万坪」

ところで、これまで紹介したスケート句はいずれも舞台が野外で、明治期から昭和初期まで一貫した共通点だった。例えば、「ホトトギス」雑詠欄も見てみよう。

スケートや底なし沼も夏のこと　青森　増田手古奈　（昭和二年三月号）

スケートに氷の音の薄きかな　ボストン　北野里波亭　（昭和七年三月号）

「底なし沼」と恐れられたのも夏のこと、冬には人々が沼の氷上でスケートに興じるという一句目、また氷がスケート靴のエッジに削られる音の薄さ、その鋭さよ……という二句目である（室内の可能性もあるが、日本人読者は野外を想像したと推定される）。

あるいは、「ホトトギス」の有力俳人であった水原秋桜子も句集『葛飾』（馬酔木発行所、昭和五年）で次のように詠んでいる。

スケートや雪被ぬはなき諏訪の山

スケートや目もはるかなる一人あり

諏訪湖の広大さが冬の清浄な空気感を感じさせ、それが「スケート」の涼やかな語感とも響きあうことを「スケートや」と強調した句だ。清新な句調で若手俳人に影響を及ぼした『葛飾』収録句もまた、野外の湖面を舞台とした定番の句であった。では、山口誓子の句群も従来のスケート句のように野外を舞台にしたのだろうか。

4 スケート連作の新鮮さ

誓子のスケート句群は「ホトトギス」雑詠欄で二度に渡り発表されたが、選者の高浜虚子の意向が働いた句順であり、作者の意図した配列順は第一句集『凍港』（素人社、昭和七年）収録の形になる。まず、「ホトトギス」雑詠欄に入選した形は次の配列となっている。

アサヒ・スケート・リンク

スケートの紐むすぶ間も逸りつゝ
スケートの真顔なしつゝたのしけれ
汚れたるスケート場は黄となんぬ
四方の玻璃スケート場を映す夜ぞ
スケートの君横顔をして憩ふ
スケート場沃度丁幾の壜がある
月食の夜を氷上に遊びけり

（以上、昭和七年五月号）

（以上、昭和七年六月号）

最初の五月号は前書として「アサヒ・スケート・リンク」が付され、翌六月号には前書がない。「ホトトギス」雑詠欄では計七句が虚子選を通ったが、スケート句群としては計十一句詠まれており、次に『凍港』所収の全句を見てみよう。

アサヒ・スケート・リンク

スケート場四方に大阪市を望む
スケートの紐むすぶ間も逸りつゝ
スケートの真顔なしつゝたのしけれ
スケートのをとこのにほひ濃かりけり
スケートのをんな狐臭を発しけり
スケートの君横顔をして憩ふ
スケートの君は帽子のうちに眉

スケート場沃度丁幾の壜がある
汚れたるスケート場は黄となんぬ
四方の玻璃スケート場を映す夜ぞ
月食の夜を氷上に遊びけり

結論をいえば、この句群はほぼ前例のない斬新な作品であった。いかなる点が新鮮だったのか、まずは『凍港』跋文（作者誓子）を見るところから始めよう。

第三期（昭和五年以降現在迄）

これは私が、多くの場合連作の形式によつて、新しい「現実」を、新しい「視角」に於て把握し、新しい「俳句の世界」を構成せんとしつゝある時期である。

スケート句群は昭和七年前後に詠まれたため、跋文でいえば「第三期」に相当しており、「連作の形式」で「新しい『現実』」を「新しい『視角』」で「構成」した句群、となろうか。

当時、これらの表現にいかなる内容が付されたか、一つずつ確認していこう。まず、「連作の形式」とは昭和初期に流行した連作を指し、ある主題の下に複数句を並べる詠み方である。先ほどの水原秋桜子や誓子が好んだ方法論で、従来の俳句観に異を唱える斬新な表現とされた。通常、結社に属する俳人は主宰の選を通過した発表が通例とされ、主宰が取捨選択し、句の順序も変更して掲載に至るのが普通だった。ところが、誓子の「スケート」連作のように総タイトルを付して順序立てた作品になると主宰の介入が難しく、作者本人の世界観が優先されることになる。ゆえに連作は他者の選句を拒み、主宰選を否定する性格が潜んでいた。後に、「ホトトギス」に反旗を翻した新興俳句陣営が連作を好んで詠んだが、それは高浜虚子のように主宰選を絶対視する風潮に異を唱える意味があったためで――連作を好んだ秋桜子や誓子も後に「ホトトギス」を離れた――、その連作でかくもスケート句を並べた作品は誓子以前に見られず、まずスケート連作そのものが斬新だったといえる。

連作俳句の主唱者は秋桜子で、彼は事前に計画した「設計図」に沿って詠むことを提唱しており、一句では難しい時間推移や物語性を表現しえる手法と強調した（「馬酔木」連載〈昭和七年〉の「連作講座」など）。一方、誓子は「作家は連作俳句の設計図なしに無計画的に着手していゝ」（「連作俳句は如何に作らるゝか」、「かつらぎ」昭和七年十月号）と反対意見も述べることも多く、ともに連作俳句作家とはいえ捉え方に隔たりがあったのも事実だ。ただ、誓子の論の主張とは別に、「スケート」連作はある程度の時間経過を想わせる配列となっている。一句目から示してみよう。

一　――舞台の提示（アサヒスケートリンク）、夕暮か（街並を眺めているため）
二　――滑走前の準備（スケート靴の紐を結ぶ行為）
三　――滑走中の表情
四　――滑走中／休憩中の「をとこ」の体臭
五　――滑走中／休憩中の「をんな」の体臭
六　――休憩中の「君」の観察
七　――休憩中の「君」の観察
八　――休憩中の発見（「沃度丁幾の壜の存在」）
九　――休憩中／滑走終了時の発見（汚れたスケート場）

十　――舞台の提示、夜（一句目から時間が経過）
十一――舞台の提示、夜

一句目(夕方頃)から十、十一句目(夜)にかけて物語に近い推移が感じられ、三～九句も緩やかに「滑走前↓中↓後」と動作進行を示していよう。「ホトトギス」雑詠欄掲載時は一～十一句目の流れが考慮されずに選句されており、また実際の作句順も『凍港』収録句順と同一ではなかったが、句集収録時に一～十一句の順に配列したのは、誓子が推移を感じさせる意図があったと推定される。(注2)

時間経過を感じさせる配列にしたのはスケート場全体の雰囲気に加え、刻々と動きつつある運動としてのスケートを臨場感とともに描写したかったためではないか。一句では難しくとも、連作ならばスケート場での感情の膨らみや跳ねるような高揚感の連なり、またスケートの運動そのものも活写しうるはずであり、つまり誓子は単純に連作を用いたわけではなく、スケートの躍動感を醸成する手法として連作を選んだ可能性が高い。

5　「新しい『現実』」とは

引き続き、『凍港』跋文に沿ってスケート連作の新鮮さを見てみよう。「連作の形式によつて、新しい「現実」を、新しい「視角」に於て把握し、新しい「俳句の世界」を構成せんとしつゝある時期」(『凍港』跋文)に詠まれたスケート連作は、何が「新しい『現実』」だったのだろうか。それは、端的に「アサヒ・スケート・リンク」という舞台に他なるまい。３節で見たように、従来のスケート句は野外が舞台で、室内リンクを連作で大量に詠む前例はなかった。大都会のビル屋上の「アサヒ・スケート・リンク」がすでに「新しい『現実』」であり、その雰囲気は次の句群に詠みこまれていよう。

スケート場四方に大阪市を望む　（一句目、以下句順）

四方の玻璃スケート場を映す夜ぞ　（十）

月食の夜を氷上に遊びけり　（十一）

諏訪湖であれば山々の稜線や冬空を望むところを、誓子連作は「四方に大阪市」を俯瞰する（一）。野外で日没後のスケートは困難だが、室内スケート場は照明がリンクを煌々と照らし（十）、漆黒の「月食の夜」でも悠々と「氷上に遊ぶ」ことができる（十一）。

「アサヒ・スケート・リンク」の舞台は朝日ビルＡＢＣスケート場で（1節参照）、誓子は開場直後に赴いた節がある。リンク開場（昭和六年十一月）の半年後に早くも作品を発表（昭和七年五月）しているためだ。俳句上でも、現実世界でもスケートは野外が一般的な当時（図10）、「近代建築の一偉観を呈してゐた」（1節の『大大阪物語』）ビル屋上の人工リンクをいち早く詠んだ誓子の句群は、極めて「新しい『現実』」を活写した作品だったといえよう。（注3）

図10　『文芸春秋』カレンダー（昭和６年）

また、当時の読者は「新しい『現実』」の香りを次の句からも感じたに違いない。

　　スケートの紐むすぶ間も逸りつゝ　（二）

「紐むすぶ」とは、編上靴（1節の図1）の紐を結ぶ様子である。踝より高い編上靴の紐結びには時間を要するため、その間も惜しいほどスケートに心が逸っているのだ。ＡＢＣスケート場は開場当初、編上靴を百五十足しか用意できず、靴の借りる客が行列をなしたという（前掲『朝日新聞社史』）。昭和初期も編上靴は高価で、自前で用意できる人が稀だったことがうかがえる。その点、読者は「スケートの紐結ぶ」に憧れの舶来品を連想しつつ、雑誌のフィギュア選手（2節の図7、8）等の華麗な姿を想起したかもしれない。

また、「をとこ・をんな」（四、五句目）「君」（六、七句目）という人称も「新しい『現実』」を感じさせた可能性が高い。最新高層ビル屋上で「スケート」（漢語「氷滑」ではない）に興じる者は若年層を想像しやすく、それも若き男女の逢瀬に近い雰囲気が漂う。誓子自身は、「君」のモデルは安宅登美子（大阪商工会議所副会頭、安宅彌吉の令嬢。スポーツ万能で知られた。図11）だったと回想するが（『現代文学全集　山口誓子編』、注2参照）、いずれにせよ「アサヒ・スケート・リンク」で滑る「をとこ・をんな・君」は、都会で青春を謳歌する洗練された男女を連想させる呼称といえよう。無論、そのようなス

図11　安宅登美子

図12　絵葉書になった朝日ビル

ケート句群は前例が見当たらない。

このように誓子連作は手法や舞台、登場人物に至るまで従来のスケート句と異質で、「新しい『現実』」に彩られた句群であった。折しも冬季オリンピックが話題で、朝日ビルが最先端建築と仰がれた時期であり（図12）、それらのイメージも相まって誓子のスケート連作は斬新な印象を与えたのである。(注4)

6 「新しい『視角』」と映画理論

スケート連作の斬新さを『凍港』跋文に倣って「連作の形式・新しい『現実』」から考察したが、跋文には「新しい『視角』」が連作にある、ともあった。スケート連作の「新しい『視角』」とは、いかなるものだったのだろうか。

誓子が映画理論を俳論で駆使したことは多くの指摘があり、特にモンタージュ理論との関連は著名であろう。(注5)そもそも、『凍港』跋文の「新しい『視角』」や「構成」等も映画理論と深く関連しており、これらが同時代モダニズム思潮――文学や美術、演劇、音楽、建築、映画等を包括した最新芸術潮流

――の流行認識だったことはほぼ指摘されていない。例えば、次の誓子俳論を見てみよう。

映画に於ては「カメラの眼（①）」によって「現実」を見るやうに、俳句に於ては「十七字の眼」によって「現実」を見る。

×

「カメラの眼」は決して「現実」を「現実」として見ない。

その次元においても、その視野に於いても、その遠近法に於いても。

「カメラの眼」も「現実」を再生せずして、「現実」を構成（②）する。（略）

×

「写生構成（②）」とは私の造語である。

だがそれは一般に曲解さるゝが如く「糊と鋏（③）」を意味しない。

然らば何か。

「写生」とは「現実の尊重」

「構成（②）」とは「世界の創造」

そして「写生構成」とは「現実に近づき、然も現実を無視すること」（略）

×

「俳句の世界」はアベル・ガンスの「銅に映った火の影」「鏡に映った山」（④）である。

（「現実と芸術」、「欅」昭和七年八月号。傍線部・番号は引用者）

この論に、映画理論用語は四点（傍線部）存在する。順不同でいえば、④は映画監督アベル・ガンスの言葉、③はモンタージュ理論の語、[注6]また①「カメラの眼」は次の一節に由来すると推定される。

　カウフマンは流石に「カメラの眼」をもつて物を見ることを知つてゐる。それは終始、映画のみの持ちうる美しさに満ちてゐる。

（清水光「映画・モンタアジュ・理論の諸問題」、「思想」昭和七年二月号）

清水光は映画理論を紹介した評論家で、引用文はミハエル・カウフマン監督（ソ連）の映画『春』の評である。誓子はこの論を読んでおり、例えば清水らの映画論から「カメラの眼」の示唆を得た可能性が高い。[注7]清水論において、「カメラの眼」は「映画・眼」（ソ連の映画監督ジガ・ヴェルトフの言葉）とも別箇所で表現されており、次のように用いられている。

　「映画・眼」の主張する事実性は、主としてこのやうな個々のカットの事実性である。（略）「あたかも個々の文字が文章にまで構成されて始めて明確な意味を獲得するごとく、映画の個々のカツトはモンタアジュされて始めて明瞭な芸術的意義を得るのである。」

（前掲「映画・モンタアジュ・理論の諸問題」、傍線及び括弧は引用者）

「映画・眼」とともに「構成」（誓子俳論②）が使用されたくだりで、「カメラの眼」「映画・眼」同様、「構成」も映画理論に頻出する語だったのだ。引用の清水論における「　」内は、映画監督プドフキン（ソ連）の『映画監督と映画脚本術』（往来社、佐々木能理男訳、昭和五年）の一節とほぼ同じくだりで、清水は他評論でも多用している。山口誓子もプドフキンの映画論を読んでおり（誓子「俳句的散歩」、「俳句研究」昭和十四年十月号）、「カメラの眼」「構成」が映画理論等の頻出語彙だったのは承知していた。

その晢子が俳論に散りばめた①〜④は、映画論のみならずモダニズム思潮で流行した術語であり、特に「構成」は建築家ル・コルビュジエに端を発する人気用語である（和田博文『テクストの交通学』〈白地社、平成四年〉等に詳しい）。例えば、キュビズムなどの西欧絵画思潮を解説した『前田寛治画論』（金星堂、昭和五年）は画家フェルナン・レジェを「ロシアの構成主義に於ける機械の導入を取り入れることに躊躇しなかった。則ちかれは絵画の構成を…（略）」（「機械主義」）云々と評したり、また新興写真家の岸田日出刀は『現代の構成』（構成社書房、昭和五年）と「構成」を謳った書物も刊行している。西欧文化思潮を紹介した中井正一「機械美の構造」（「思想」昭和五年二月号）も「我々は構成の時代にゐる」と筆を起こすなど、「構成」はモダニズム論の象徴といえる語であった。

美学者にしてモダニズムの紹介者だった中井は、「構成の時代」たる現代文化を次のように概観する。十九世紀的な「ロマン派の陥りしものが放恣と個人性と唯美主義であつたに反して、（略）コルビュジエのめざすものは規律と関係と統一を根底とするところの、機械のパトス、機械のカラクテール、機械のプラクシス」（前掲「機械美の構造」）で、二十世紀モダニズムが見出したのは鉄道道路や船舶、プリズムの光といった「機械美」に他ならないという。その最たる「機械美」がカメラレンズであり、中井は次のように述べる。

レンズの見るもの、（略）その構成に於いて示す一様なる調子、明暗の鋭い切れ方、精密なるリアリズム、（略）激しき速力の把握力は云はずとするも、（略）ついにこれらの構成の結果、そこに常につきまとふところの一つの性格が出現する。すなわちそれは精緻、冷厳、鋭利、正確、一言にしていへば「胸のすくような切れた感じ」である。それはこれまでの天才の創造、個性における個別性などの上に見いだすといふのはあまりにも非人間的なファインである。（略）コルビュジエの「見ざる眼」、ボラージュの「見る人間」、ヴェルトフの「キノの眼」もまたその冷たい瞳について語れるにすぎない。（「機械美の構造」）

レンズという「非人間的なファイン」は人間以上に正確無比な「眼」を有し、「激しき速力の把握力」はもとより「精緻、冷厳、鋭利、正確」の美を見出す。その具体例がコルビュジエ、映画監督ベーラ・バラージュ（中井論では「ボラージュ」）であり、あるいは先述の清水光論で引用されたヴェルトフ等であった。

「非人間的なファイン」は、誓子の「カメラの眼」や「新しい『視角』」と同義といえないだろうか。誓子が『凍港』跋文で主張した「カメラの眼・新しい『視角』・構成」云々は、モダニズム思潮の流行思想にして映画理論で多用される標語だったのである。

重要なのは、誓子がこれらを正確に把握したか否かではなく、映画を主とするモダニズム文化を比喩に俳句を語ろうとした点であろう。では、なぜ彼はモダニズムを強く連想させる語彙を散りばめて俳句を語ろうとしたのか。それは誓子が絵画よりも映画を念頭に句作を捉え、また論で強調したかったためと想定される。

明治期に正岡子規が「写生」を提唱した際、絵画が参照されたのはよく知られていよう（I部一章8節等参照）。昭和初期の誓子が「写生構成」と表現し、俳論で映画理論を参照したのは、従来の「写生」的な世界観ではなく、映画を連想させる「新しい『視角』」と「構成」による句作を心がけたためだったのではないか。それは著名なモンタージュの映画論云々ではなく、絵画と決定的に異なる世界像を、つまり躍動感や動きそのものをいかに表現するかにあった可能性が高い。ここでスケート連作に戻り、作品に即して考えてみよう。

7 スケート連作と映画的な「カメラの眼」

スケート場四方に大阪市を望む　（一）
スケートの紐むすぶ間も逸りつゝ　（二）
スケートの真顔なしつゝたのしけれ　（三）
スケートのをとこのにほひ濃かりけり　（四）
スケートのをんな狐臭を発しけり　（五）
スケートの君横顔をして憩ふ　（六）
スケートの君は帽子のうちに眉　（七）
スケート場沃度丁幾の壜がある　（八）
汚れたるスケート場は黄となんぬ　（九）
四方の玻璃スケート場を映す夜ぞ　（十、傍線引用者）

傍線部は「望む・むすぶ・逸りつゝ・真顔なしつゝ・憩ふ・ある・映す」が動詞で、今まさにそのようにある現在を喚起させる活用や表現が多いことに気付く。「帽子のうちに眉」（七）を発見したのも現在で、「黄となんぬ」（九）も現在を感じさせる完了形といえよう。

四、五句目は「けり」があるため、明確な現在ではない。同時に、一〜三句の流れで読み進めた時、作中の主体が滑走中にリンクを滑る「をとこ」とすれ違いざまに体臭を嗅ぎ、またある時にすれ違う「をんな」の「狐臭（腋臭）」に気付いたとも解しうるだろう。滑走中の主体は、ある瞬間に嗅いだ「をとこ・をんな」の体臭を滑りつつ感じたのであり、現在が濃厚な時間感覚といえる（休憩中の可能性もあるが、同様の理由で現在を感じさせる）。この点、今まさに起こりつつある現在を連続させたスケート連作こそ、映画的な「カメラの眼」の実践だったのではないか。

従来の「写生」が絵画を念頭に置いたのに対し、誓子の「写生構成」は映画を意識した点が異なる。絵画や写真が静止画である一方、映画は今まさに動きつつある運動を再現するメディアであり、誓子が「カメラの眼」等を強調したのは映画のように連作を詠もうとしたために他なるまい。実際、句群は動詞を多用した現在を喚起する表現が連続しており、一幅の静止画の横並びよりも映画のカット群が連鎖するような印象が強いためだ。

スケートは人間が運動するスポーツで、歳時記等にも冬の「人事」（人間の諸活動を分類した項目）に分類されている。その点、滑走中の姿にスケートらしさを見出すのは自然だが、誓子以前にスケートの運動そのものを詠もうとした句は意外にも見当たらない。

音楽や氷滑りに人酔へる　　碧梧桐
襟巻を風になびかせスキーかな　　花　村　（ともに3節で引用した歳時記収録句）

昭和期以前の句も滑走中の姿を詠んでいるが、傍線部の切字が詠嘆を響かせており、誓子句のように眼前の運動そのものを示そうとはしていまい。滑走しつつある現在の姿に関心があるとしても、作品の表現そのものは現在を強調していないのだ。

誓子のスケート連作は十一句中三句に「けり」があるが、先述のように四、五句目は現在を感じさせるため、実質一句のみ（十一句目）であり、詠嘆を響かせる切字を明らかに回避している。(注8) この点、誓子句は今まさに動きつつある現象を現在として表現する傾向が強い。切字を回避し、動詞を多用する誓子連作——再三述べたように単独句より現在を感じさせる手法——は、「激しき速力の把握力」（6節の中井「機械美の構造」）を有する「カメラの眼」に近く、絵画以上に映画と踵を接する表現といえよう。スケート連作は表現そのものが「カメラの眼」の実践だったのである。

8 「沃度丁幾の壜」と「カメラの眼」

このように考察すると、スケート連作はモダニズム思潮の申し子たる作品にも感じられる。ただ、仔細に見ると「カメラの眼」に収まらない世界像も詠まれており、それは次の句群である。

スケートのをとこのにほひ濃かりけり　（四）
スケートのをんな狐臭を発しけり　（五）
汚れたるスケート場は黄となんぬ　（九）

「にほひ・狐臭・汚れたる」という把握は、例えば中井正一が述べた「カメラの眼」と相容れない感性ではないか。「非人間的なファイン」（前掲「機械美の構造」）の「カメラの眼」は、人間的とされる感傷や抒情をふるい落とした「機械のパトス、機械のカラクテール、機械のプラクシス」（「機械美の構造」）こそ美と見なす認識だった。しかし、誓子は人間の生理現象等を切り落とした機械美ゆえに斬新な「カメラの眼」を駆使しつつ、人間の体臭や彼らの汚したスケート場も詠んでいる。

これらの句群は、大都市の象徴と仰がれたビルのモダニズムのイメージと、実際のスケート場がいかに異なるかを図らずも暗示していよう。スケート連作の舞台であるＡＢＣスケート場の料金は、大人一時間八十銭（現代で千円前後）、学生は五十銭であり（前掲『スケート発達史』より）、一般市民も利用できる値段だった。ゆえに大勢の客が押しかけたが、スケートリンクが僅か百三十坪だったのは先述の通りだ（1節参照）。

ＡＢＣスケート場は当時の室内リンクとしては大規模だが、野外の湖と比較すると雲泥の差だった。諏訪湖が周囲二十キロ（坪数不明）、北海道中之島公園は二千坪、仙台五色沼は千五百坪で、日光の金谷ホテルのリンクは三百坪である（1節前掲の『スケート入門』所収「スケート場案内」に詳しい）。これらの野外リンクではスケーターの体臭など空気中に紛れ、また客同士は距離を取りあって滑走しうるはずで、他者の「にほひ・狐臭」を感じることは稀だったろう（1節の図5も参照）。

一方、僅か百三十坪のＡＢＣスケート場に人が押し寄せたとなれば、野外では考えられない混雑に陥ったはずだ。当時の写真からは天井が低かった様子も知られ（図13）、しかも低いテント張りだった。ビルの高さが建築基準法ぎりぎりのため屋上リンクの屋根が設置不可となったらしい（前掲『朝日新聞社史』より、図14）。

百三十坪の狭さ、しかも低い屋根の下で数多のスケーターが汗をにじませて触れあわんばかりに滑走すれば、すれ違いざま汗の臭いが鼻を掠め、リンク内に体臭の漂うこともあろう。これらの人間生

図13　ＡＢＣスケート場内

図14　スケート場（屋上左側）

理は、映画理論等のモダニズムでは強調されなかった感性で、俳句でも誓子以前にそのようなスケート句は見当たらず、同時代にも存在しない。

朝日ビル

スケートや屋上ジャズに暮れてゆく　焼山

女童も来てスケートを楽しめり　同

（「馬酔木」昭和七年三月号）

誓子句同様、朝日ビル屋上リンクが舞台の句群である。ジャズの軽快なリズムにあわせてスケートに興じるうち日は暮れゆき（一句目）、リンクには「女童」まで無邪気に楽しむ様子が詠まれていた（二句目）。

２節で触れたように、昭和初期のスケートのイメージは華やかな舶来のスポーツで、銀盤のワルツといった観があった。先の「馬酔木」掲載句はいかにも「スケート」らしく、都会の屋上スケート場での夕べはジャズが似つかわしい。そのスケート場を舞台に、誓子は人間の体臭や汚れたスケート場を堂々と詠んだのであり、およそ類例のない作品だったことがうかがえる。

誓子連作で極めつきは次の句であろう。彼以外に全く見られない把握で、もちろん前例の見当たらない奇妙な作品だった。

スケート場沃度丁幾の壜がある　（八）

スケート場に「沃度丁幾の壜がある」……散文の断片のような句で、下五の「〜がある」は心中の呟きに近い口語調であり、読んで字の通りの句意だ。「沃度丁幾（ヨードチンキ）」は裂傷等に用いる薬品で、当時の家庭常備薬であり、スケートでは創傷や凍傷、靴擦れ等の応急手当に使用されたという（当時のスケート用品目録「素人で簡単に出来る応急手当法」より、図15）。

スケート場に「沃度丁幾の壜がある」。転倒時や靴の刃等で怪我をした際の薬品であり、スケート場にあるのは不思議ではない。同時に、銀盤のワルツといったイメージにそぐわないモノともいえ

素人で簡單に出來る
應急手當法

創傷
創傷内に異物介在する時は化膿其他の恐あり　先づ異物を取り除き　オキシフルにて消毒の上　ヨードチンキを塗布　ガーゼを當てゝ繃帶する
化膿したる場合は　オキシフルにて拭ひ去る程度にて宜しい

挫傷
患部を冷却し　安靜にさす　患部を高揚せしめ　一両日後には温濕布をする

捻挫
冷濕布をして安靜を保ち　両三日後に至つては濕布を施す

脫臼
素人の手にて　復臼を試みては不可　冷濕布の上副木等をして速かに醫師の手當を受くべし

雪盲
色眼鏡を用ひ豫防す
手當は雪又は冷水にて両眼を冷し清淨する

凍傷
小さな靴　アイゼンの紐等にて長時間緊縛する時は　危險である　常に乾燥した靴下　下着を着けるやうにする
凍傷に浸された個所は　蒼白くなり　無感覺となり　疼痛を感ずる　凍傷を受けたと感じた時は　直ちに雪塊にて力強く何度も摩擦する　火等にて暖めては不可　ヨードチンキを塗りよく摩擦して醫師の手當を受ける

靴擦れ
靴擦れの怖ある場合には　其の局所にワセリンを塗り置く
小さな靴　靴下を幾枚もはきたる場合　足のぬれた場合等は　直ちに靴を脱ぎ　豫防をなし　乾きたるものを着すべし
寢る前に足を洗ひ　清潔にする事　水疱を生じた場合は　水を出しオキシフルにて消毒し　ヨードチンキを塗布するが良い

図15　スケート用品のパンフレット

よう。これまで紹介したスケート関連の詩や俳句、図7・8・11等の写真が醸すイメージからはスケーターが怪我を負う姿を想像するのは困難で、また片仮名「スケート」は華麗で美しい、舶来の高級スポーツに近いイメージをまとっている。その上、「アサヒ・スケート・リンク」のきらびやかな印象――先ほどの「馬酔木」引用句や図6など――も強いため、「沃度丁幾」は現実のスケート場にありえるとしても、作品上では場違いの事物であった。「沃度丁幾」という佶屈な漢字や語感も、「スケート」の流れるような語感と相容れないだろう。

しかし、誓子はそれゆえ「沃度丁幾」を詠んだのではないか。スケート場に存在しつつ、「スケート」のイメージとそぐわないため誰も詠もうとしなかった薬品の壜。衝突しあうイメージをまといつつ、ともに同じ外来語で、現実にありえる情景でもある。両者は齟齬を来たしつつもありえない取り合せではなく、むしろ納得しうる現実の姿で、その絶妙な違和感と斬新さを醸す取り合せに彼の手腕を見るべきであろう。

句の詠みぶりも、誓子らしさに満ちていた。並の俳人ならば、「沃度丁幾の壜がある」ではなく「沃度丁幾のありにけり」と切字等で下五をまとめたかもしれない。「沃度丁幾」は「壜」状が普通で、「壜がある」と詠まずとも伝わる情報であり、強調する必要がないためだ。それを誓子は形状をモノとして正確に表現しようと情熱を燃やすかのようで、「カメラの眼」としての迫力が感じられる。

「カメラの眼」とは「精緻、冷厳、鋭利、正確、一言にしていえば『胸のすくやうな切れた感じ』」（「機械美の構造」）で事物の形状を暴く「機械美」だった。誓子句も「精緻、冷厳、鋭利、正確」に「沃度丁幾の壜がある」と感慨や抒情を拒むように描写しており、それは片仮名「スケート」や化学薬品の「沃度丁幾」、無機質のガラスたる「壜」、また即物描写に徹した「〜がある」も相まって全体が「胸のすくやうな切れた感じ」（「機械美の構造」）の非情さを醸成している。発表時、西東三鬼が次のように述べたのも同様の印象を受けたために他なるまい。

新興俳句人の生活感情は散文精神であり、之に対蹠的に伝統俳句を弄ぶ人々の生活感情は韻文精神である。（略）「がある」といふ散文的な口語が、今の文芸即ち万葉時代の口語に比較して散文精神的な近代人の生活の真に迫つてゐるからであらう。

（「新興俳句と俳句性」、「京大俳句」昭和十年七月号）

「沃度丁幾」句の「散文精神」とは、表現面では文字通り散文の断片のような詠みぶりを、つまり切字等を用いず一気に読み下しうる速度感に加え、抒情や季感を考慮しない「〜壜がある」という即物的な口語調を指すと推定される。三鬼にとって、「沃度丁幾」句における「カメラの眼」は「韻文精神」（三鬼）を振り切ったドライな表現と内容を獲得したと見えたのではないか。

9 誓子流「カメラの眼」と「写生」

同時に、「沃度丁幾」句は中井正一が称賛した「カメラの眼」とややずれた世界も捉えている点が興味深い。「沃度丁幾」は人間の傷を手当する薬品で、蓋を開けた瞬間の薬品臭のみならず、肌が紫色に変じた打撲や傷口からあふれ出る血、また塗った際の沁みる痛みといった皮膚感覚を連想させよう。「非人間的なファイン」（中井「機械美の構造」）が捉えた「沃度丁幾の壜」は、人間の損傷をドライに示しつつ生々しい傷や痛みも喚起しており、微妙に屈折した「カメラの眼」といえる。

その点、「沃度丁幾」句を含む誓子連作は日本モダニズムの華やかさと滑稽さを漂わせた作品なのかもしれない。「アサヒ・スケート・リンク」で編上靴を履いて滑るスケートは、美しく端正なイメージを醸し出している。しかし、実際は天井の低いテント張りで僅か百三十坪、そこに人が押し寄せ、体臭すら感じるほどの混雑ぶりだった。スケート初心者も多々いたであろうし、彼らは慣れないスケート靴に足が擦れ、氷上で転倒することもあれば、ターンやステップに失敗して横転することもあった。即席スケーターらは顔を歪めながら「沃度丁幾の壜がある」場所に行き、鼻を衝く薬品臭や傷に沁みる痛みに辟易しつつ、応急手当てを終える。

「大大阪」のビル屋上リンクは、モダニズムの華やかな舶来のイメージに包まれつつ、狭く貧相なリンクに人々が群がり、手軽にスケートを愉しむキッチュで空疎な娯楽として盛り上がりを見せるとともに、傷や怪我を伴う場でもあった……スケート連作は、都会のビル屋上のスケートが斬新かつ最先端であることを詠みつつ、その狭いリンクに群がる人々の滑稽さを図らずも示すかのようだ。無論、こういった「スケート」像は俳句史上に見当たらず、誓子が先鞭を付けた世界観だった。

それにしても、誓子はなぜ前例のない「沃度丁幾」句等を詠みえたのか。それは彼の才能に加え、「ホトトギス」の「写生」観が決定的だったはずだ。正岡子規や高浜虚子、高野素十や阿波野青畝の章で述べたように、「写生」は頭中の先入観や安定した美意識に沿うのではなく、むしろそこからはみ出た奇妙な現実を、つまり不定型で説明のつかない、意想外で無意味とも取れる眼前の出来事に驚き、受け入れつつ興がる認識であった。

誓子の「沃度丁幾」句でいえば、連作の流れで上五「スケート場」を目にした際、読者は華やかで洗練された「スケート」のイメージを想起したはずである。それに沿った内容を予想しつつ読み下すと、「沃度丁幾の壜がある」。「スケート場」のイメージから予期せぬ展開、しかも身もフタもない現実の活写で、作者はその美しくもない物体を「〜壜がある」とまで詠みきった。「沃度丁幾の壜がある」事実をかくも力を入れて詠むべき理由が分からず、その力強い詠みぶりに圧倒されつつ、気付けば一句は終わっている。「スケート場」の洗練された印象とずれた現実が無意味なまでに露呈され、しかもその理由は述べられず、口語調であっけなく句は完結するのだ。「カメラの眼」の無慈悲なまでの鋭利な正確さが漲りつつ、しかも無内容に近い虚ろな確かさを言い留めた「沃度丁幾」句は、これまでの素十や青畝らと通じる「写生」句とはいえないだろうか。ゆえに虚子は「ホトトギス」雑詠欄に「沃度丁幾」句を入選させたかに感じられる。[注9]

「沃度丁幾」句等のスケート連作は映画のカットのように句を並べ、人間の体臭をも「構成」(誓子)し、モダン都市文化を謳いつつもそのイメージに反する実態を「構成」するとともに、「カメラの眼」(誓子)としての「散文精神」(西東三鬼)に満ちており、しかも「ホトトギス」の「写生」が息づく作品だったといえよう。

おわりに

ＡＢＣスケート場[注10]の利用客は本格的なフィギュア練習に励む選手より、趣味やデートコース、また休日の行楽に愉しむ人々が多かったようだ。次の句も、そのような人々の表情と推定される。

スケートの真顔なしつゝたのしけれ　(三)

「人々の顔は、おそろしく真面目な顔をしてゐる。(略) 笑つたら最後、身体の平衡を失つて、すつてんどうと転倒するとでも思つてゐる」(誓子『俳句鑑賞の為に』〔三省堂、昭和十三年〕) ため、「真顔」で滑りつつ、内心は氷上を駆ける「飛天のたのしさ」(『俳句鑑賞の為に』) を感じる様子を詠んだという。

昭和初期、日本のスケートは冬季オリンピックに選手が出場するまでに発展し、都心部の人工リンクに人々が押し寄せるほど流行したスポーツだった。ガラス越しに大阪市を見下ろす屋上リンクで、うら若き「君」が編上靴を履く姿が似つかわしい風景の中、スケーターの多くは「真顔なしつゝ」滑走を楽しむ市井の人々で、彼らは汗をかき、腋臭や体臭を放ちながら狭いリンクにひしめきあい、時に転び、怪我をし、「沃度丁幾の壜」の蓋を取り、傷口に塗る。狭いリンクで銀盤のイメージに酔いしれつつ、洋風モダン都市の娯楽に日本人が興じる姿はどこか虚ろで、あてどない高揚感に煽られつつビル屋上のリンクを彷徨うかのようだ。「スケート場沃度丁幾の壜がある」を「散文精神」と礼讃した西東三鬼 (前節参照) は、誓子句の無内容じみた「沃度丁幾の壜」と磨き抜かれた表現の完成度に、刹那の享楽に身を埋めるうつろな快感に酔いしれたモダン都市の空気感を感じたのかもしれない。ともあれ、映画を念頭に置いた「写生構成」で詠んだ山口誓子のスケート連作は、俳句史上で前例のない斬新な句群であるとともに、図らずも日本モダニズムの空虚で熱気に満ちた高揚感を、そして昭和初期の人々の都会の愉しみやスポーツの喜びを活写した「写生」句群といえよう。

（注）

注1　スケートの写真で華やかなのは演技中のフィギュア選手で、スピードは選手の立ち姿の写真が多い。当時、目を惹いたのはフィギュアだったと推定される。

注2　『現代文学全集　山口誓子編』（第一書房、昭和十二年）所収の誓子自身の言によると、昭和六年冬に一〜三、十〜十一句目を詠み、「アサヒ・スケート・リンクⅠ」として「ホトトギス」昭和七年五月号に投句した。その後、昭和七年初頭に四〜九句目を詠んで「ホトトギス」同年六月号に「アサヒ・スケート・リンクⅡ」として投句した。『自句自解山口誓子句集』（白鳳社、昭和四十四年）所収「俳句・その作り方」によると、誓子は大阪中之島の住友ビルに勤務中だったため朝日ビルが隣で、仕事を終えた足でスケート場に頻繁に立ち寄ったと回想している。

注3　宮田戌子編『新興俳句の展望』（東洋閣、昭和十一年）所収の三谷昭「新興俳句と連作」に、誓子の「連作の題材として取上げたものを一瞥するに、キャンプ、ダンスホール、スケート等、総じて近代的な生活様相のもたらすところの感情に基づき、或は感覚の所産であった。（略）かくて此処には多くの追随者が現はれた」とあり、俳壇では室内リンク等の「近代的な生活様相」が新鮮であった様子がうかがえる。

注4　誓子句以降、大阪の歌舞伎座リンク、京都の新京極リンク、東京芝浦のリンク等を題材とした連作俳句が「馬酔木」「京大俳句」等に見られ、「スケート」連作が若手俳人に強い影響を与えたことが知られる。

注5　今泉康弘「隠喩としての映画―山口誓子と『モンタージュ構成』」（「日本文学誌要」平成十五年七月号）が誓子と映画理論の関連を詳細に調査している。

注6　飯島正『シネマのＡＢＣ』（厚生閣書店、昭和四年）所収「影像の時代は来た――アベル・ガンス――」

には「銅の器具に映る火の反射が、火よりも美しいと同じやうに、山の影像は鏡の中では更に美しく、人生の影像は、エクランの上では人生それ自身よりも美しい」とある。また「鋏と糊」は、たとえば徳永郁介「モンタァジュの美学的意味」(「思想」昭和六年七月号)に「モンタァジュは鋏と糊の問題である」とある。

注7　前掲今泉論文の指摘より。なお、清水は「思想」「新芸術研究」等の映画評論でも同様の説明を使用している。

注8　「スケート」連作以降、誓子は連作で切字を稀にしか使用しないため、意識的に切字を忌避した形跡がある。なお、「ホトトギス」昭和七年三月号の雑詠欄では八百八十四句中、四百三十七句が切字を使用(約五十パーセント、最も多いのは「かな」)していた。連作と一句仕立ての句の単純比較はできないが、当時において誓子の切字使用率は極端に低かったと推定される。

注9　岩田潔『現代の俳句』(ぐろりあ・そさえて、昭和十四年)は「口語俳句として相当問題になつた」と評するように、当時は口語俳句と見なされ、新興俳句との関連が意識された句であった。

注10　『朝日新聞社史』によると、ABCスケート場は昭和八年以降、七〜八月はプール、九〜四月はスケートリンクとして営業したが、同十八年年に戦時下の電力不足等のため閉鎖した。

(図版出典)

図1　日本スポーツ協会編『最新スポーツ全書』(文化研究会出版部、大正十四年)「第五章　スケート」より。

図2　『風俗画報』三七九号(明治四十一年二月号)より。

図3　前掲『スケート発達史』「各地の発達状況」より。

図4、5　『冬の汽車賃割引』(名古屋鉄道局、昭和七年)より。

図6　『大大阪物語』（本文掲出）「北区」より。
図7　「アサヒ・スポーツ」昭和七年二月一日号。昭和三年冬季オリンピック（サン・モリッツ）、フィギュア・スケートのペアー部門優勝者。
図8　「アサヒ・スポーツ」昭和七年二月十五日号。「全日本フイギユア・スケート選手権大会ジユニアー」の写真。
図9　安藤広重『名所江戸百景』（岩波書店、平成四年）より。
図10　「文芸春秋」昭和六年一月号附録より。
図11　「大阪毎日新聞」昭和八年一月一日朝刊より。
図12　昭和十四年八月十七日付、大阪府住所宛より。
図13　「アサヒスポーツ」昭和七年三月一日号、「全関西フイギユア氷滑大会」時の写真。
図14　『1920年代・日本展』（朝日新聞社、昭和六十三年）「機械・ダイナミズム・構成」節より。
図15　『トミタのスキー用品』（トミタ運動具店〔名古屋上前津〕発行、昭和八年）より。

二　廃墟と、生きること　―昭和十年以降の誓子について―

❶ 廃墟を見つめるまなざし

廃墟、または荒廃に惹かれる人々がいる。廃業したテーマパークや閉山した炭鉱、昔の軍事施設やアパートに立ち入り、人気のない、朽ちた、滅びゆく残骸を味わう。近年は廃墟ブームと呼ばれ、ファンはカメラ片手に訪れるらしい。

無論、廃墟は遠い昔からあった。古代には内乱のたびに遷都が行われ、旧都は荒廃のなすままとなる。例えば、柿本人麻呂の眼前に広がったのは近江大津宮の荒れはてた姿だった。「大殿は　ここといへども　春草の　茂く生ひたる　霞立つ　春日の霧れる　ももしきの　大宮所　見れば悲しも」。中大兄皇子が築いた大津宮は数年で遷都となり、今や顧みる者もない……人麻呂は春草が生い茂る「大殿」跡に慟哭し、かつての殷賑に想いを馳せつつ「近江の海夕波千鳥汝が鳴けば心もしのにいにしへ思ほゆ」と反歌を添え、鎮魂歌を締めくくった。

室町から戦国に至る内乱期には戦争で城や町が荒廃し、無人と化すこともあった。その日本が江戸期を経て近代に入り、大陸へ足を踏み入れた昭和期に人々が驚嘆したのは、あまりに壮大な廃墟である。批評家の保田與重郎は中国を訪れた際、清朝の熱河離宮が瓦解に身を任せる姿に驚いた。

美麗の殿閣は朽頽し、荘厳の寺院も荒廃して、あるものはいたましい廃墟となつた。貯存の宝物も総て逸散して残らない。（中略）熱河のあの明快な色彩鮮明のままの廃墟化は、その晴れた空の下で私を怖れさせた。（保田『蒙疆』〔生活社、昭和十三（一九三八）年〕所収「熱河」）

清朝最盛期の離宮が今や略奪と風化にさらされ、「明快な色彩鮮明のまま」廃墟と化している。日本では考えられない規模の荒廃を目撃し、保田は畏怖を感じたという。

過去と死の匂いの満ちる静寂の中、明るい日の下に朽ちゆく遺構を見つめる営為は、かえって自身が生者の側にいることを甘やかに認識させてくれる。孤独が慰安となるひととき、その殺伐とした風景の不穏さと手を携えた安らぎを味わうには、観る者に畏怖を抱かせる巨大な廃都よりも日常のささやかな廃墟が似つかわしい。

日々のふとした荒廃に惹かれ、鋭く眺めつつ死と生の充溢に浸る俳人といえば、山口誓子であろう。そのまなざしは寒々しく、人気のない、時が止まった風景を見つめることが少なくない。

日に炎《も》えて墓原白く遠くなりぬ　（『炎昼』〔三省堂、昭和十三年〕、昭和十二年作）

夏草に競馬場あり青く廃れ　（同）

汽車の車窓から眺めた風景である。夏の窓から見える景色はいくらもあろうに、目線の先には炎天下に白く映える「墓原」があり、真夏に放置された「競馬場」がたたずむ。誓子のまなざしは「墓原」「競馬場」の空虚さにむしろ充実感を味わうかのようで、彼の句には生や活動を終えた存在の残骸がうつろな時間とともに現れることが多い。

屋上の噴泉は凍《いて》のもどらずに　（『黄旗』〈龍星閣、昭和十年〉、昭和七年作）

貨車ゆきぬ地上寒燈青きゆゑ　（同、昭和八年作）

鵜死して翅拡ぐるに任せたり　（『晩刻』〈創元社、昭和二十二年〉、昭和二十年作）

元に戻らぬ凍えた「噴泉」を見つめ、「貨車」が去った後に「地上寒燈」のたたずむ夜闇を熟視し、「翅」が力なく垂れ広がる「鵜」を眺める……本来のあるべき姿を終えた事物や風景、生を閉じた生物の寒々しい様相を異様な緊張とともに捉える誓子のまなざしは、死を身近に感じた上で生者の側に在ることを執拗に味わい続ける欲動の現れともいえよう。

❷ 陰翳のまなざし

死や廃墟を慈しむ誓子のまなざしは、昭和十五年前後から深い陰翳を湛えるようになる。それは次の事情があったためだ。

一章のスケート連作で見たように、昭和初期の彼は都会の人造物を力強く詠み続け、当時勃興しつつあった新興俳句の英雄と称えられた俳人だった。

今の俳壇で誓子氏ぐらゐ新旧両陣営からの支持者を持つてゐられる人は少なかろうと思ふ。

（松澤椿山「句集『黄旗』のこと」、「土上」昭和十年五月号）

「ホトトギス」の四Sと称えられた最強の俳人にして、その「ホトトギス」に反旗を翻した新興俳句陣営からも熱烈な支持を得た誓子は、「新旧両陣営」から認められた稀有な俳人だったのだ。「夏草に汽罐車の車輪来て止る」（『黄旗』所収、昭和八年作）、「ピストルがプールの硬き面にひゞき」（『炎昼』所収、昭和十三年作）等、およそ前例のない大胆かつ鋭い詠みぶりに多くの俳人が熱中したのも無理はない。

試みに誓子氏のどの句かを誦して見給へ。その取材の如何に大胆であるか。その視点が如何に流俗を超越してゐるか。またその表現が、如何に率直にして人の肺腑を衝くか。就中その「調べ」に至つては脈々として生動する心臓の鼓動を聴くの感がある。まことに氏は稀に見る激情の詩人である。（略）誓子氏が開拓しつゝある径は、俳句の進むべき道に大いなる炬火をかゝげてゐるものである。（加藤楸邨「山口誓子氏の道を辿る」、「馬酔木」昭和七年二月号）

若き加藤楸邨が誓子句の激しさに脱帽した一文だが、誓子自身はまだ三十代前半の若さであった。その誓子は、昭和十五年前後には華やかなモダニズム風の作品を詠まなくなり、沈鬱した小世界に陰翳がたなびく句を詠むようになる。次の句を見てみよう。

木蔭より総身赤き蟻出づる　（『七曜』〈三省堂、昭和十七年〉、昭和十五年作）

人間界と異なる自然界の「木蔭」の暗がりから突如現れた赤蟻、それも「総身赤き蟻」が眼に飛び込んできたのだ。吹けば飛ぶ小さな赤蟻に人間を脅かす禍々しさを感じるかのようで、極小の赤蟻が巨大な災厄として迫り来る薄気味悪さに満ちている。鋭敏というより異様な神経質さで、張りつめた緊張感がほんの一突きで奈落の底に崩れるような精神状態を感じさせる。

かつて、「スケートの靴結ぶ間も逸りつゝ」（一章）等を詠んだ俳人誓子は、なぜこのような作風に変貌したのだろう。無論、彼の置かれた俳句状況の変化は大きかった。スケート連作の頃は「ホトトギス」に投句し続け、高浜虚子の下で句作に励んだのに対し、「木蔭より」句の頃は「ホトトギス」を離脱し、反「ホトトギス」を標榜する新興俳句に身を投じた時期である。ただ、それ以上に彼を取り巻く絡みあった事情が作風に影を落としていた。

当時、誓子は暗澹たる心境にあった。若くして天才俳人と仰がれ、本業でも大阪住友本社人事課に勤めるエリートだったが、昭和十年に肺を病んで休職し、箱根や伊豆での療養を余儀なくされる。一時は健康を回復し、職場にも復帰したが、昭和十五年に肋膜炎で再び病臥の身となり、しかも新興俳句が国家権力で壊滅させられ——戦時体制強化とともに特高警察に睨まれ、昭和十五年に「京大俳句」関係者等が逮捕された——、誓子は同志に降りかかった凶報を療養生活で聞くのみだった。

会社を長期欠勤し、健康を深刻に損ない、俳句仲間が逮捕され、戦時生活に暗雲が立ちこめる……誓子作品は深い孤独を身にまとい始めたのである。

われ生きて小鳥の骸《から》をうち見守る　（『七曜』所収、昭和十五年作）

小鳥の亡骸を見守りつつ、「われ」が生の側にあることをしみじみと感じる作者。それは自身も小鳥のように「骸」となるかもしれない不安の裏返しであり、死を眼前に見据えることで生きている余韻を味わうひとときでもあろう。昭和十五年前後の誓子には多くの死や終焉の影が絡みつくようになり、この時期の句群を収めた『七曜』は深い憂愁を漂わせる句集となった。

十月の蛾と憐れみて生《しやう》を絶つ　（昭和十五年作、以下同）
蝉の屍《しと》燦たりけふの日を飾る

蠅は地を愛せり露に唇をあて
きりぎりすながき白昼啼き翳る
ひとり膝を抱けば秋風また秋風
蟋蟀が深き地中を覗きこむ
麗しき春の七曜またはじまる
羽蟻あまた水辺に死す此の一事
しづけさと蜥蜴が崖の土こぼす
（昭和十六年作、以下同）

都会の新奇な人工物は影を潜め、従来の俳句界と変わらない昆虫等が詠まれるが、誓子のまなざしは物憂く、孤独で虚ろである。かけがえのない「けふ」を飾るのは陽光にきらめく「蝉の尿」で、「ながき白昼」を彩るのは人間界と関わりなく「啼き翳る」蟋蟀の鳴き声……地面を愛するゆえに「露に唇をあて」る、そのように「蠅」の姿態を慈しむまなざしは沈鬱した暗さを帯びてはいないか。

死ねずに弱りきった「十月の蛾」の生を絶ち、漆黒の「蟋蟀」を見やれば「深き地中を覗きこむ」孤独なさまが目に焼きつき、水辺では数多の「羽蟻」が死に絶え、「蜥蜴」がこぼす「崖の土」は寂寥とした「しづけさ」を響かせる。「ひとり膝を抱けば」非情の「秋風」が訪れるのみであり、しかもそれらと無関係に季節は巡り、「麗しき春」は再び訪れ、憂鬱になるほど眩しい「七曜」が「またはじまる」……虚無や倦怠感が色濃くたなびき、黒々とした奇態の昆虫が蠢く世界。人間が絶滅でもしたように姿を現さない小天地の中、病身の誓子は熱心に昆虫を見つめるのだった。

実社会から離れ、健康を損ない、新興俳句運動が潰えつつある時期、戦時体制はいよいよ強く、尽忠報国云々といったスローガンが叫ばれ始めた頃の作句である。並の俳人ならば句作を自粛したり、日本文化や四季の風物を美しく詠むことで時局に即したかもしれないが、誓子は沈黙せず、迎合もせずに蟋蟀や蜥蜴等の奇怪な生態を詠み続けた。沈鬱な、暗い神経質さで昆虫界を愛でる作風は、良識ある俳人が見れば不謹慎に映りかねず、居心地の悪い句に眉をひそめる俳人も少なくなかったろう。

しかし、誓子は自身のためだけに『七曜』収録句を詠んだ。かつて四Sと仰がれた時期のように目を惹く斬新な取り合わせを図ったり、雑詠欄巻頭を狙わずともよく、俳壇の風潮に寄り添う必要もない。詠みたいものを詠むという欲求のままに句作に没頭し、蠅や蛾を熱心に詠むことが自身の宿命との対峙となり、現実社会からの逃避ともなる。昆虫に不安や孤独を託すことで解決しようのないあてどなさやよるべなさは作品に昇華されつつ、しかも作者に跳ね返り、寂寥感に満ちた沈鬱な暗さが胸に沁み渡り、孤独は深まり、死の気配が濃く漂い始める。

次の『七曜』所収句も暗く、翳りを帯びた世界を想わせる句だ。病的な神経質さや張りつめた緊張感が、喧しい金属音の響きとともに誓子の脳裏に刻まれる。その執拗な、不穏な音の残響。

夏氷挽きぎりし音地にのこる　（『七曜』所収、昭和十五年作）

3 太平洋戦争末期の誓子

戦争が激化しつつあった昭和十九年、誓子は芭蕉書簡のある一節に心を揺さぶられる。「風雅間断なし」、つまり俳人たるもの俳諧を一時も忘れてはいけない……この一言に感動したのだ。当時は町内の人々が防空訓練など銃後の暮らしを護ろうと懸命だったのに対し、誓子は妻とともに静養に努め、近所付合いもほぼなく、夕方に散歩などしては句帖に何か書き留める生活をしていた。近隣の人々は眉をひそめ、ある時は誓子をスパイ扱いしたこともあったほどだ。

誓子は孤独だった。肺の病気で仕事を辞めざるをえず――前述のように長期欠勤が続き、結局退職することになった――、俳句仲間が特高警察に逮捕され、町の人々には白い眼で見られる。展望を抱けず、理解者もなく、死の影と孤独に打ちのめされそうな時、芭蕉の「風雅間断なし」に出会ったのである。誓子は胸を震わせ、毎日句作に励むことにした。誰に見せるのでもない、毎日句作を怠らず、句を書きつけることが生の実感をもたらし、生きていた証ともなる。仮に何かあった時には妻や親しい人々への遺言となるものだった。

海に出て木枯帰るところなし　(昭和十九年十一月十九日)

炎天の遠き帆やわがこころの帆　(昭和二十年八月二十二日)

蟷螂の緑眼にいまわれ映る　(同年十月一日)

寒々しい冬に吹きつのる木枯の果てに広がる海を見つめ、また夏の炎天下に海の彼方に浮かぶ小さな帆船を眩しそうに眺め、感慨に耽る誓子。句は何も語らないが、そのまなざしには彼なりに生きようと努める信念が見え隠れしている。「蟷螂の緑眼」に映る「われ」すら愛おしいのは、この世に生あるからこそ「蟷螂」の眼に映ることもできるからだ。死と孤独を身近に感じる彼は、眼前の一つ一つの些事を「風雅」として句に刻もうとしたのであり、それは昭和二十年八月十五日の玉音放送後も変わることはなかった。

人は誰しもささやかな思い出がある。毎日見る風景やふとした出来事、忘れられない一言や今一度会いたい人。他人には取るにたらないとしても、自分だけの喜怒哀楽があり、出会いがあり、居場所があろう。年を重ね、その思い出が堆積するにつれ、そうでしかありえなかった自分というもの、そのように生きる他ない自身に否応なく気付く。それでも生きねばならぬと感じた時、日々眺める平凡な風景や何気ないやりとりは一度きりのかけがえのない出来事に感じるはずだ。昭和二十年前後の山口誓子はそのように句作を続け、死の孤影と寂寥漂う小天地を愛し、虫や蟹といった生物が不格好な姿で生き、死に絶えつつ四季がめぐり、再び生まれ、滅びゆく姿を心ゆくまで慈むのだった。

爪がかりなく崖の蟹落ちゆけり　（昭和十九年六月二十四日）

甲虫の死して木の実のごときあはれ　（昭和二十年八月五日）

蛾の翅の震へる音すゆめうつゝ　（同年九月一日）

六月の崖を蟹が静かに落ちゆき、八月には息絶えた甲虫が木の実のように転がっている。九月のまどろみに聞こえるのは蛾の翅の震えであり、太平洋戦争末期の昭和十九、二十年と最も多難な時期に、誓子はこれらを黙々と詠んだのである。

喜びがあり、哀しみがあった。出会いと別れがあり、多くの死と喪失を味わい、生を祈った。死の境をくぐり抜け、孤独の中で、自身の信念と句作を頼りに生き延びようとした誓子。ある秋の日、澄んだ空を鵙が何度も高音を響かせて飛びかっている。その鋭い声が誓子の耳朶を打つたびに心中にせり上がるのは、今日も生きているという哀しみに似た緊張であり、万感の想いであった。

われありと思ふ鵙啼き過ぐるたび　（昭和二十一年十月十一日）

三　誓子句の雄姿と影響について ―満州詠、スケート句など―

❶『黄旗』の満州詠と桂樟蹊子

昭和初期の誓子にいかに多くの俳人が注目したかを物語るものとして、次の回想を見てみよう。

楠本　「凍港」が出たとき、どうでしたか。あれを受けとられた反響というものは。
平畑　いまの時代と違いますね。誓子の当時の俳句は全部、頭に入っているわけですよ当時の連中には。だから句集が出てもピンとこないんですよ。誓子の俳句というものは全部「ホトトギス」へ出たもので、頭の中に入っているんですよ。（略）むしろ別の問題になりますが、「黄旗」ですよ。あれは書下しで、ほんとうのセンセーションでしょう。
楠本　あれは出る前から初版が売切れたんですね。

（平畑静塔・楠本健吉『平畑静塔対談俳句史』〔永田書房、平成二（一九九一）年〕）

後に「京大俳句」（昭和八〔一九三三〕年創刊）を立ち上げた静塔らにとって、誓子の第一句集『凍港』（素人社書屋、昭和七年）は驚くものでなかったという。彼らは「ホトトギス」雑詠欄の誓子句を暗誦しており、それらを収録した句集に新鮮味を感じなかったのだ。静塔たちは「ホトトギス」への様々な批判を抱きつつも毎号の雑詠欄を読み耽り、特に誓子句に注意を払っていたのである。

静塔の回想が興味深いのは、新興俳句の青年たちが誓子句を強く意識したこともさることながら、第二句集『黄旗』（龍星閣、昭和十年）に衝撃を受けた点であろう。『凍港』以後の発表句に加え、住友関連の業務で満州国に視察した際の――上司の川田順（歌人）が誓子に句作旅行をさせる目的で送り出したともいう――旅吟も併せて一書としたのが『黄旗（満州国国旗）』で、特に満州関連句は二百句強もの書き下ろし大作だった。静塔が「センセーション」と述べたのは、句集で初登場した大量の満州詠を目の当たりにした驚きが強かったためである。

ただ、現在の私たちは『黄旗』の満州句に対し、静塔らのように感動するのは困難かもしれない。

纏足のゆら〳〵と来つゝある枯野
炕に寝て真黒き服の娼婦とあり
碧き眼の露西亜乗務員の眼に
掌に枯野の低き日を愛づる
映画見て毛皮脱ぐことなき人等
（『黄旗』所収の満州詠）

中国東北地方にあたる満州は、清朝を建国した満州族の故郷にしてロシア人やモンゴル人、朝鮮人等も入り乱れるように居住しており、彼方の地平線を見渡せる荒野が果てしなく続き、大陸特有の身を切る風が吹きつける厳寒の地でもあった。「纏足」（女性の足を極端に小さくした風習）や「炕《カン》」（東北地方に多い床下暖房）、「真黒き服」（北部に多い「旗袍」という服装）、「露西亜乗務員」等の風俗や茫漠と広がる「枯野」、そして映画館内でも毛皮のコートを着たままの極寒都市……日本とあまりに異なる満州の風俗や情景を力づくで詠んだ句群だが、史上の傑作というわけでもあるまい。『黄旗』収録句でいえば、「夏草に汽罐車の車輪来て止る」等の方が今なお魅力を湛えていよう。

しかし、昭和十年に平畑静塔らが『黄旗』に受けた驚きと、現代の感覚で佳句か否かを判断するのは別問題であり、当時の青年俳人たちが満州詠にかくも感銘を受けた理由を考えるべきだろう。

例えば、桂樟蹊子（一九〇九〜一九九三）は誓子の満州詠に多大な影響を受けた俳人である。京都帝国大学生にして京大俳句会会員、「馬酔木」で句修業を経た樟蹊子は、大学卒業後の昭和十二年に満州国国務院赴任のため首都新京（現長春市）に旅立った。日本と異なる気候の満州では農作物の安定した収穫が国家政策の急務で、農学部で植物病理学を修めた樟蹊子は産業実務に就くため新京へ赴いたのである。

桂樟蹊子が俳句に関心を抱いたのは水原秋桜子の『葛飾』（馬酔木発行所、昭和五年）がきっかけで、句作に励みだしたのは母の逝去後だったという。秋桜子に惹かれたこともあり「馬酔木」に入会、数年後には馬酔木賞を受賞（昭和十一年）するなど若手有望株とされ、満州へ向かう昭和十二年には同人に推された。馬酔木賞受賞時の作品を見てみよう。

ダイナモを駆りつゝ若し卒業期　　樟蹊子
時計塔青嵐湧きつ吹きわかる
りんどうに旅をはるけき山河見ゆ
りんどうにしろき星湧く野にねむる　　（「馬酔木」昭和十一年十二月号）

切字を用いず、動詞を多用して一気に詠みきる句調は山口誓子を彷彿とさせる一方、穏当な内容でさほど破綻なく整っており、秋桜子の膝下で句作に励む俳人らしい作風といえる。

これらの句群は、後に樟蹊子の第一句集『放射路』（霜林発行所）に収録された。太平洋戦争敗戦後の昭和二十三年に刊行され、序文は秋桜子、句順は作者の経歴に沿っており、「群落（日本作品）―地平線（満州作品）―黄塵（北支作品）」の三部構成である。その三部作の内、先の引用句のような日本詠の「群落」から満州詠の「地平線」に移ると、句調が急激に荒々しくなり、奇妙な高揚感が横溢した句が見られるようになる。

水売車《しゆうまいちよう》氷柱を露路に折り捨つる
犇めける土屋《どおく》の天に塔の雪
喪のひとら雪の薄暮を纏ひ去る
銭を乞ふボルガ舟唄雪ふかし

（『放射路』所収「地平線」）

詳細は略するが、佶屈な調子に荒々しさを伴った濁音が随所にあしらわれ、耳慣れない単語や謎めいた風俗、気象等が詠まれるなど、日本時代に見られない特徴に満ちていた。師の秋桜子も、満州時代の樟蹊子作品は「表現力の強さが、作を荒削りにしてゐるものもあるが、（略）手一杯の表現が景を躍如たらしめてゐる」（『放射路』序文）と称えている。

その桂樟蹊子が満州に赴く際、強く意識したのは山口誓子だったという。

山口誓子さんの満州吟旅の句集「黄旗」に負けてはならないと思ったことも事実である。旅行者の俳句と違った、満州生活者の俳句を作ろうという覚悟である。玄界灘へ出てゆく興安丸の船室で、私は二つの気概に燃えていた。一つは満州国政府に勤務するという大陸雄飛の気概であり、一つは満州生活者らしい俳句を作ろうという気概である。

（樟蹊子『夕陽の放射路』〈毎日新聞社、昭和五十六年〉所収「玄界灘をこえて」）

新国家満州をいち早く大胆に詠んだ新興俳句の英雄の句業を、「馬酔木」の樟蹊子が意識しないはずもない。先の『放射路』引用句を振り返ると、例えば下五に動詞を押し込むように畳みかける詠みぶりは誓子得意の表現であり（「夏草に汽罐車の車輪来て止る」等）、他にも樟蹊子の満州詠には『黄旗』の影響がうかがえる。

枯野来て帝王の階をわが登る　　誓　子
　※虫鳴かぬ曠野の闇にわがしづむ　　樟蹊子
碧き眼の露西亜乗務員の眼に枯野　　誓　子
　※包にして喇嘛仏据えし地も枯野　　樟蹊子
陵さむく日月空に照らしあふ　　誓　子
　※蒼穹さむし堂塔松に立ちまじる　　樟蹊子

詳細は省くが、これらは樟蹊子が誓子句をなぞったというより、日本人の樟蹊子が接した大陸満州の風物を有季定型で詠みこむ際、先人にして仰ぐべき誓子の句業を杖にしつつ、何とか有季定型に押し込めようとした苦闘の現れと見るべきだろう。

地平線まで続く曠野の荒涼とした景色、満州族や漢民族、ロシア人等の混沌とした習俗を十七音詩に昇華するという無謀な格闘に挑戦し、破綻や軋みを厭わず二百句余りを吐いた『黄旗』は、若き静塔や樟蹊子らには巨大なフロンティアを切り開く「大陸雄飛の気概」（樟蹊子）に満ちた句集であり、俳句の可能性や限界を押し広げる野望の一書だった。従来の俳句像に甘んじることなく、より斬新な、近代詩や小説のような俳句を夢見た新興俳句の青年たちにとって、安定した完成度よりも客気に満ちた蛮勇を優先させ、破綻寸前の有季定型にまとめた誓子の満州詠は目指すべき目標となったに違いない。そこに新興俳句の人々が仰ぎ見た『黄旗』の魅力があったのだろう。

❷ 多大な影響を及ぼしたスケート連作

昭和十三年、竹下しづの女は誓子について次のように述べたことがあった。

嘗て――ホトトギスに於て誓子素十両氏が互に光芒を競うて居た頃――私はこんなことを虚子先生に書送つたことを記憶してゐる。「…誓子氏の作品の持つ感性は、私にもまかり違へば持てるかも知れぬと私に考へて見る事が出来るが、素十氏の真似は逆立ちしても到底不可能です…」と。アルマイトの如き高度の硬度を持つ誓子氏の作品感覚は才能の威力か暴力かで圧服出来さうな感じがさせられるけれど、素焼の磁器の様な素十氏の素朴な感覚に向つては、手も足も封ぜらるゝやうであつた。

（「立子句集寸観」、「俳句研究」昭和十三年五月号）

引用文の後、しづの女は星野立子も真似が出来ないと称賛している。「短夜や乳ぜり泣く児を須可捨焉乎《すてつちまをか》」（「ホトトギス」大正九〔一九二〇〕年八月号巻頭）と自意識を織りこんで詠むことを是としたしづの女からすると、素十や立子のように――「翅わつててんたう虫の飛び出る　素十」「梅白しまことに白く新しく　立子」等――自意識を潔く放棄したような作品を示すのは困難に感じたのだろう。むしろ、「枯園に向かひて硬きカラア嵌む」（前掲『炎昼』所収）のように自意識と技量を前面に押し出す誓子句の方が、しづの女には近しかったのかもしれない。

ただ、しづの女は「作品の持つ感性」「作品感覚」と評したように、その自意識のありようが素十ら写生句よりは共感しうると述べたのであり、誓子句の表現の「真似」（しづの女）をしたいと述べたわけではない。しづの女が誓子的「感性」を抱きえても、一句となるには彼女自身の表現や認識を経た独自の作品となるはずで、誓子句とは異なる仕上がりになったはずだ。

ところが、昭和十年前後の新興俳句には誓子句の表現そのものを「真似」した作品が多々見られる。例えば、「旗艦」二号（昭和十年二月）掲載句を見てみよう（※は誓子句）。

ラガー等に群衆の顔疾り過ぐ　　畔　秋

※ラグビーのみな口あけて駆け り来る

凍鶴の餌壺に雀来つゝ慣れ　　山藪子

※ラグビーの饐ゑしジヤケツを着つゝ馴れ

駆けり来しラガーのはずむ呼吸聞ゆ　　柊次郎

※ラグビーの巨軀いまもなお息はずむ

誓子が昭和八年に発表した「ラグビー」連作（前掲『黄旗』所収）をなぞった句群で、切字等を用いず、上から下まで一気に読ませつつ動詞を多用した――特に下五に動詞を押しこめるように畳みかける――表現法や内容等、誓子句の影響が顕著である。当時、このような例は枚挙に暇がなく、「スケート」「起重機」「汽罐車」といった近代都会の情景を詠む新興俳句作品には誓子句の影響が随所に見られる。次の句群も見てみよう（※は誓子句）。

スケートの真顔真顔が玻璃に来る　　桃　史（「京大俳句」昭和九年二月号）
※スケートの真顔なしつゝたのしけれ
起重機《グレン》の掌日に向きてそら黄に濁る　　花御史（「天の川」昭和十年六月号）
※起重機の手挙げて立てり海は春
鉄橋に真夜凍て車輪響もせり　　泊　子（「句と評論」昭和十三年三月号）
※夏の川汽車の車輪の下に鳴る

表現、内容ともに誓子句をなぞりつつ、特徴を加味した詠みぶりである。ごく一例だが、新興俳句陣営にとって誓子作品は聖典のごとき存在で、影響力は圧倒的であった。それは当時の多くの俳人が感じており、中村草田男は次のように述べている。

清三郎　新興俳句の主張は何の影響が一番多いですか。
草田男　実に雑多ですが、その中ではやはり、新興芸術派の都会文学の影響が多いでせうね……。もっとも、誓子さん個人の影響の多いことは予想外ですが。
（中村草田男他「座談会」、「ホトトギス」昭和十年七月号）

誓子句は内容のみならず表現や措辞に至るまで影響を及ぼしており、彼の作風そのものが新興俳句の象徴と目された節があった。新興俳句の人々がいかに誓子句から影響を受けたか、一章で詳説した「スケート」句でも考えてみよう。改めていえば、昭和初期までの「スケート」句は野外が詠まれる傾向にあった。

スケートのきら〳〵光る夕陽哉　平　月（「俳諧鴨東新誌」昭和四年三月号）
スケートや母を温泉宿にのこしおき　慶　女（「ホトトギス」昭和四年五月号）
スケートや諏訪の湖心の月あかり　露　城（同）
スケートの支度整ふ暖炉かな　春　虹（「かつらぎ」昭和四年六月号）

いずれも冬に凍結した湖等――日本国内では長野の諏訪湖や神戸の六甲等、国外では朝鮮や満州での風景がよく詠まれた――のスケート風景を詠みつつ切字で余情を醸成し、新季語に近い「スケート」の乏しい季感を補った句群といえる。これらが詠まれた時期、室内スケート場は貧弱ながら大阪や東京等の都心で開場していたが、それを詠む俳人はほぼいなかった。「スケート」といえば野外の湖等の風景を詠むのが常識であり、室内のスケートを詠もうとしなかったのである。

ところが、昭和六年末に大阪朝日ビル屋上に人工スケート場が開場するや山口誓子が十句強の連作を詠み、第一句集『凍港』（前掲、昭和七年）に収録した結果、「スケート」の世界観が一気に変容した。「スケートの紐むすぶ間も逸りつゝ」「スケートの真顔なしつゝたのしけれ」「スケートの君は帽子のうちに眉」「四方の玻璃スケート場を映す夜ぞ」（『凍港』）……これら誓子連作をなぞるように、次のような句が陸続と詠まれ始めたのである。

スケートの渦が静かに玻璃の中　桃　史（「馬酔木」昭和八年四月号）
スケートを穿いてころんでをさなけれ　了　咲（「ホトトギス」昭和九年一月号）
スケートをせき立てられて結び居り　芝　青（「ホトトギス」昭和十年三月号）

スケートの青年髪を眉に垂れ　　富　丈（「京大俳句」昭和十年七月号）

少年スケーター学帽を手にしかと　　取　月（「句と評論」昭和十二年三月号）

先の引用句のように、従来の「スケート」句は野外で興じる人々を俯瞰的に捉えるか（「諏訪の湖心の月あかり」）、「スケートや母を温泉宿にのこしおき」等の取り合わせで余情を漂わせるのが一般的であった。ところが、誓子連作後は「玻璃の中」と室内スケート場を強調したり、「穿いてころんで・結び居り・髪を眉に垂れ・学帽を手に」とスケーターの様子を微細かつ具体的に描写する表現が多々見られるようになる。映画や写真のカメラワークのように、スケーターの一部分をクローズ・アップして強調する「スケート」句は従来にない詠みぶりで、つまり誓子句以前と以後で「スケート」の世界像は激変したといえよう。それだけ彼のスケート連作の影響が大きかったことを意味し、それも誓子連作をなぞる作品は新興俳句に顕著だった。例えば、「京大俳句」の俳人たちは誓子のスケート句発表直後に室内スケート場を詠み始めている（拙稿「新興スケートリンク」〔「同志社国文学」七十号、平成二十一年〕で詳説）。

先に引用した「スケート」句群は誓子句の影響を隠そうとせず、むしろ誇示するように措辞や素材を流用している。特に新興俳句の俳人たちは誓子句をなぞり、強調することが旧来の俳句像の否定につながり、新俳句の創造と感じていた節がある。「ホトトギス」でも誓子調は随所に見られるなど、彼の詠みぶりは一気に流布しており、当時の彼の作品がいかに斬新かつ仰ぐべき手本となっていたかを物語っていよう。

四　鋼鉄の表現とユーモア　―蜥蜴、羽虫、銀蝿を見つめる誓子―

❶ 敗戦後の「天狼」創刊と、焚火のひとひら

昭和二十年八月の敗戦後、誓子がいかなる道程を歩んだかといえば、多くは「天狼」創刊を思い浮かべるだろう。誓子を据え、同人に秋元不死男・榎本冬一郎・橋本多佳子・平畑静塔・西東三鬼・高屋窓秋らが結集した「天狼」は戦前の新興俳句復活を思わせる多士済々ぶりだった。それは新興俳句の猛者が大同団結した観があり、誓子も次のように勇ましい宣言をしたため、「天狼」は俳壇中の耳目を集める出発となったのである。

私は現下の俳句雑誌に、「酷烈なる俳句精神」乏しく、「鬱然たる俳壇的権威」なきを嘆ずるが故に、それ等欠くるところを「天狼」に備へしめようと思ふ。そは先づ、同人の作品を以て実現せられねばならない。　（誓子「出発の言葉」、「天狼」創刊号、昭和二十三年一月）

俳壇を睥睨するような緊張漂う文言を連ねたのは、誓子自身の心情もさることながら、敗戦直後の俳句を取り囲む状況が与っていた。

アメリカに完膚なきまでに叩きのめされた敗戦のショックと虚脱感、また悪化する食糧事情と治安悪化のさ中、フランス文学研究者の桑原武夫が「第二芸術論」（「世界」昭和二十一年十一月号）を発表する。封建時代の遺物たる俳句は西欧近代芸術たりえない、第二芸術に過ぎない……これらを桑原自身は気軽に綴ったらしいが、その論は俳句も文学たらんと努力し続けた俳人に動揺せんばかりの衝撃を与えてしまった。日野草城や中村草田男、加藤楸邨、富澤赤黄男、西東三鬼等はすぐさま反論し、誓子も桑原論の約二ヶ月後に次のように述べている。

氏（＝桑原武夫、引用者注）は更に一歩を進めて「西洋近代芸術の精神を俳句に取り入れるといふことは一つの賢明な道であるやうに見える。しかしそれは決して成功しない」といひ「人生そのものが近代化しつつある以上、いまの現実的人生は俳句には入り得ない」といふ。（略）桑原氏の結論は、私達の俳句を現代人が心魂を打ちこむべき芸術に非ずとする。私達はそれにも拘わらず「全人格をかけて」努めようと思ふ。（「往復書簡」、「大阪毎日新聞」昭和二十二年一月）

「天狼」創刊に戻ると、誓子の「酷烈なる俳句精神」云々は第二芸術論に対する「全人格」をかけた反論を作品で行う、という宣言でもあった。俳句が第二芸術か否か、論より実作で示そうというのだ。俳句の鑑賞力がゼロに等しい桑原のエッセイがかくも波紋を呼んだのは、太平洋戦争で「西洋近代」に壊滅的に敗北した自信喪失に加え、「西洋近代」の俳句エリートを自認した「天狼」俳人たちにはフランス文学研究者からの否定が堪えたのだろう。

「天狼」は創刊号より遅延もなく号を重ね、作品も毎号力作が寄せられている。例えば、第四号（昭和二十三年四月）を見てみよう。

雪降るにまかす夜中の鼠捕り　山口　誓子
春の日やポストのペンキ地まで塗る　同
降る雪を天階に見ず畔に見る　秋元不死男
猟犬の舌いきいきと杜をいづ　榎本冬一郎
河豚の皿燈下に何も残らざる　橋本多佳子
雨の中雲雀ぶるぶる昇天す　西東　三鬼
石の家に氷の真昼冬の蝶　高屋　窓秋
藁塚に一つの強き棒挿され　平畑　静塔

戦前の新興俳句を彷彿とさせる句調で、切字がほぼ用いられず、後に「天狼」調と称された表現が頻出している。それは下五の締め括り方で、誓子句の「～地まで塗る」、不死男句の「～に見ず」や多佳子句の「～残らざる」等は後々まで「天狼」会員が学ぶべき型と仰がれた表現だった。

冬一郎句は「手品師の指いきいきと地下の街　三鬼」（戦前作）の換骨奪胎、また窓秋句は「風光る蝶の真昼の技巧なり」「炎天に蒼い氷河のある向日葵」（ともに富澤赤黄男の戦前作）あたりを混淆した世界観を示すなど、新興俳句出身らしい詠みぶりだ。三鬼句は生々しいオノマトペで「雲雀」の斬新な把握を示すなど、言葉の奇術師と評された彼らしい作品であり、また静塔句は高浜虚子に通じる「写生」を活かしつつ、「一つの強き棒」とあえて曖昧に詠んで意味深長に仕立てており、「酷烈なる俳句精神」（「天狼」創刊時の誓子）を示すかのようなのだ。

一方、頭領たる誓子の「春の日やポストのペンキ地まで塗る」は妙にユーモラスで、作者がかくも熱心に観察し、一部始終を見届けたのがポストのペンキ塗りというのが可笑しい。西東三鬼が「〜雲雀ぶるぶる昇天す」と劇的な瞬間をドラマチックに詠むのに対し、誓子流の「酷烈なる俳句精神」は春のうららかな陽気の下、ポストのペンキ塗りを丹念に見届け、「〜地まで塗る」と正確無比に言い留める営為なのであった（誓子のユーモアは次節参照）。

当時の彼らがいかなる「酷烈なる俳句精神」を目指したかは別として、少なくとも「天狼」同人たちは相当の緊張感とともに句作に臨んだらしい。後年、平畑静塔は次のように述懐している。

「天狼」が出ましてからも何年間、これは我々の口から申すのも可笑しいのですけれども、天下の注目を浴びた雑誌であります。責任がある、責任を負わされている、山口誓子から同人の端にいたるまで責任感を持ってやったわけであります。

（「奈良日吉館のこと」、前掲『平畑静塔対談俳句史』所収）

戦前に京大俳句事件や戦時生活で句作の道を断たれた彼らが、敗戦に打ちひしがれつつ句作再開を喜んだのも束の間、西欧通のインテリに第二芸術と面罵されてしまった。俳句も芸術たりえることを「天狼」同人が証明せずして誰が為し得るか、我々が俳句の未来を描かずして一体誰が……使命感と高揚感がないまぜになった「責任」（静塔）を抱きつつ、「酷烈なる俳句精神」（誓子）を俳壇内外に見せつけんと気負い立ったのが「天狼」初期同人であった。

それにはまず技量を磨かねばならぬ、仲間たちで切磋琢磨し、自作を練り上げねば……この時期、関西の平畑静塔や他の「天狼」同人らは奈良の日吉館に日夜集い、句作修行に明け暮れたという。静塔の回想録を再び見てみよう。

日吉館句会の数年間と言うものは一同精魂をつくして俳句に打込んだわけであります。（略）天下の耳目を集め責任を感じた。みな気が揃っていてがんばっているわけでありますから言うこともまことに遠慮をしない。歯に衣をきせない。率直で鋭く時には相手をむかむかさす、時には相手がしぼんでしまって泣きそうになる。多佳子さんなどは日吉館から帰りましても二、三日はよく寝れない、と言うことを言って居りました。（略）多佳子の第二句集でありますす「紅絲」、それから右城暮石の恐らく第二句集だと思いますが「声と声」、三鬼の「夜の桃」から「今日」にかけての俳句、そういう句集の半分位はこの日吉館の作品であります。（略）一生懸命に俳句をやりました橋本多佳子さんが日吉館句会では一番花を咲かせた人だと思います。（略）

　　いなびかり北よりすれば北を見る
　　罌粟ひらく髪の先まで寂しきとき
　　乳母車夏の怒濤によこむきに
　　　　　　　　　　　　　　　（他句略）

いくらでも数えられますけれども、こういった多佳子氏の傑作が、後になって読めば読むほど心ひかれるような俳句をその当時喧々囂々たる男どもの間で作られたわけであります。
　　　　　　　　　　　　　　　（「奈良日吉館句会のこと」、前掲）

日吉館句会は「天狼」創刊前から発足しており、三鬼や静塔、暮石等々、一癖も二癖もある中年男が集う中、橋本多佳子が最も「懸命」だったという。この時期の彼女は、例えば「春の日やポストのペンキ地まで塗る」（前掲の誓子句）と妙にユーモラスかつ虚無的な句を詠むゆとりは必要でなく、一句全てを自意識で染めあげ、自らの情念を叩きつける句調で文体を練り上げようとしていた。その思いつめた情念と虚ろなまなざしは、「酷烈なる俳句精神」を美しく体現したかに感じられる。次の句のように空虚さすら想わせる執拗なまなざしは、敗戦直後の虚脱感とともに「天狼」同人の張りつめた緊張感と高揚感とが見事に宿っていよう。

寒月に焚火一とひらづゝのぼる　　多佳子（「天狼」三号、昭和二十三年三月）

❷ 誓子句の「自尊」とユーモア

平成二十七年、兵庫県伊丹市柿衞文庫で展覧会「昭和俳句の旗手　日野草城と山口誓子」が催された際、俳人の宇多喜代子氏（一九三五〜）と対談する機会があった。会場には新興俳句の両雄にして関西在住の草城と誓子の手紙や短冊等が展示され、対談では宇多氏が展示品を踏まえつつ二人の逸話や噂を語った。

対談終了後、来場の方々と——いずれも句歴数十年の俳人——お話したところ、「誓子についてこれほど自由奔放に語った催しは初めてだ、時代が変わったのを実感した」と仰ったので驚いた。理由をお聞きすると、「以前は誓子を信奉する俳人や『天狼』関係者が多く、そういう方が講演に来られた時は誓子関連の発言に配慮せねばならない雰囲気があり、俳誌等でも誓子批判と取れる内容を活字にすると抗議の手紙が寄せられたこともあった。今日のように対談者が誓子について感じたことを自由に語りあう雰囲気を見て、時代の変化を感じた」とのことだった。「その自由な発言は宇多先生と私のどちらかでしょうか、両方でしょうか」と恐る恐るお聞きすると、「両方。特に君」と仰ったので、さらに驚いた。

私自身は奔放に語った自覚はなく、誓子句の感想を述べたに過ぎないと感じていたが、往事の雰囲気を知る方からすると過激に感じられたらしい。私が対談時に述べたのは、「山口誓子の作品は斜めにまっすぐずれていて、しかも力強くずれている。当人はどこまでも真面目で、それに気付いていないらしいところが奇妙にユーモラス」云々という趣旨だった。

例えば、著名な「海に出て木枯帰るところなし」（昭和十九年作、『遠星』〈創元社、昭和二十二年〉所収）で考えてみよう。一般的に、句意は特攻隊に代表される戦争激化とその虚しさを象徴的に詠んだ……と重々しく語られることが多い。しかし、そもそも「木枯」に帰る場所や行くところなど存在しないはずだが、「帰るところなし」と力強く断言して——しかも妙に格好良い表現だ——句を終わらせたところに、力の入れ方がずれているかに感じられるのだ。

「木枯」が「海に出て」という把握も、どこか妙ではないか。「木枯」を物体のように捉えた上に、「国外に出て」「店の外に出て」であれば違和感はないが、明確な区切りがおよそ曖昧な「海」に対して「海に出て」と言い切るのはヘンである。無論、これらの把握こそ誓子流「写生構成」であり、自然現象すら即物的に把握する力業なのだ、と称えることもできよう。

しかし、句の調べといい、隙のない完成度であまりに格好良い表現の正確さに比して、詠まれた内容が空虚すら感じる些事に感じられ、どこかヘンなのだ。「帰るも何も、最初から帰るところなど持ちあわせていない『木枯』をなぜこれほど練りあげた文体で詠みきって、断言せねばならないのか……」と腑に落ちない。誓子句が「斜めにまっすぐずれている」とは、例えばこういうことだ。

磨き上げられた技倆と内容のギャップでいえば、「樹を攀づる蜥蜴顎より黄なりけり」（昭和十六年作句、前掲『七曜』所収）も妙である。「木を攀づる」蜥蜴を仔細に観察すると顎から下が黄色であった、と断言されても、「……それで？」と問いたくなる些事に違いない。「私が目撃した蜥蜴は、顎から黄色が始まっていたんだよ」と熱っぽく語る人物など、世間的には危ない人間に映るはずだ。

その無内容に等しい微細な情景を、確信と情熱とともに「〜黄なりけり」と断言した作品を前にすると、読者側は「なぜ作者は蜥蜴の姿態にそこまで魅入られたのか」と首をひねりつつ、かくも熱心に蜥蜴を観察した作者のまなざしが薄気味悪くも感じられる。同時に、奇異な些事を「〜顎より黄なりけり」と断言して作品が終わっているため、顎から下が黄色という事態が切実さを帯びた出来事として迫り来る感触も強い。しかし、そこまで断定せねばならない理由もやはり不明で、「蜥蜴」句にも妙なズレが感じられる。

ただ、不世出の俳人たる誓子を斜めにまっすぐずれている、と評するのは不遜かもしれない。「ホトトギス」最高峰の四Sとされ、新興俳句勃興後は西東三鬼らに崇拝された英雄であり、戦後に「天狼」を率いた巨人である。「まず知的・構成的な点であり、作者の冷厳な態度は内心の昂揚を極度に殺してしまっている」（山本健吉『現代俳句』〔角川文庫、昭和三十九年〕所収、誓子項目）と評された鉄仮面の彼をつかまえて、天然に近い妙なユーモアがあるなどと指摘するのは突飛で、批判と取られかねない。

ただ、こういった誓子評は存在しないわけではなかった。例えば、安井浩司は『聲前一句』（端渓社、昭和五十二年）で「まくなぎの丈余の柱曲り立つ　誓子」（昭和二十二年作、『青女』〔中部日本新聞社、昭和二十六年〕所収）を次のように評している。

和服姿の山口誓子が自家の間に立って、「あゝまた誓子のメカニズム」と詠嘆している光景（新潮文庫。誓子自選句集後記）は、やはり奇異である。だが、彼はすこぶる真剣だった。「また」と繰返すことによって、それは、誓子が自ら言語生活を生きることへの律法であり文法なのである。文体と文法、それをきちんと区別し、文体を、いわゆる新興俳句の別の友に任せてしまったが、彼は文法だけは断乎として譲渡を拒んできた。『青女』に収蔵されたこの「まくなぎ」なる平凡な一句の、しかし〈曲り立つ〉という言葉による完結表現は、彼の恐るべき自尊と自信が伏隠されているように思える。たとえ実写であれ虚写であれ、まくなぎの運動体としての円柱が曲りをつけて立っている風景は、どう転んだところで馬鹿馬鹿しいのに、私は徹頭徹尾、彼の文法を読まされることで、ある種の快感を押し売られることになってしまう。ところで、俳句が近代詩としての階梯を辿るには、言語のために何よりその文法が必要だったのであり、それを山口誓子が初めて手を染めていたことだ。世間でいわれる誓子俳句の様々の筋書なんか泡のようなもので、誓子言語に任された意図のすべてそこに在ろう。

安井は『誓子自選句集』（新潮文庫、昭和三十六年）の写真を引き合いにしつつ、その「すこぶる真剣」な構えは「言語生活を生きること」への「恐るべき自尊と自信」に裏付けられたもので、自身の写真に「あゝまた誓子のメカニズム」と銘打つ「真剣」さは同時に「奇異」だ、と述べる。

「まくなぎの丈余の柱曲り立つ」でいえば、「まくなぎの運動体としての円柱が曲りをつけて立っている風景は、どう転んだところで馬鹿馬鹿しいのに」、それを「曲り立つ」と「恐るべき自尊と自信」

で句を「完結」させてしまう。その無内容の情景を鋼のように鍛えられた「文法」で詠みきってしまうため、読者は「ある種の快感を押し売られる」……このように評する安井浩司は、「海に出て木枯帰るところなし」「樹を攀づる蜥蜴顎より黄なりけり」にも同様の感想を抱いたかもしれない。

「木枯」が「海の方」へ吹き抜けていった、木をよじ上る蜥蜴の顎から下が黄色だった……「どう転んだところで馬鹿馬鹿しい」光景なのに、「恐るべき自尊と自信」でもって詠みきった「文法」の強靱さ、完璧は光彩陸離としており、俳句史上を見渡しても稀な凄みが漂っている。その「文法」を駆使して詠んだのが人生の真理や決定的な事件云々とほど遠い、「樹を攀づる蜥蜴顎より黄なりけり」という些事中の些事なのだ。しかも一句を整えた誓子は、「冷厳」（山本健吉）な表情のまま「あゝまた誓子のメカニズム」と呟くかもしれない……と、これは妄想に過ぎないが、山口誓子という俳人は強烈な真剣さと実直さがそのまま斜めにまっすぐずれている、という印象が強い。

超人的に磨き上げた「文法」（安井）と、個人的かつ微細なこだわりの無内容さがギャップを発生させたまま、大いなる「自尊と自信」で「真剣」に句を完結させる誓子。その奇妙なズレが醸し出すユーモアは、新興俳句の英雄だった水原秋桜子や日野草城には存在しなかったと感じられる。その点、誓子句が最も俳句的だったと見なすのは不遜な評になるだろうか。

3 誓子の暗さとユーモア、銀蠅など

安井浩司が見た誓子の「奇異」さは、作品を離れた彼の実生活にも折々顔を見せた節がある。例え

ば、俳人の桂信子が誓子句集『激浪』（青磁社、昭和二十一年）に感激し、敗戦後に伊勢の誓子宅を幾度となく訪れた際、次のような出来事があったという。

先生は私らが駅のほうへ帰っていくところを家のなかから望遠鏡で見ておられるんですよ（笑）。本当は海を見るための望遠鏡なんです。しょっちゅう海を見ておられるわけです。療養中はそれを楽しみにしておられた。だけど、私らが行って、帰るとき、望遠鏡でずーっと見ておられるんですよ。はじめは知らなかったけれど、自分でそれを言われたんです、望遠鏡で見てたんですよって。

（『証言・昭和の俳句』上巻〈角川選書、平成十四年〉）

桂たちの遠ざかりゆく姿を望遠鏡で眺める趣味も妙だが、それをある時、「望遠鏡で見てたんですよ」と本人に告げるくだりはどうもヘンだ。あるいは、津田清子——橋本多佳子に師事した関西俳人——が誓子らとともに伊勢の鼓ヶ浦に赴いた際の逸話も興味深い。泳ぎが好きな津田は鼓ヶ浦で気持ちよく泳いでいたが、気付くと潮に流され、沖に出てしまったことに気付く。途端に慌てて必死に泳ぎ、死に物狂いで砂浜に戻ると、誓子は次のような様子だったという。

誓子先生はのんきなお顔で「遠くまで行きましたねえ」と言うておられる。なに言うてはるのん、私、死にかかってたのに。私が流されて消えてしまっても、誓子先生は「あ、津田さんが見えなくなった」なんて言って見てはるだけですよ、きっと（笑）。

（『証言・昭和の俳句』下巻〈角川選書、平成十四年〉）

真面目で実直な人間ゆえの天然、というべきか。個人的にも、誓子に師事した方々から直接お聞きした誓子関連の逸話は、桂や津田が語った雰囲気に近い実感があった。一例を挙げると、誓子は不機嫌な時でも自動車や新幹線に乗ると機嫌が直ったという。彼は乗り物がとにかく好きで、周囲の人々は「誓子先生、小学生みたいねぇ」と苦笑したとか。「夏草に汽罐車の車輪来て止る」等を情熱的に詠んだ彼が動く機械を眺め、体感するのを無邪気に喜んだという逸話はいかにも彼らしく、次のような句の味わい方も深まる気がしないでもない。

籐椅子や蒸気タービン身にひゞき　（「京大俳句」昭和九年十月号）

住友勤務時代の誓子が北海道に出張した際の句で、船中の客室や食堂、甲板等の籐椅子に座っていると「蒸気タービン」が身に響く——十七音に「蒸気タービン」を押しこんだところに力強さと関心の高さがうかがえる——という作品だ。個人的には、青空の広がる甲板の籐椅子に彼が座り、海からの風に髪をなびかせ——あのロイド眼鏡をきらめかせて——「蒸気タービン」を黙々と堪能していてほしいと妄想するが、もちろん確証はない。

こういった誓子が昭和十五年前後に憂愁の濃い句を詠み始めたのは——「ひとり膝を抱けば秋風また秋風」（二章2節参照）など——二章で述べた通りだ。肋膜炎を再発して会社を長期欠勤し、療養生活を余儀なくされ、俳壇から凶報ばかりが届く……折しも戦時統制が強まり、誓子に私淑した新興俳句の仲間が特高警察に検挙されるなど、彼の心中は暗澹たるものがあった。東京帝大卒業後に住友へ入社し、エリートの道を歩み続けた彼が実社会から遠ざかり、知己が次々に逮捕されたのである。

蟋蟀が深き地中を覗き込む　（昭和十五年作、前掲『七曜』所収）

艶やかな漆黒の「蟋蟀」が、暗く湿った「深き地中を覗き込む」……後に「黒の時代」（平畑静塔）と称された誓子は、初期の華やかなモダニズム風から沈鬱な内省を漂わせた作風に変化していた。

この時期を象徴する句群が、「俳句研究」昭和十六年七月号の「静臥抄」に他ならない。全八十句を一気に発表した大作で、次のような作品である。

殺さるる犬蓬蓬と息しろし
虻翔けて静臥日輪切りまくる
春の昼鐵片戞と書信来る
鴉何処までも晩春の茜の中
春の暮鴉は両翼垂らしとぶ
羽蟻あまた水辺に死す此の一事
樹を攀づる蜥蜴顎より黄なりけり
（他句略）

殺される犬、虻、書信、鴉、羽蟻の死、蜥蜴……日常で見聞きした些事、それも人間たちは現れず、動物と虫が生きては死にゆく世界を鋼鉄じみた文体で詠みきった句群だ。

処分されるのだろうか、寒い初春に殺される犬が「蓬蓬と」息を吐くひとときを、窪んだ眼窩から見つめる作者。いつもは病床に身を横たえる彼に来訪者は稀で、周囲の音は死に絶え、奈落の底に落ちかねない不安な静臥の中、虻の羽音や動きまわるさまが鳴り響き、また「鐵片戞と」訪れる書信の金属音が鋭く刺さり、それらが心中に苦味とともに刻まれるのだった。夕暮れには山に帰る鴉が「何処までも晩春の茜の中」であるのを見届け、その茜色に染まる夕空に「鴉は両翼垂らしとぶ」姿態を見つめて一日が終わる……作者は虚空に漂う漆黒の「鴉」に、不安定な胸中を重ねたのだろうか。何事も起こらず、劇的な変化や希望もなく、静かに、音もなく訪れる暗い不安と死の影が身体を浸す日々の中、水辺には数多の羽蟻が死に、彷徨うように水面に漂っている。それは紛れもなく「此の一事」として己に迫り、樹木をよじ登る蜥蜴の「顎より黄なりけり」という事態も己を脅かす些事に他ならなかった。

安井浩司が誓子句「まくなぎの丈余の柱曲り立つ」を評した一節を思い出そう。「たとえ実写であれ虚写であれ、まくなぎの運動体としての円柱が曲りをつけて立っている風景は、どう転んだところで馬鹿馬鹿しいのに、私は徹頭徹尾、彼の文法を読まされることで、ある種の快感を押し売られる」（2節参照）。「静臥抄」句群の練り上げられた完成度と張りつめた緊張感は異様なほどで、しかも内容の多くは彼が日々見聞きした動物や虫の些事である。表現の錬磨の凄さと「どう転んだところで馬鹿馬鹿しい」ともいえる出来事のギャップは、「静臥抄」でも健在であった。

無論、それは新興俳句運動が国家権力によって潰され、戦時体制の圧迫が高まりつつある時期、小さな虫や動物の世界に言寄せつつ己の心境を託した事情はあろう。「静臥抄」のように個人的で微細な出来事をあえて詠む誓子に、時局や俳壇への抵抗を見る評者も少なくない。しかし、「静臥抄」の完成度はその程度で獲得しうるものだろうか。

「静臥抄」は戦時下の同調圧迫や俳壇事情、また誓子の病身が影を落とす句群でありつつも、それら全てから屹立し、鋼のように磨かれた表現精度そのものが全世界と対峙しかねない緊張に漲っている。昭和十六年、戦時生活や俳壇の趨勢とも無縁に、己の自意識に染め上げられた日常を過ごし、その中で生まれては死にゆく動物や虫を徹底して観察する緊迫感は、やはり凄みのあるズレがあったかに感じられる。それは戦後に桂信子の帰る姿を望遠鏡で観察し、津田清子が沖に流されゆくのを呑気に眺める誓子の姿や、不機嫌でも車や新幹線に乗れば上機嫌になったありようとも響きあう、恐ろしく真剣で才能に満ちた人間が持ちうる真面目なユーモアがあったと見立てるのは、不遜だろうか。

日中戦争は泥沼と化し、解決の糸口が見えないまま鬱屈した戦時体制の下、新興俳句は壊滅し、「ホトトギス」とも距離を置いた孤独の俳人は、病身で実社会からもこぼれ落ちた帝大卒のエリートだった。昭和十六年五月のある日、その彼は巌に止まる銀蠅を発見する。初夏の陽光の下、蠅は鉄のように鈍色に輝き、巌の重量感あふれる巌に恥じないほどに銀蠅は硬く、生彩を放っていた。太平洋戦争が勃発する約半年前、魅入られるように見つめる誓子の両眼には巌があり、光り輝く銀蠅のみがある。

巌にゐて蠅も鐵色よき五月　　誓　子　（「静臥抄」）

V

中村草田男

（明治三十四（一九〇一）年〜昭和五十八（一九八三）年）

一　この世の驚異と歪み
―吾子の歯や細身の蝿、凪の世界―

❶最強の俳人

昭和十五（一九四〇）年前後、中村草田男は地上最強の俳人だった。

> 氏は「ホトトギス」において中堅作家として注目されてゐるのみでなく、全俳壇人から注目されてゐる。伝統俳人からは伝統俳句を更正せしめる作家として尊敬されてゐるのはいふまでもないが、反対の立場に立つ新興俳壇からは有能なる作家として称揚されつつある。伝統新興両俳壇から褒めそやされてゐるのだから、氏はまことに幸運児といはねばならぬ。恐らく氏などいま俳壇で最も多くの礼讃者をもつ人ではないかと思ふ。
>
> （中田青馬「中村草田男論」、「俳句研究」昭和十四年一月号）

昭和初年頃から「ホトトギス」で頭角を現し、昭和十一年に第一句集『長子』（沙羅書店）を刊行した草田男は、四S以後の最大の俳人と見なされるようになった。「ホトトギス」のみならず、相対する立場の新興俳句側からも「有能なる作家」と目されたというのだ。

折しも新興俳句陣営は無季俳句を標榜した時期で、「ホトトギス」出身の草田男は有季定型派として彼らを激しく攻撃したが――草田男は併せて新興俳句の戦火想望句も非難した――、新興俳句側は草田男を「立派にホトトギスを出てしまつてゐる作家」（吉岡禅寺洞の発言、「天の川」昭和十四年七月号）と見なした。「句と評論」で論戦を張った藤田初巳も、草田男の「燭の灯を煙草火としつチエホフ忌」（昭和十二年作）を「しつとりとたのしい雰囲気を十分に示して心にくい味がある」（「句と評論」昭和十二年十二月号）と称賛するなど、その圧倒的な力量は主義主張を超えて認められたのだった。

「全俳壇人」が力量を認めた俳人は、他に山口誓子――飯田蛇笏も相当するが、中央から離れ一家を成した御大という観があった――あたりだろうか。「ホトトギス」主宰の高浜虚子の句は冷静な分析が難しく、水原秋桜子であればあまりに美しく、日野草城の作風はやや軽きに流れ、松本たかしでは線が細い。高野素十は「写生」一辺倒、阿波野青畝は切れ味に乏しく、原石鼎と杉田久女ではやや新味に欠け、川端茅舎の自然礼讃句は虚子の影を感じてしまう。「ホトトギス」でありながら虚子選に収まらない斬新さと強さを持ちあわせ、かつ前例のない破格の句を量産しえたのは草田男、誓子だったのだ。

2 句集『万緑』の凄さ

草田男が第二句集『火の島』（龍星閣、昭和十四年）を上梓した時、総合俳誌「俳句研究」には「今日の芭蕉」と銘打たれた広告や諸氏の寸感を列挙した広告が掲載された。斎藤茂吉や富安風生、山口誓子らが名を連ねる中、特に風生は「月ゆ声あり汝は母が子か妻が子か」（『火の島』）等を「好むと好まざるとに拘はらず、全俳壇が問題にしたこと、これらの句の場合ほどであつたことは近来一寸なかつた。『火の島』はこの類の句で満ちてゐる」（「俳句研究」昭和十五年三月号）と指摘しつつ、「万緑の中や吾子の歯生え初むる」（昭和十四年作）を絶賛している。草田男への注目度は第三句集『万緑』（甲鳥書林、昭和十六年。『長子』『火の島』抜粋句と『火の島』以後の句群を収録）刊行時も衰えることはなかった。

出版時に句集が注目され、人々の口端に上っても、後世に名を轟かせることは稀だ。多くの句集は十年も経つと記憶に残らず、一時の評判が水泡のように現れては消え去ってしまう。しかし、草田男の『万緑』は掛け値なしの傑作群で、どの頁を繰っても快哉を叫びたい作品に満ちていた。その凄味は「万緑」句等の作品もさることながら、頁を繰るたびに現れる無数の句にうかがうことができる。『火の島』以後に限っても次の句群が挙げられよう。

手を口にあげては食ふ枯野人　（昭和十四年作、以下同）
牛はしづかに冬の大きな耳を対けぬ
すつくと狐すつくと狐日に並ぶ
壮行や深雪に犬のみ腰をおとし　（昭和十五年作、以下同）
春にひとり歌詞も定かに女の声
林檎の柄林檎にふかし仏灯下

若者には若き死神花石榴

これらを貫くのはこの世が在ることへの驚きであり、森羅万象が自分と無関係に、常に既に存在してしまっていることの居心地の悪さと表裏一体の肌合いでもあろう。冬の枯野で握り飯か何かを喰らう人物、その「手を口にあげては」食べ物を口に運び続ける動作は次第に生き物の宿命めいた悲哀や滑稽さを醸し出し、なぜ狐たちは太陽を背に「すつくと」並んで立ち、こちらを見つめているのか……この世に生きていることの座りの悪さや不安が湧き起こり、それゆえ安定と確かさを得ようと嘘偽りのない純度で現実を見定めようとするほど、世界は歪み、草田男を脅かす何物かに変貌しかねない。ほの暗い室内の仏灯下、供物の林檎の柄が林檎そのものに深々と刺さっているかに感じられた瞬間、それは得体の知れない重力の歪みとして迫り始める……人生や世界の真実を得たいと強く望み、周囲に目を凝らした結果、牛や林檎が得体の知れない存在だったことに愕然とする草田男は真剣だが、本人が真面目であるほど喜劇じみた徒労が濃くたなびき始める。後述するが、悲劇と喜劇の交錯が有季定型に沿いつつ、破綻しかねない力が横溢したまま俳句の形を取るのが草田男句の魅力であり、その特徴を「万緑の中や吾子の歯生え初むる」で考えてみよう。

3 「万緑の」句の凄さ

「万緑の」句は第二句集『火の島』に収録され、第三句集『万緑』のタイトルともなった句である。学校教育では、見渡す限りの新緑に囲まれつつわが子に歯が生え始めた……と、父親の喜びが謳われた生命讃歌と説かれることが多い。テストでは、「万緑・吾子の歯」が「大・小／遠景・近景／緑・白」等の対照をなすことを問われることもあろう。

　しかし、この句はそれのみなのだろうか。まず対照云々というが、「万緑」という景色、つまり初夏の新緑が地上を覆うように成長する様子と、子どもの極小の歯とを対照させるのは大きさの尺度があまりに異なり、両者を対比したとすれば相当強引だ。

　仮に「万緑や吾子の歯～」であれば「万緑／歯」の対照は成立しようが、句は「万緑の中や吾子の歯～」と詠まれている。それは冷静に両者を対照したというより、双方の意外な共通点を発見した驚きの表現ではないのか。寒い冬が終わり、心地良い春が過ぎると地上の至る所から草木が恐るべき勢いで繁茂し、世界を緑一色に覆うばかりに成長し始めた「万緑」に呼応するかのように、わが子にも歯が生えてきたのだ。最も身近な、小さな生命が「万緑」の息吹とともに、その世界の中で力強く成長し始めたという発見。父の喜びというより、両者の旺盛で逞しい生命力が響き合いながら発現しつつあることの驚きが、「万緑の中や～」という措辞に他なるまい。

「万緑」句は親子関係の情愛とともに、生命というものへの驚異の念が横溢している。個人の意志や人間社会の栄枯浮沈と無関係に、自然界は夏には怖ろしいばかりに緑をなし、時期が来るとどの子も桃色の柔らかい歯ぐきから、白く硬い歯が生える。平和や戦争に関係なく夏に新緑が繁茂し、どんな家庭や育て方であろうと、愛情をかけようとかけまいと、ある成長段階を迎えると子の歯肉から骨のように真白な歯が姿を現すのだ。個人の喜怒哀楽を超えた、生前からそうと定められた生命のプログラムを目の当たりにした、居心地が悪くもある畏怖めいた心情……父の見開かれた眼には、何とも言いがたい表情が見え隠れするようだ。

4 『もののけ姫』のような自然界

この句が「〜吾子の歯生えにけり」ならば、それは父の喜びを素直に詠んだといえよう。しかし、「〜吾子の歯生え初むる」――「生え始めている」と現在進行中の時間を感じさせる措辞――というのは父の感慨を示すというより、小さく柔らかい肉の盛り上がりから真白で硬い何物かがぬっと現れ、今まさに大きくなりつつあることを強調した表現に他なるまい。男女や性格の良し悪し、愛情の多寡や日々の生活とも無関係に白い歯は突如現れ、気付いた時には成長し始める。子の成長過程で説明のつかない何かを実感してしまった、奇妙な実感ともいえよう。

そもそも「万緑」が無茶な季語で、漢詩の一節（「万緑叢中紅一点」）を草田男が独断で季語に用いた――名句なので周囲が認めてしまった――語彙である。季語は作者が独り合点して作るのでなく、長年の共感や権威付け（歳時記に載る等）を経て定着するものだが、草田男は漢詩から引きちぎるように「万緑」をもぎ取り、初夏の季語と宣言してしまった。あ然とするほど乱暴な行為といえよう。

それにしても、草田男はなぜ「新緑の中や吾子の歯生えにけり」云々としなかったのか。爽やかな初夏を示す「新緑」であれば、健やかな子の成長を季感に溶けこませつつ、読者に示すこともできたはずだ。しかし、彼は漢詩から「万緑」――それも「ば」と強烈な濁音で始まる漢字――を持ちこみ、勝手に季語にする危険を冒しても「吾子の歯」と組み合わせたのは、自然界や人間界に滔々と流れる生命の力強さを表現したかったためだろう。それを目の当たりにした際の、神秘や畏怖のいりまじった驚異の念は「新緑」では示しえず、季語でなくとも漢詩の「万緑」でなければ表現しえない、と判断したのだ。

「万緑」がイメージさせる自然界とは、スタジオジブリのアニメ映画『もののけ姫』(平成九〔一九九七〕年)に近いかもしれない。タタラ場等の人間界と異なる価値観で統べられた、森の世界。猩々《しょうじょう》は木々を植えても人間が伐採するため憎悪を募らし、夜はディダラボッチが青白く発光して彷徨う……森は人間を容易に立ち入らせない秩序を有し、畏怖に満ちた死と生の世界が漂っている。

子どもの歯が生え始めたのは「家族の中・親子関係の中」でなく、自然界が太古の昔から繰り返してきた「万緑の中」であった。人間界での親や家庭の関係性をすっ飛ばし、夏が訪れると大地から燃えるように緑なす「万緑」が世界を覆い始めるや、旺盛な生命力が渦巻くその中でわが子の口中からも勝手に歯が生え始めた、それを感じてしまった驚き……そこに人間界での親子の情愛や家族の喜びは意外にも無関係であろう。『もののけ姫』の森やシシ神のように、なぜか知らないが自然界はそのように生成しては滅び、人間も気付けばこの世に生まれ、ある時期に歯が生え、思春期を迎え、老いゆく……個人ではどうにもならない、不条理じみた摂理の中に生まれ落ち、生き続けている我々の謎めいた居心地の悪さと、歓喜。「万緑」句の表現をよく見ると、これら生々しい迫力が息づいていることに気付かされる。

その上で「万緑の」句が凄いのは、これら一切にもかかわらず目の前のわが子は心底愛らしく、小さな口の中から歯が生えてきたのは何と素晴らしい……と、父や人としての喜びも読者に強く感じさせる点にある。溢れるばかりの感動と、「吾子の歯」を初々しく眺める父の喜びが光のように満ちているのだ。畏怖と歓喜、この相容れない心情が混淆した点が草田男句の凄さであろう。

では、「個人の意志を超えた生命力への畏怖／父親として子の成長を喜ぶ心情」のいずれが作品の正しい読解なのか。それはどちらも正しく、どちらも入りまじった作品ゆえ「万緑の」句は草田男らしいのだ。成長を嬉しく想う親の心情と、それと齟齬を来しかねない奇妙な実感が微妙に不協和音を奏でつつ、相反しながらも十七音に織りこまれ、有季定型の姿をまとって安らっている。分裂しかねない実感にもかかわらず、両者が混淆しつつ息づいているのが草田男句の真骨頂といえよう。

5 この世の不思議さ

そもそも、草田男には日常生活そのものが驚きや神秘に満ちていた。

日中戦争勃発後の昭和十三年、草田男は西東三鬼ら新興俳句陣営と対談した際、国内にいながら前線の戦場を想像で詠む三鬼たちを批判している。「題材として、現在私が一番取上げたいのは戦争という三鬼の発言に対し、草田男は「よりひしひしとした体験、より抜きさしのならぬ実感は（略）戦時の我々現在のこの身を包んでいる日常生活の空気の中にあるのじゃありませんか」（座談会「戦争俳句その他」、「俳句研究」昭和十三年八月号）と反論したのだ。

日中戦争後に新興俳人が架空の戦闘場面を詠み始めた際、最も熱中したのが三鬼である。

機関銃熱キ蛇腹ヲ震ハスル

（「京大俳句」昭和十三年一月号）

戦友ヲ焼キピストルヲ天ニ撃ツ　（「京大俳句」昭和十三年三月号）
パラシウト天地ノ機銃フト黙ル　（「京大俳句」同年五月号）

映画やゲームに熱中するように、虚ろに高揚した手つきで前線情景を謳い上げる三鬼。かたや草田男は「日常生活」こそ詠むべきで、一足飛びに戦場を詠むのはおかしいという。西東三鬼らは映画館のスクリーンに映し出される戦場光景に興奮を覚えるが、草田男には「日常」がすでに巨大な刺激で、重大な試練であり、飛び越えようのない壁であった。

今の年齢になつた私にも、依然としてこの世は「生れ落ちた時以来何の変化もなく続いてゐる平凡な事実の世界」とは映らなくて、死といふものの存在するいかにもいとしい不思議な厳粛な世界としてのみ映ります。
（草田男「師弟言華」、「俳句研究」昭和十二年十月号）

日常生活が在ること自体が「不思議な厳粛な世界」に他ならない。全ては死に絶え、虚無の谷へ呑まれゆく定めであり、現れては消えゆく流転の中、なぜか自分は生まれ、この世に存在し、我が身も他者も何気なく暮らしている。全ては死にゆく宿命と悲嘆するのではなく、なぜ世界は、私や人々はこの世に在るのか。太陽が朝を告げ、月が夜を照らし、地上の草花は季節ごとに花を開かせ、散り、風に吹かれて消える。人々は何万年も前から笑い、泣き、怒り、和解し、感動しては滅びゆく。言葉に喩えようのない自然美や、おぞましい争い、全身を貫く愛や腐臭を放つ醜さ……自然と人間社会が織りなす「日常生活」が存在していること、その中で今まさに生きていること自体、身体中に「死」が絡みつく草田男には驚きの事態で、全身で受けとめねばならない事件だったのだ。

自分はまだ死に至らず、光あふれる現世に生きているのだ、ゆえに真面目に生きねばならぬ、他者や自己と誠実に向き合い、感謝を忘れず、生きとし生けるものの真実を把握せねば……と草田男は力む。

「現実把握」といふことが我々の手に負えないのは、その裡にひそむ「真実」といふ怪物が、とらえんとする我々の手を常に巧妙に掻潜つて逃去つてしまふからである。

（草田男「抜萃散歩」、「ホトトギス」昭和十四年三月号）

この世に自分自身として生まれ落ち、他者や動植物もそのように生きねばならない意味や真実をつかもうとすると、むしろ懐疑に似た、居心地の悪さを感じずにはいられない。なぜ人は生きねばならないのか、なぜ自然や世界が在るのか等々、簡単に分かるはずもなければ、唯一の真実があるかどうかも怪しい。ゆえに草田男は生きている座りの悪さやずれを解消しようと哲学書を読み耽り、絵画に感動し、文学に親しむことで自らを近代人と規定し、芸術を通じて人類を善導すべき人間たらんと願いつつ、仕事や結婚生活の中で「日常」に果敢に取り組み、旺盛に句作に励んだのである。

ただ、草田男の「日常」は次のような世界だった。

妻抱かな春昼の砂利を踏みて帰る　（前掲『火の島』所収）

万葉集の終助詞「な」を用いつつ、古代人の朗らさでもって「妻抱かな」と宣言せねばならない近代人のありようとは、いかなる状況なのだろう。春のけだるい昼に「妻抱かな」と決心し、その決意を自分に言い聞かせたいのか、単に歩きにくいのか、「砂利」をしっかり踏みしめて帰宅する夫の姿は悲壮感に近い明朗さがあり、何やら怖い。

夫として自覚し、結婚生活を全うせんと真面目に考えた結果なのか、「妻抱かな」と思い決めるまでに追い詰められた家庭の事情があるのか。そもそも、「春昼」になぜそんなことを決心せねばならないのか、仕事は？　仮に休日としてもヘンで、何より夫は一体どこで――庭や道路、公園、砂浜等々――考えていたのか。「耳にまで響く砂利の踏みごたえ、上気、歩きにくいゆえのあせり、めくるめく明るさと暖気」（『俳句シリーズ人と作品　中村草田男』〔桜楓社、昭和三十八年〕の解説）と語られたところで、「めくるめく明るさと暖気」にうなされたように帰宅する夫には悲哀じみた滑稽感がないだろうか。「妻抱かな」と明言せねばならないところに義務や使命感のごとき妙な力みがあり、それが真剣であるほどユーモラスで、切迫感もある。

作者の草田男は大真面目としても、有季定型で日常の「真実」を捕らえようとするほど作品は奇妙な、不思議な世界が現出しており、両手の隙間から砂からこぼれるように「真実」は「巧妙に掻潜つて逃去つてしまふ」（草田男）。それは次の句も同様であろう。

銭の憂ひ細身の蠅の玻璃に生れ　　（前掲『火の島』所収）

日常とは互いの利己心が絡みあう人間関係の中で配慮や妥協を重ねつつ、雑務や慣習に追われる徒労の別名であり、人間いかに生くべきかという厳粛な問いをかき乱す「銭の憂ひ」が横行する世界に他なるまい。

「真実」を希求しつつも「銭」に悩まされ、心の「憂ひ」が晴れないまま外界を見つめた時、「玻璃」の瓶の中に「細身の蠅」が居ることを発見した。自然界の「蠅」は人間界の「憂ひ」に何ら解決を与えず、ただそこに居る。同時に、「憂ひ」に悶える作者は「玻璃」の中の「蠅」に自身の姿を重ねざるを得ない。「真実」を求めて真剣に生きるはずが、「日常」という「玻璃」の中で「細身の蠅」のように暮らす、しがない自分のありさまを。

しかし、一句は単なる感傷に終わらず、妙に謎めいた気分も漂っている。「細身の蠅の玻璃に生れ」は「憂ひ」を抱える人間の内面を代弁するかに見えて、彼自身と無関係に現前しているかに感じられないだろうか。「細身の蠅」があまりに細かく、具体的で生々しいため、作者の感傷をはねのける存在感を放つかに感じられるためだ。

「万緑の中や吾子の歯生え初むる」もそうだったが、草田男作品には互いに齟齬を来しかねない妙な生々しさが混淆する場合が多い。「銭の憂ひ／細身の蠅／玻璃に生れ」をそれぞれ真面目に受け止め、全てを「真実」へ向けて一句にまとめたはずが、句の至るところに亀裂が入ったまま有季定型として完成してしまっており、それが草田男句の特徴といえよう。これは、常々彼が口にする実感でもあった。「我々はしばしば、外なる「自然」のいのちと内なる「自己」のいのちとの矛盾、相剋に、身を二つ裂にさるるの苦痛を味わつて来た」（草田男「二先業明暗」、「新潮」昭和十二年二月号）。

❻ 草田男句の歪み、魅力

その草田男は奔放な句群と歯に衣着せぬ発言によって、日中戦争後に重苦しくのしかかった戦時体制の空気感に圧力を感じ――先ほどの西東三鬼ら新興俳句の人々は戦争批判の廉で特高警察に検挙されてしまった――、太平洋戦争勃発後は思うように句の発表が出来なくなっていた。しかし、戦争が終結するや草田男を慕う俳人たちが尽力し、彼は主宰誌を持つことになる。題は「万緑」――「万緑の」句が自他共に認める代表句だったため――、昭和二十一年秋の創刊で、草田男は毎号に渡り多数の自作を発表するようになる。例えば、昭和二十三年八月号には六十句強もの大作を発表した。「指頭開花」という題で、金沢旅行を詠んだものだ。

玄《くろ》き珈琲飲みて別れて旅路青し

店内で西欧の香り漂う「玄き珈琲」を飲み終え、店を出る作者はこれからの「旅路」を「青し」と想う。「玄き・青し」が明るい色彩を感じさせつつ、その色は油絵のように濃く、深い。草田男らしい明るさと重厚感に満ち、戦後の解放感と旅の始まりを予感させる句だ。

その後、草田男は夜行列車に乗ったらしく、車中で次のような情景に出会った。

下照る夏灯車中童話を読む声あり　（「指頭開花」）

日没後も走り続ける列車の中、母が子に童話を読み聞かせているのだろうか。「下照る」は大伴家持歌などで著名な歌語で、家持は乙女を詠む際に用いている。そのためか、「夏灯」の下の子どもは女の子に感じられるが、深読みかもしれない。

窓の外が夜闇に閉ざされる一方、「車中」の「夏灯」は乗客を照らし、どこか親密な雰囲気が漂う。夜の車両内で長旅に退屈しないように、眠りにいざなうように「童話」を読み聞かせる親と子の、穏やかなひととき。「～読む声あり」（「指頭開花」）と字余りで終わるため、読み聞かせる声が自然と耳に入り、つい聞いている作者が彷彿とされ、次第に車両内の静かなさざめきも聞こえるようだ。

「旅路青し」の有情、「車中童話を読む声あり」の親子の親密さ……確かに人間探求派と称された草田男らしい句だ。同時に、金沢旅行の「指頭開花」句群には次のような句も多々あるのが興味深い。

旅の身は電柱に倚り鯉幟

梢ごし旅に見下ろす運動会
噴水の前に消化の時を保つ
松籟も噴水にきて真白に
（以上、「指頭開花」）

難解な語があるわけでなく、句意の理解もさして困難ではあるまい。しかし、前節の「銭の憂ひ細身の蝿の玻璃に生れ」同様の不思議な世界が広がってはいないか。なぜ、「旅の身」は「電柱に倚り」という動作が必要なのだろう。「梢ごし旅に見下ろす」も不思議で、読む者を一瞬戸惑わせつつも臨場感がある上、旅独特の風情も感じられる。同時に、旅行者がなぜ「運動会」を見下ろしているのか、微妙に分からないのが妙だ。

三句目の「噴水の前で消化の時を保つ」も変わっており、公園や庭園あたりで食後のひとときを過ごす情景だろうか。「消化の時を保つ」という把握が可笑しい上、「噴水の前で消化の時を保つ」と強調する理由も妙に分からない。「妻抱かな春昼の砂利踏みて帰る」に通じるヘンな力みが宿っており、それでいて食後の安らかな雰囲気も感じられてしまう。

「松籟も噴水にきて真白に」も独特な把握で、「松籟（の音）も噴水にきて真白に」染まる、つまり「噴水」の飛沫が「松籟」の風にあおられつつ青空に舞い上がり、風とともに散らばり、落下してゆく情景が浮かぶ。「松籟も真白に」とあるため、暑いさ中の「噴水」が「松籟も」他の諸々も「真白」に染め上げ、清涼のひとときを見せるかのようだ。風の「松籟」に色の「真白」を重ねる鋭敏さもさることながら、「噴水」のしぶきの音や周りのざわめきまで聞こえるようで、作者の五感の躍動が伝わってくる。

次の句も、彼独特の五感が発揮された句といえよう。

花合歓や凪とは横に走る瑠璃　（『指頭開花』）

夕暮れに凪いだ海面のじっとりした輝き、その鈍く、執拗な照り返しが「横に走る瑠璃」と生々しく感じられたのだ。凪いだ海は人間を拒むように、しかし暮光を浴びて美しく、鋭い光を放ちつつ生命体のように明滅し、日は暮れつつある。夕方に咲き始める合歓の花と、凪いだ海面の「玻璃」のような色彩が自然界の美の蕩尽を想わせ、夕暮れと海面に忘我状態で見入る作者像が目に浮かぶようだ。死の虚無と背中合わせの「日常生活」（草田男）の中、どこにいても、何を体感しても五感が鋭敏に働き、現世の事象が在ることを、その不思議さや苦しさも真剣に受け止めつつ一句に昇華しようとした俳人、中村草田男。戦前の句集『火の島』や『万緑』は無論のこと、戦後の主宰誌「万緑」で彼が句を旺盛に発表し始めた後も、その本質は変わらずに句を彩ったのである。

この草田男句の魅力を、次章で俳句以外のジャンルと比べつつ味わってみよう。

二　草田男句とチャップリンのユーモア、織部焼の歪み

1 チャップリンと草田男

チャップリンといえば喜劇映画の王様で、偉人として語られることも多い。教科書には映画『独裁者』（一九四〇）の演説が――ヒトラーや戦争を批判し、ラストで民主主義による平和を訴えた――載り、『モダン・タイムズ』（一九三六）では近代機械文明を批判するなど、激動の二十世紀に人間愛と反戦を希求した俳優と評価が定まっている。

一九一四年に映画デビューしたチャップリンはしばらく荒唐無稽なドタバタ劇に終始したが、映画会社と巨額の契約を結び、時間をかけて思い通りの内容を制作しうる待遇を得た後、『犬の生活』（一九一八）等でチャーリー像を完成させる。山高帽にチョビ髭、だぶだぶズボンにドタ靴の――服が破れたり、ほつれているのに紳士然としているのが可笑しい――チャーリーはその日暮らしの浮浪者で、お調子者で小憎たらしく、警察等の権力が大嫌いな反面、社会の弱者として冷遇される女性や子どもには優しい。愛する貧しい人々のために奮闘し、良き人生を得ようと悪戦苦闘を続けるも報わ

れないその姿はペーソス溢れるユーモアを漂わせ、世界中の人々に笑いと涙をもたらしたが、一方でその場しのぎの適当な言動をふりまき、要領の悪さや無責任さで周囲を振り回す風来坊の側面も強く、本人が自覚していないところも一層ユーモラスだ。『給料日』（一九二二）では恐妻家の労働者が給料日に痛飲し、夜の街路で大声で歌ってアパート住人に水をかけられ、屋台のソーセージ店を市電車内と間違えて怒られる。チャーリーと捨て子の孤児との絆を描いた『キッド』（一九二一）では生計を立てるため子どもが投石で人の家の窓ガラスを割り、通りかかったフリをしたチャーリーが修理するという風に、周りの人々に小さくも愚かな迷惑や混乱を与え続けるが、本人は一生懸命のつもりで何ら気付いていない。

チャーリーが目先の出来事のみ追い続け、失敗を重ねる姿が可笑しくも哀れで、観客はその不格好な立ち振る舞いに笑いつつ、後ろ姿やふと見せる横顔に悲哀と孤独が漂うことに思い至る。反戦思想等を主張した『独裁者』等の著名映画より、『給料日』等で描かれた庶民の愚かさや小市民的な善良さを描いた作品の方が、現世の桎梏の中で生きねばならない人間の哀しさや喜びを表現しえていたかに感じられる。

＊

喜劇王チャーリーと似た存在を俳句界に求めるとすれば、中村草田男の作品だろうか。先の「万緑の中や吾子の歯生え初むる」等、草田男は輝かしい「生命讃歌」（山本健吉）を謳ったと評されがちだが、「万緑」句にしても、桃色の柔らかい歯ぐきから骨のような白歯が生える神秘を目の当たりにした畏怖は、子の成長を喜ぶ父のまなざしのみでは説明できまい（二章参照）。どのような子であろうと、ある時期を迎えると必ず歯が生える生命の驚異を目撃した驚きが、「〜生え初むる」に漂っていよう。一方、父に眺められている「吾子」は自分がいかなる状態なのか、どのように見られているかに当然ながら無自覚で、ただ「吾子」として日々を過ごすのみだ。

大学生おほかた貧し雁帰る　（『長子』、前掲）
春日落つひもじき豚等鳴きしきる　（『火の島』、前掲）
大試験了へたる双児の爪伸び居り　（『来し方行方』〈自文堂、昭和二十二年〉）
春の屈伸縦にドアをば拭く乙女　（『銀河依然』〈みすず書房、昭和二十八年〉）

この世に生まれ、それなりに懸命に生きるのだが、傍から見ると可笑しい生き物の多種多様なありようが活写されている。貧しくなりたいわけではない「大学生」は大体貧乏暮らしで、春の「豚等」はひもじさを願ったわけでもない。「双児」に生まれ落ちた二人は爪を伸ばしたのでなく、気付けば勝手に伸びていたのだ。縦に長い「ドア」を「屈伸」するように拭く「少女」に、縦に拭く理由を聞いたところで彼女は質問の意図が分からないかもしれない。「吾子」の歯が勝手に生え始めたように、彼らはただそのように生き、ことさらに疑問も感じず暮らし続けるだろう。「無くて七癖」というが、自分が何をしに生まれてきたのか、なぜ自分は自分として生きてしまっているのか分からない上、他者にどのように眺められ、意識されているのか知らないまま、さも当然のように、疑問を感じず暮らす他ない現世の生き物たち。

草田男はそういった彼らの微細な実態にこだわることで――そして「大学生おほかた貧し」とざっ

くりまとめてしまうことで――その生きようを戯画化し、辛辣かつユーモラスに詠んでいる。
銀幕のチャーリーは、当時無数に居たであろう浮浪者や日陰に生きる弱者達の、刹那的で悪気のない暮らしぶりのキャラクター化であり、チャップリンは幼少の極貧時代に辛辣なまでの冷徹さで彼らを観察し、後のパントマイム芸に活かしたという（自伝より）。「人生はクローズアップで見ると悲劇、しかしロングショットで見れば喜劇だ」（チャップリン）――生まれる前にすでに与えられてしまった家庭環境や性別、容姿や才能の有無等に縛られながら、それを意識することもなく右往左往する生き物のありさまをユーモラスに描くまなざしには、憐憫めいた悲哀が漂っている。他者を笑うことは自身を笑うことであり、その自分を受け入れる他ないことの確認だった。その上で初めて成り立つ慈しみに満ちた共感や同情と、ほろ苦いユーモア。

蟷螂は馬車に逃げられし馭者のさま　草田男（『来し方行方』所収）

❷ 草田男と織部焼

骨董には多様な魅力がある。絵唐津の可憐な紋様、その野趣を帯びた筆致や、鼠志野のいびつな、逞しくも柔らかな手触り。釉薬を勢いよく打ち掛けた甕の鄙びた力強さも捨てがたく、あるいは有田の染青磁に料理を盛りつけた時の美しさなど、食事に使うことで生まれる魅力もあろう。
個人的に惹かれるのは、織部である。流し掛けの緑釉が美しい角鉢もさることながら、口縁や胴をあえて歪ませた茶碗――織部黒や黒織部と称されるもの――には目を奪われたものだった。躍るようにうねる縁や胴部の力強い変化がもたらすユーモアじみた緊張感、何より重量感に満ちた非対称の美に惹かれたのである。

時は戦国時代、古田織部の茶会に招かれた豪商が「ヘウゲモノ」と唸った、奇妙に歪んだ茶碗。それは織部好みとされ、いずれもいびつで、破格であり、中には継ぎ目が強調されたりと力みと不安定さが同居した品が多かった。織部好みに惹かれたのは一風変わった造型や意匠に対してというより、かくも奇抜なものを求め、愛でようとした茶人たちのまなざしが気になったためである。明らかに奇妙かつ不均衡な造型と紋様、その破綻と即興が横溢した茶器を興がり、美と認める感覚は何によって醸成されたのだろう。その問いかけは、いつしかある俳人の句の感触と似ていることに気づき、以後、折に触れて考えるようになった。それは中村草田男の句群である。

＊

草田男の第四句集『来し方行方』（前掲、昭和二十二年）には、奇妙な句が多々収録されている。次の句を見てみよう。

妻の父信州疎開先にて急逝す。報に接し直ちに其地へ行く。五句

記憶を持たざるもの新雪と跳ぶ栗鼠と　（他句略）

草田男に師事した香西照雄は、この句を次のように評した。「唯の『雪』でなく、一新した感じを持つ『新雪』の上に、現在に生き現在のみを享受する幼時のごとき栗鼠が飛びはねているというイメージが過去の悲喜を忘れ一新するゆえの幸福感をまざと感じさせるから、前書なしでも、その時の作者

は、少なくとも幸福ではなかったということは分る」（『俳句シリーズ人と作品　中村草田男』、前掲）。「記憶を持たざるもの」はむしろ『記憶を持つもの』の悲喜」を喚起させ、両者の明暗を「新雪」が浮き彫りにするというのである。

当を得た句評だが、作品に謎は残ったままだ。「記憶を持たざるもの」がなぜ「新雪・栗鼠」なのか、何ゆえ「跳ぶ」栗鼠」でなければならないのか。句は黙して語らない。前書や作者の状況を参照し、冬の「信州疎開先」で詠まれたことを踏まえても、「記憶を持たざるもの」が「新雪と跳ぶ栗鼠」である必然性を解明したことにはなるまい。しかし、句には「記憶を持たざるもの↓新雪と跳ぶ栗鼠」とのみあり、両者は他でありえた可能性を漂わせつつも作品上には必然性を帯びて現前してしまっている。結果として、読者は「両者には深い関連性があるはず」という前提で解釈する他なく、「新雪」等を手がかりに飛躍の溝を埋めざるをえない。

ただ、香西照雄のように解したとしても、「跳ぶ栗鼠」には句意の把握に回収しえない妙な臨場感が残存していないだろうか。「万緑の中や吾子の歯生え初むる」同様、草田男句には奇異なまでに生々しい表現が散見され、それは第一句集『長子』（前掲、昭和十一年）から萌芽が見られる。

鏡面に薄羽かげろう垂れとまり

「鏡面」に美しく透き通った羽の「薄羽かげろう」がとまっている……仮に「とまりけり」ならば、日常のひとときに垣間見える美の瞬間となろう。しかし、「垂れとまり」という表現には妙な生々しさが宿ってはいないか。「万緑の」句が「〜生えにけり」ではなく「〜生え初むる」とあったように、掲句も「〜垂れとまり」と――それも「垂れとまる」ではなく、不安定な連用形で句が終わったのも妙な違和感がある――することで、句の内容に回収されない不思議な臨場感が息づいている。

草田男句の特徴は、第二句集『火の島』（前掲、昭和十四年）から『万緑』（前掲、昭和十六年）を経て、『来し方行方』に至ると顕著になる。一例を挙げてみよう。

人形や夏灯の壁へ頭で凭れ

勇気こそ地の塩なれや梅真白

汐浴びて人の讃美歌海広ら

「頭で凭れ」と捉えるまなざし、「梅真白」の強調や「海広ら」の措辞……句意を理解したとしても、これらに妙なこだわりが感じられ、生々しい臨場感を伴ったまま作品内に安らっている。草田男の措辞には句の内容や意味云々と別の迫力が宿ることが多く、それは安定や秩序をもたらすというより、「万緑の」句のように一句の世界に亀裂を入れ、歪ませ、不透明な響きを与えるノイズのように作品に留まりつつ、しかも句意と渾然一体となって有季定型の姿をまとっている。

草田男はなぜこれらを俳句と見なし、完結させることができたのだろう。「降る雪や明治は遠くなりにけり」（『長子』）という句を詠みえた彼が、何をもって俳句が完成したと感じたのか、いささか不思議に感じられる。

草田男の俳句と、黒織部の茶碗を称えた茶人たちのまなざしは似ていないか。窯で焼きあげる際、口縁から胴部に亀裂の入った茶碗を「喰ちがひ」と珍重した彼らの美意識は、草田男が作品を完成させる際の俳句観と共鳴する何かがあるかに感じられる。不自然な力みやいびつさが、そうでしかありえなかったという現場性の刻印として働く、その滑稽じみた切実さ。

柱廊が影曳く子無き毛糸編み

草田男　（『来し方行方』）

VI 石田波郷

（大正二（一九一三）年～昭和四十四（一九六九）年）

一　石田波郷とライカ

1 ライカ

写真機が特別だった時代、「ライカ」は魔法の輝きを帯びた機械だった。カメラは大型で重い機材が常識の戦前期、ライカは信頼性の高い小型カメラとして一世を風靡し、木村伊兵衛やアンリ・カルティエ＝ブレッソン等、名だたる写真家がライカを片手に街を歩いたのは著名である。

ライカはドイツ・ライツ社の製品で、名称は「ライツ社のカメラ」による。第一次世界大戦が講和を迎えた後、エンジニアのオスカー・バルナックが小型カメラを試作したところ社長の目に留まり、大正末期に市販したのが始まりだった。その後もボディに改良が続けられ――バルナックにちなみ「バルナック型ライカ」と呼ばれ、フィルム装填やファインダー等が戦後のM型と異なる――、優秀なレンズ群が発売されるとともに昭和初期には距離計を組み込んだライカII型が発表され、ライカは愛好家の羨望の的となった。

現在のデジタルカメラは光量の露出やレンズの絞り、ピント合わせ等を機械任せにできるが、当時は手作業で、特にカメラと被写体との距離を誤るとピンボケになるため、距離計で計りつつピントを合わせる作業が必要になる。目測で見極めるのは機種を使い込まないと難しく、例えば石田波郷は藜の杖を距離計代わりにしたらしい。

私のカメラは安物だから距離計がない。私は散歩用のステッキとして、藜を一米に切ってこれを距離計代用にしてゐた。三脚を据えて彼女達との距離を測ると三米に少し足りない。

（波郷「療養写真術」、「小説公園」昭和二十八〔一九五三〕年四月号）

戦後の結核療養所でカメラに目覚めた波郷は、妻の弟からスプリングカメラ（蛇腹式のカメラ）を借りて患者や来訪者などを撮り、入院中の気散じとしていた。そのカメラには距離計がなく、波郷も距離計を持っていなかったため藜の杖で測り、撮影を楽しんだのである。

しかし、ライカはⅡ型以降に連動距離計を搭載したため、被写体を見つけるやピントを手際よく合焦し、シャッターを切ることが可能になった。素早く的確に、鮮やかに世界を切り取るライカは愛好者の垂涎の的となり、ツァイス・イコン社（ドイツ）のコンタックスとともに小型カメラの王者として名を馳せたのである。

ただ、ライカはボディとレンズのセットで土地付き家一軒に相当する高額で――昭和十年代に千円前後もした――、気軽に購入できなかったため、ライカの所有者はほぼ資産家だった。

防波堤に荒れる波の威力、越えくる波は火である。海は焔になるのぢやないか。海に呼びかけた「海よお前にも思想があるのか」と大王岬に燈台を見る。日時計がある。沖光る波、白い汽艇、方寸のライカに収める。

（島原麓人「素碧録」、「青嵐」昭和十四年一月号）

大阪の「青嵐」（芳賀胡蝶主宰）に随筆を連載した島原麓人なる人物は、冬の海辺を「方寸のライカ」で撮ったと記している。どのような人物か不明だが、他月号にはローライ――ドイツ製で二眼レフカメラの最高峰、ライカより高価だった――にも言及するなど、裕福な趣味人だったことがうかがえる。

❷ 句評の比喩として

舶来の高級小型カメラ、ライカ。現実を鋭利かつ詩情豊かに切り取るカメラとして、また機械文明の粋として仰がれたライカは俳句を語る際に参照されるようになった。華族の京極杞陽は、「ホトトギス」の特集「人々に勧める俳句」で次のように俳句の幅広さを説いている。

まあだいたい絵を描くのと同じ描写の要領で扱ふのがいゝのですが、（略）一口に絵のやうにといつたつて油絵の静物画のやうな行き方から、四君子だとか達磨だとかの墨絵の筆法に至るまで、（略）このごろの俳句にはライカで撮つた写真のやうに鮮明な感じのするものも、十六ミリで写した実写のやうに可憐な味のものもありますよ。

（京極杞陽「話せる人」、「ホトトギス」昭和十八年四月号）

俳句は絵と同じ要領で「写生」するのが筋だが、「一口に絵のやうにといつたつて」色々あり、最近はライカの写真のように「鮮明な」作品もある、つまり俳句は多様な作品作りが楽しめる文芸なのだ……という話の流れで、杞陽は実景を鮮やかに切り取る例としてライカに言及している。

次の評も見てみよう。

酸素溶接冬草せつに照るほとり　　渡邉白泉

酸素溶接その青炎に冬日断つ　　同

氏の作品を手にする毎に打たれるのは、ライカの鏡玉の如き高度の感受性と、豊かな詩情の重圧である。（熊倉立尾「佳作訪問」、「句と評論」昭和十年六月号）

渡辺白泉の連作をライカのレンズになぞらえた評である。冬日の照る下、溶接工が何かを加工する様子を詠む白泉句は「ライカの鏡玉の如き高度の感受性」に満ちているという。ライカは風景を無機質かつ鋭利に切り取るのでなく、レンズには「高度の感受性」が備わっており、同様に白泉句も労働者の日常を無感情に示すわけでなく、「豊かな詩情」とともに「酸素溶接」の一瞬を切り取ったのだ……というのである。ライカは「鮮明な感じ」（杞陽）とともに「高度な感受性」を湛えた美を写す機械として見なされたのだ。

ライカは戦後も魔術のように人々を惹きつけ、俳句評でも言及され続けた。山口誓子主宰「天狼」の一節を見てみよう。

寒念仏旅館の三和土水に濡れ　　幽鳥

誓子レアリズムといふカメラに早くから使ひ慣れてゐるこの作者は、近頃益々その使ひ方がたくみになつた。恐らくこのライカ使ひの上手達人は、天狼中冬一郎氏とこの人であらう。寒念仏といふやうなものと真向から取組むと必ず概念的になり、月並的になるであらう。それを氏はただ、旅館の水に濡れた三和土の前に立つたところの一事実にレンズを向け、写しとつてきた。寒念仏はいきいきと生命をあたえられてゐるのである。

（古屋秀雄「欣一、幽鳥、予志」、「天狼」昭和二十九年五月号）

昭和初期に「カメラの眼」と自らを評した山口誓子、その彼に師事する古屋秀雄は「誓子レアリズム」の鮮やかさをライカになぞらえ、「天狼」同人の杉本幽鳥を「ライカ使ひの上手達人」として評価する。冬寒中に町を練り歩き、喜捨を乞う寒念仏が旅館の前に立った時、三和土が水に濡れていたという。冬の濡れた三和土の冷ややかさが寒念仏を寄せ付けないような、現実にありうべき「一事実」を感情を交えず切り取るのがライカレンズのように鋭いというのだ。「寒念仏」句は大判カメラでストロボを焚いて記念撮影をするような風景でなく、日常の一瞬を小型カメラでスナップした趣があるため、評者はライカを引き合いに出したのだろう。

3 写真機と自意識

この時期のライツ社は戦前以来のバルナック型に改良を加えてライカⅢfを発売し（昭和二十五年）、名声を不動のものとしていた。昭和二十九年にはライカM3を発表、その完成度の高さは世界中のメーカーに衝撃を与え、日本メーカーはライカと同系統のカメラ開発を断念し、別種のカメラ開発に舵取りを余儀なくされたという伝説が生まれたほどだった。

折しも結核療養所を退院した石田波郷がライカを手に入れたのもこの頃で（昭和三十年）、彼の書き残した手帳によるとⅢｆを購入したらしい。ライカは戦後も超高級品で――当時で十万円前後もした――、波郷がカメラ趣味に相当入れ込んでいたことがうかがえる。彼がカメラを愛したのは、次のような理由だった。

カメラの眼は非常に不便な眼だ。ただその性能の範囲内では恐ろしく正確だ。私はこの正確な点に大いに惹かれてゐるだけだ。カメラによる作画とか、レンズの味とかを問題にしてはゐない。つまりカメラを絵筆のやうに使つて、芸術写真を作らうなどと考へてゐるのではないのである。さういふ意図でやるならば、下手糞ではあるが私は十七字でやる。私は俳人だからである。写真はナマの生きて動いてゐる事実を（風景であれ人間であれ）はつきり写しとる。秒の百分の一の瞬間にしか生きてゐないやうなことを「表現」としてでなく、そのまま写し止める。カメラでしかできない芸当である。これが私には面白くて仕方がないのである。（略）

木村伊兵衛といふ写真の先生は、たとへば石川桂郎をうつせば誰がうつしても石川桂郎であつて作者など出ないといふ。すると他の写真の先生は総攻撃をする。そんな馬鹿なことがあるか、木村伊兵衛がうつせばその写真には木村伊兵衛が出るといふのである。私は木村伊兵衛先生の説に賛成である。木村伊兵衛先生は天の邪鬼をいつてゐるのではない。写真といふものを純粋に認識してゐるのである。　（波郷「続療養写真術」、「俳句研究」昭和二十八年十一月号、臨時増刊）

波郷は俳句とカメラを峻別した上で、精密機械としてのカメラを礼讃する。俳句であれば芸術たらんと苦心を重ね、「作画」や「味」を意識しつつ造りこむこともするが、カメラは「ナマの生きて動いてゐる事実を」「そのまま写し止める」ゆえに尊い、つまり「作者など出ない」内にシャッター一つで写真が完成される点が好ましいというのである。

「俳句は境涯を詠ふもの」（「作句の心」、「鶴」昭和十七年一月号）と言い切った彼にとって、俳句は「作者」の存念を賭けて臨むべき世界だった。

蝸牛やただ嫋々と巷の歌
鰯雲甕担がれてうごき出す
妻病めり傾き減りし炭俵

（句集『春嵐』〈琅玕洞、昭和三十二年〉所収、昭和二十八年作）

梅雨どきのラジオか、レコードだろうか、歌謡曲がたおやかな余韻とともに流れる中、蝸牛を見つめる作者のまなざし……「切れ」を活用した句群で、季語とそれ以外の措辞の配合が意外に感じられるとともに、「作者は両者をなぜ取り合わせたのか」と読者に考えさせることで、作者のまなざしをかえって強く感じさせる作風だ。四季のうつろいの中、現れては消えゆく季節と日々の哀歓を季語に託し、日々の出来事を記憶に留めるように点描する手さばきは、有季定型を知悉した波郷らしい句といえる。

「作者＝境涯」をいかに読者に感じさせるかに腐心した俳人波郷は、カメラの世界ではむしろ「作者」を限定することを好んだ。「事実を」「そのまま写し止める」こと、つまり写真は「作者」の個性やモチーフと無縁のところで成立する精密機械の所産であり、芸術作品は「作者＝創造主」の産物という自意識を崩壊させるものだった。それゆえ波郷は俳人としてカメラを愛し、撮影を愉しんだのである。

ズマリット・レンズ50mm/f1.5を装着したライカⅢfを首からぶら下げ、家の近所や江東区近辺を散策した波郷。散歩の途中で「ナマの生きて動いてゐる事実」を見かけるやライカを素早く構え、直観的にシャッターを切る。あとは「事実」が全てを物語るだけだ……このようにうそぶく波郷は、ライカを句評の比喩に使う他俳人と認識がおよそ異なっている。他俳人はカメラと俳句に共通する「作者」を信じたのに対し、波郷はカメラが「作者」を限定し、縮小させることを恩寵と見なしたのだ。

「俳句は境涯を詠ふもの」と宣言した波郷にとって、俳句に「作者」を宿らせることは拭い去ることのできない所業であり、それゆえライカ片手の散策は「作者」や「季語」のありようを忘れさせる桃源郷であった。波郷のカメラへの偏愛は俳句に「境涯」を賭けてしまった俳人の、むしろ息苦しいまでの存念が透けて見えないだろうか。

二　波郷と逸話

❶じっと見る

逸話が楽しい。俳人の素顔や日常でのひととき、笑いを誘うエピソードや胸を締め付けられる話など、ふとしたエピソードには味わいがある。

戦後俳誌には戦前の逸話が数多く載っており、興味深い話も多い。戦時中は思想統制が厳しく――圧迫を深刻に受けたのが新興俳句だった――、同時代の出来事でもあるため俳人像を伝える逸話はさほど多くないが、敗戦を経て混乱と困窮が一段落した後は戦前を過去として振り返る余裕が生まれ、昭和三十年前後には随筆や座談会等で往時を懐かしむ逸話が語られ始めた。

俳人の一生を決定付けた話や俳句史上の出来事も興味深いが、むしろ小さな、ささやかなエピソードの方が俳人のたたずまいを醸し出すことが少なくない。例えば、石田波郷についての逸話を見てみよう。

加藤　私が馬酔木へ書いたんでしたかな、波郷さんの句のなかで、ちよつとどこかわからないが惹きつけられる、といふのがあるでせう。さういふものを一番たくさんもつてゐる人だと思うんです。なんか、えたいの知れない……人間それ自身がそうですよ。
石田　（笑ふ）
加藤　よく人の顔をじつと見るんだ。
石田　さうかね。
加藤　それで見られるとね、ちよつと眼をさげたくなるやうなところがあるんだね。それを僕は異様に感じたんだ。それで俳句を見てゐると、さういふところがあるんだね。

（水原秋桜子、石田波郷、加藤楸邨「師弟鼎談」、「俳句」昭和三十年三月号）

三人がかつての「馬酔木」を懐かしむ座談会である。時は戦後、秋桜子は「馬酔木」、波郷は「鶴」、楸邨は「寒雷」主宰とそれぞれ活躍していたが、昭和初期の波郷と楸邨はともに「馬酔木」で修行の身で、秋桜子を師と仰いだ俳人だった。右の発言は、楸邨が往事の波郷を語ったくだりで、波郷には「えたいの知れない」ところがあり、「人の顔をじつと見る」癖があったという。楸邨は彼の雰囲気と作品に似通うものを感じたらしく、また次のようにも語っている。

加藤　石田君と清瀬で一緒になつた時、赤城さかえ君が、石田さんがくる、といふんだ。「それぢや、石田君がくれば僕はのんびりできていいな」といつて出たけれども、一緒になつたら、この人は絶対喋らないいんですよ。
石田　それは一人ならばいひますけれども、加藤さんが一緒ならいいと思つて……。
加藤　人が汗かいてゐるのを、横でアゴを撫でながらニヤニヤして聞いてゐるんだ。（笑声）

肺を病む波郷が療養した清瀬で、楸邨とともに句会に参加した際の様子であろう。楸邨が一生懸命句評しているのを尻目に、波郷は「横でアゴを撫でながらニヤニヤして聞いてゐる」。常識的で、周りに気配りをするわけでもなく、寡黙で不敵な、何を考えているか分からないが腹の中で思うところはありそうな、居直りともつかない態度で周りに気を使わせるタイプ……そういう人物像が浮かぶ。

（「師弟鼎談」）

2 寡黙な波郷

波郷の寡黙ぶりは有名だった。彼は西東三鬼と初対面の折に一語も発しなかったらしい。三鬼は次のように回想する。

彼と初めて逢つたのは昭和十年頃で、所は、神田の馬酔木発行所であつた。平畑静塔が初めて私に逢ひに東京に来た時で、私は静塔に連れられて発行所に行つた。私達はそこで秋桜子先生、波郷、辰之助等に逢つたが、一時間余りの会談中、遂に一語も発せずニヤ〳〵してゐたのが波郷であつた。私はその時、馬酔木の秀才、石田波郷といふ男は多分、阿呆であらうと思つた。世俗の中にゐた私は、「京大俳句」や他の同人雑誌の俳人が馬酔木発行所を訪れたら、そこに常任してゐる編集員が、無器用に一語も発し得ないのは阿呆だと思つたからである。

（三鬼「俳友記」、「俳句研究」昭和二十八年一月号）

新興俳句が勃興しつつあった時期、「京大俳句」編集長の平畑静塔が三鬼を同人に迎えるべく東京を訪れた際、静塔は三鬼を「馬酔木」発行所に連れていった。「馬酔木」率いる秋桜子は「ホトトギス」への対抗心を燃やし――昭和六年に「ホトトギス」離反以後、主宰誌「馬酔木」を盛り立てようと必死だった――、また関西の「京大俳句」も自由闊達な雰囲気の中で従来と異なる作風を打ちだそうと試行錯誤していた。彼らが新興俳句として「ホトトギス」側も無視しえない潮流になりつつあった頃、静塔と三鬼が「馬酔木」を訪れた際、編集者の波郷は「一語も発せずニヤ〳〵してゐた」というのだ。新興俳句の牙城たる「馬酔木」編集者として「ともに盛り立てていきましょう」等と声をかけることなく、笑みを浮かべるのみだったという。

議論めいた話のみならず、日常会話も交わさなかったとすれば――仮に話をしたとしても、三鬼がそのように書きたくなる雰囲気があったかもしれない――、なかなか凄い。不敵というか、非常識というか、いずれにせよ「阿呆」と三鬼があきれるような態度だったのだろう。

これらの逸話と彼の句には、どこか共通点がないだろうか。

百日紅ごくごく水を呑むばかり

螻を口にあてたる独り言

（『鶴の眼』〈沙羅書店、昭和十四年〉所収）

いずれも意味深で、何か言いたげな、しかし肝心なことは述べず一句を終わらせた感がある。すでに真夏、夢や願望を果たせないまま屈託を持て余す日々、あるいはすることもなく怠惰に、自堕落に過ごす毎日の中、なすことといえば「ごくごく水を呑むばかり」……折しも「百日紅」の時節、炎天下に葉を茂らせ、多くの花を咲かせる木のやや異様な、鬱陶しくもある奇妙な存在感。その幹の生々しさ、花を見上げた時の日ざしのまぶしさ等が渾然となって真夏を脳裏に刻む「百日紅」と、「ごくごく水を呑む」と喉の動きを想わせる措辞に加え、「呑むばかり」の理由が示されないまま取りあわされることで、読者は作者の心理状況を忖度したくなる。二句目も同様の手法で、「独り言」が下五に置かれることで内容の不透明さが、そして作者の自意識が露わになり、読者に意味深に迫るように詠まれている。

当時、引用句のような句風は難解とされ、戦争の暗雲立ちこめる時勢にあったため、波郷は戦時体制下の人間生活の苦悩や真実を詠もうとする「人間探求派」(「俳句研究」編集者の山本健吉が命名)と称された。

確かに時代状況はそうかもしれないが、波郷自身に謎めいたところがあり、三鬼や静塔が「馬酔木」発行所に訪ねても「一語も発せずニヤ〳〵してゐた」ことを考えると、そういう人物だったのだろう。それは狷介や狭量というわけでなく、何かしら周囲に許される──「あの人はそういう人だから」と納得させるような──人柄だったらしい。

❸ 波郷らしさ、楸邨らしさ

秋桜子や波郷らの「師弟鼎談」では、彼らしい逸話として次のような話も出ている。

水原　綾華上人が印刷所へ七百五十円、借金をつくっちゃったんだ。弱っちゃってね。その頃、七百五十円の金がないんですよ。それで短冊頒布会をやったな。その時、平畑静塔などが大いに申込でくれましてね、それを僕はいまだに徳としてゐるんですよ。それで一遍に借金を返して気持がよかつた。その時のお金で買つたのかな、発行所で冷蔵庫を備へてね、ゼリーを作つたんだ。石田君がその係で、いつも行くと発行所でゼリーが出るんですよ。ですから石田君は夏には来てゐたわけだ、毎日。

編集部　だれが作るんですか、ゼリーを。

水原　石田君が作るんですよ。

編集部　なるほど。（笑声）

（「師弟鼎談」）

「綾華上人」は佐々木綾華で、「馬酔木」の前身誌「破魔弓」の創刊者である。「破魔弓」が「馬酔木」と改題後（昭和三年）も編集発行等を務めたが、ある時、印刷所の借金が嵩んでしまい、首が回らなくなったという。秋桜子たちは一計を講じて短冊頒布会を催したところ好評を博し、借金返済も叶った上に冷蔵庫も購入できた。秋桜子はゼリーをこしらえることを思いつき、波郷にその係を任じたところ、彼は毎日せっせと作り、人々にふるまったらしい。無論、波郷はゼリー係の職権を生かし、存分に味を愉しんだはずだ。「一語も発せずニヤ〳〵」しながら、ひそかにゼリーを口に運ぶ毎日……憶測に過ぎないが、その方が波郷らしい気がする。

波郷に関する逸話と句の印象には、なるほど似通う点も少なくない。作品を知るには作者の境涯を知らねばならないというのでなく、彼が句作修行の中で余人にない自身の特質や長所をよく見極め、自覚しつつ、否応なく作品に滲み出るまで句作に励んだことを意味する。彼自身は俳句を「打坐即刻のうた」、つまり自身の感興を瞬時に詠む詩と述べたが、そのように詠んでも作者のたたずまいが句に漂うほど有季定型の技術を磨いた達人だったのである。

ところで、「馬酔木」で波郷とともに修行した加藤楸邨の方はどうだろうか。ある時、彼は「馬酔木」発行所を訪れた大野林火をエレベーターで見送った後、一歩下がりエレベーターに戻ったところ下に落ちてしまった――楸邨が見送りしている間にエレベーターが上がってしまい、扉がそのまま開いていたため、確認しないまま後ずさって落ちたらしい――ことがあった。その時の様子を、楸邨は次のように回想する。

加藤　その話はもう結構ですよ。あれは田舎から出てきて、いろんなお客さんがあすこに来ますからね。上から下へ案内する時に、自分が運転してみせると、ちよつと偉くなつたやうな気がして、やりたくてやりたくて、仕様がないんだ。それで下までお客さんを送って、それから一人でスーツと登るんです。あの祟りなんだ。それからは人が来ても絶対に送つてやらない。凝りちやつた。

石田　さうでせう。あれぢや懲りるでせう。（笑声）

加藤　ひどいもんだな。

水原　あれは下まで二間ぐらゐあるでせう。

石田　地下室は相当深いですからね。底まではね。そのかはりエレベーターの落ちる時のことを考へて、バネのやうなものがあるんでせう。

加藤　棒があるんです。棒と壁の間へ落つこつたんです。

水原　よく怪我しなかつた。

加藤　仰向けに倒れて、脚が上で、頭が下ですからね。それで上を見ると、エレベーターの尻が、かうなつて（揺れる様子）ゐるでせう。いやあな気持でしたよ。
編集部　ぢや、相当時間がかかつたんですね。
加藤　とにかく上に行けば波郷君がゐるんだから…。
石田　加藤さんが大野さんを送つて行つたあと、暫くあがつてこなかつたんですよ。ですから喫茶店にでも行つてゐたと思つたんです。そしたら喫茶店どころぢやないんだ。（笑声）
加藤　波郷君の句を見るとあのエレベーターは、豪華な菊をもつてあがつてゆくなんてあるけれども、しかし、僕には印象が悪いな、あのエレベーターは。（笑声）　（「師弟鼎談」）

「馬酔木」発行所のエレベーターは故障が多く、秋桜子は周囲に乗らないよう忠告したらしい。そのエレベーターを、波郷は「昇降機菊もたらせし友と乗る」（『石田波郷集』〔沙羅書店、昭和十年〕所収）と澄ました顔で詠み、かたや楸邨は落ちてしまう。「鰯雲人に告ぐべきことならず」（『寒雷』〔交蘭社、昭和十四年〕所収）と不器用なまでに作品を力で押した作者らしい逸話……と捉えるのは牽強付会かもしれないが、彼の句の雰囲気と関連付けたくなるエピソードに感じないだろうか。

Ⅶ 菖蒲あや

（大正十三（一九二四）年～平成十七（二〇〇五）年）

一　昭和の「路地」のスケッチ

表通りから路地に入ると、人々の暮らしが身近に感じられる。やや日陰の、家々を縫うように伝う路地にはどこかからテレビ番組の声がもれたり、焼き魚の匂いが漂っていたりする。玄関口にシューズを干したり、並べられた植木鉢から猫が跳び出したり……現代も無論のこと、いつの時代も路地は生活の匂いに彩られた世界だった。例えば、明治期の路地風景を見てみよう。

何処の場末にもよくあるやうな低い人家つゞきの横町である。人家の軒下や路地口には話しながら涼んでゐる人の浴衣が薄暗い軒燈の光に際立つて白く見えながら、あたりは一体にひつそりして何処かで犬の吠える声と赤児のなく声が聞える。（略）家の前の往来には人が二三人も立止つて内なる稽古の浄瑠璃を聞いてゐた。（永井荷風『すみだ川』、明治四十四（一九一一）年）

うだるように暑い夏の晩、路地のあちこちでは浴衣姿の人々が団扇片手に涼んでいる。テレビもない時代、夜の静けさに時折響くのは犬や赤ん坊の声、そして浄瑠璃の三味線ぐらいのもの……永井荷風は西洋文化の摸倣を是とする当時の風潮から逃れるように、江戸情緒の濃い下町風景を小説に描き続け、実際に様々な路地をよく散歩した。

路地に響く三味線の音色は、昭和期に入ると姿を消し始め、例えば戦後は次のような音が流れるようになった。

白南風や路地のどこかにラジオ鳴り　　井上　銀杏　（「鷹」昭和三十九〔一九六四〕年九月号）

梅雨明け間近、路地にそよ吹く南風に乗って、どこかの家からラジオの音がもれてくる。掲句の昭和三十九年は東京オリンピック開催の年で、歌謡曲ならば三波春夫の「五輪音頭」か、あるいはヒット中の坂本九「幸せなら手をたたこう」が夏の風とともに流れてきたのかもしれない。

野球中継であれば、巨人軍の王貞治が本塁打を打った瞬間だろうか。この年、王選手はホームランを打ちまくり――最終的に五十五本の新記録を樹立した――、同軍の長嶋茂雄とともに球界の強打者として君臨した。当然、全国各地では王や長嶋に憧れた少年たちが球を追っかけ、バットを振り回し、日没まで野球に耽る姿が見られるようになる。

どの路地も子供野球や秋夕日　　芝　ただし　（「夏草」昭和四十二年二月号）

学校から帰宅した子どもたちがランドセルを放り出し、路地に皆で野球に興じているのだ。日が沈むまでのひととき、王選手ばりに一本足打法でバットを振る子や、金田正一投手のように鋭いカーブを投げ込もうとする子どもたち……彼らの喚声も路地を彩る響きだったといえよう。

路地に響く声といえば、次のような場合もあった。

①栗育つ路地を口笛労働歌　　古沢太慶夫　（「寒雷」昭和二十九年十一月号）

②路地に著洗へば背の子歌ひ出す　　平島　静子　（「寒雷」昭和三十年五月号）

たわわな実を抱える栗の木が影を落とす路地を、男が口笛で労働歌――戦前以来のメーデー歌か、炭鉱関連の歌だろうか――を吹きつつ通り過ぎゆく（①）。またある時は、子をおんぶした母がしゃがんで芋を洗っていると、背中の子が歌を――「かえるの合唱」あたりか、まさか美空ひばりではあるまい――歌い出したのだった（②）。

無論、路地に漂うのは人の声ばかりではない。食事どきにはそこかしこに匂いが立ちこめたものだ。

①秋刀魚焼く路地を一人の家へ帰る　百瀬　隆夫　（「青玄」昭和二十五年一月号）

②路地奥の生活かぼそに柳葉魚焼く　藤岡　紫陽　（「俳句」昭和三十七年三月号）

現在のように肉食が多くなかった当時、定番のおかずは魚だった。秋の夕暮れ、独り身の男が路地の家に帰宅しようとしている。路地のあちこちで七輪や灯油の空き缶に火を熾し、網で秋刀魚を焼いているのだ。食欲をそそる匂いと煙漂う秋の路地を、家族をまだ持たない独身者がどこか物憂げに通りゆく（①）……その路地の中でも、奥の方に住まねばならない侘びしい暮らしにあって、冬のある日、ささやかにシシャモを焼く庶民もいた（②）。

そう、路地は庶民の世界であった。貧しく、不甲斐ない境遇を余儀なくされた人々の諦念じみた吐息の中、それでも汗をかいて懸命に働き、互いに助け合い、よりよい明日を信じた市井の人々が身を寄せあって暮らした場所であり、例えば彼らが空を見上げた時のまなざしは、今や想像しえないほど強い祈りに満ちていたかに感じられる。

路地の空青し白菜干されあり　菖蒲　あや　（『路地』〔牧羊社、昭和四十二年〕所収）

路地に漬物用の白菜が高々と干され、その向こうに広がる冬空はただ青く、澄み渡っている。より広い世界へ、陽光の満ちた場所で苦労を背負わず暮らしたいものだ、叶わぬ願いとしても、いつかはあの青空のように明るく、広く、澄んだ人生を……同時に、そのような運命を甘受しつつ、これが私の生活であり、喜びや華やぎも辛さや悲しみもここにあるのだ、そう思い決めて暮らした人々の軌跡は、次のような昭和の句群に今なお息づいてはいないだろうか。

①風花やけふも路地占む手まり唄　たけし　（「春燈」昭和二十八年四月号）
②山車を組む路地にいちにち鰆東風　中野ただし　（「青」昭和四十八年六月号）
③紫陽花に路地の奥より機の音　伊勢谷咲枝　（「関西俳句」昭和四十七年四月号）
④炎天の子に賑わひし路地の奥　平賀はじめ　（「鹿火屋」昭和三十一年十月号）
⑤路地の秋濡れた盥を立てかくる　飯島　八枝　（「青」昭和四十八年十一月号）
⑥雪降り止み路地に満ちたる祝婚歌　浜田　寛陽　（「俳句」昭和三十八年五月号）

晴れた空から淡雪が花片のように舞い落ちる中、今日も路地では女の子たちが手鞠唄で遊んでいる（①）。冬の余寒も過ぎ去り、海近くの路地に春を告げる風が吹きそめる頃、祭の山車を組み始める男衆の姿が頼もしい（②）。

梅雨の路地には紫陽花がたゆたい、その奥から機織り機の音が響き（③）、梅雨が明けると真夏の路地奥に子どもたちが集い、汗と喚声をふりまきながら遊んでいる（④）。秋の路地には盥を乾かすために濡れたまま立てかけられ（⑤）、冬の路地では二人の門出の祝いが催されたこともあった。雪も両家を祝福するかのように降りやみ、近所仲間も加わった祝婚歌が狭い路地に満ちあふれる（⑥）……ささやかな幸せとそれなりの不幸せが訪れる季節の中、路地の人々はともに笑い、無邪気に喜び、時に悲嘆に暮れ、裏切られつつ、何とか平穏を保ちながら昭和のある時期を過ごしたのだった。

無論、今も町のあちこちに路地はある。しかし、先の句群に加え、次のような風景はもはや遠く、はるかな記憶にたなびく出来事になったといえよう。

路地口に量る蜆の小粒なる　高林　朴天（「風」昭和二十九年五月号）
雪の路地蟹売る声の細くなる　神崎　忠（「風」昭和三十年四月号）
朝寒の路地花売りの声とほる　杉本　欣子（「鷹」昭和四十年一月号）
春暁や魚売女《おたゝ》の声の消ゆる路地　楠　節子（「渋柿」昭和四十三年七月号）
金魚屋が路地を素通りしてゆきぬ　菖蒲　あや（句集『路地』、前掲より）

路地口での蜆の量り売り——それも小さな蜆ばかり——や、港から揚がった蟹や魚、また季節の花や金魚の行商が時に呼び声をあげ、時に素通りしてしまう路地の情景……しかし、昭和期後半から現在にかけて行商の人々は急速に姿を消し、代わりに町のあちこちにコンビニやスーパーが出店した。入り組んだ路地は次第にマンションや駐車場へと変貌し、魚を焼く煙や匂いが道路に充満することもなく、機織り機の音も絶えて久しい。路地でフラフープやメンコに興じ、一本足打法でバットを振っていた子どもたちは今や還暦を過ぎたことだろう。

かつて路地で遊んだ子どもたちの一人は、まだ赤ん坊だった頃、もしかすると次のように冬の夕暮れを過ごしたのかもしれない。無論、幼少時の記憶はほとんど薄れているのだが、とても優しい母だったことは今でも覚えている。

寒茜して路地よりの子守唄　石田　昭義（「鶴」昭和四十二年五月号）

二　戦後の「路地」を生きた俳人、菖蒲あや

1 市井の俳人として

これまで昭和戦後期の「路地」を詠んだ句を紹介したが、中でも「路地の空青し白菜干されあり」等を詠んだ菖蒲あや（一九二四〜二〇〇五）は第一句集名を『路地』とするなど、路地に生きる自身の姿にこだわり、句に詠み続けた俳人だった。

路地に生れ路地に育ちし祭髪　（句集『路地』所収）

日当たりの悪い路地の長屋に生まれた、下町育ちの女性。庶民の生活感漂う路地暮らしも祭の折には華やぎ、町が祝祭めいたひとときに包まれる。狭い「路地」で生まれ育ち、気付けばそのように暮らす他ない女性の——子どもや十代後半、大人でもよい——、それゆえにあでやかな「祭髪」がいっそういじましく、愛らしい。

菖蒲あやは東京墨田区京島町（旧吾嬬町）周辺で一生を過ごした俳人だが、今や彼女を知る人は少ないだろう。日立製作所の工場に勤め、俳句結社は「若葉」「春嶺」に所属し、第一句集『路地』で

俳人協会賞を受賞した。生涯を独身で通し、晩年は「春嶺」主宰として活躍したが、昭和俳句史上の俳人として語られることは稀である。彼女は杉田久女や桂信子等のように史上に輝く傑作を詠んだわけではなく、戦後俳句史を彩る多様な潮流——社会性俳句や前衛俳句等——にかかわったわけでもないのだから……。

俳句史は著名俳人や傑作句、時代の潮流を形成した運動等を扱うことが多い。市井の俳人の姿、つまり生まれた時代や環境に翻弄されながら暮らし、その中で俳句に縋る人々のささやかな生き方は、時代が過ぎれば顧みられることは少ない。

しかし、それのみが俳句史なのだろうか。それぞれの運命の中で句作を喜びとした市井の人々が存在したということ、その彼らの一喜一憂を身近に感じるのもまた、俳句史を味わうことになるのではないか。天賦の才や恵まれた家庭環境ではなく、うらぶれた長屋で生まれ育ち、貧困を余儀なくされた工場勤めの一女性が俳句と出会い、句作を生きる糧としたその姿を辿ることで、戦後俳句の一端を味わってみよう。

2 生い立ち

まず、菖蒲あやの経歴等を見るところから始めよう。大正十三(一九二四)年、東京向島の吾嬬町(現墨田区京島町)に炭屋を営む家に生まれたあやは、五歳の時に母を亡くしてしまう。母亡き後に残されたのは酒浸りの父と二歳の弟で、路地奥の長屋であやと弟は電灯を消された部屋——料金滞納で電気を止められた――で父の帰りを待ちわびるが、戻らないことは日常茶飯事だった。父はほどなく再婚したが、継母は先妻の子供の二人をいじめる日々だったという。「継母がきたのは私が小学校に入った時であったが、ご多聞に洩れず継子いじめでいつも生傷が絶えなかった」（「記録と救い」、「俳句研究」平成三〔一九九一〕年十月号）。後年、あやは自句解で次のように述懐する。

野菊摘み来世は父母に甘えたき　（昭和五十一〔一九七六〕年作）

母との縁の薄さ、呑んべえの父に泣かされたことどもを思う時、来世はと願うのは無理か知ら――。

（『自註現代俳句シリーズ　菖蒲あや集』〔俳人協会、昭和五十六年〕より）

可憐な「野菊」を摘みつつ、来世で父母の愛を得ようと願う素朴さは感傷に流れがちだが、一句にやや切実な響きが伴うのは、「〜甘えたし」と余韻を醸しつつ柔らかく整えず、「〜甘えたき」と不安定ながらも実感を伴った過去の助動詞で句を閉じているためだ。幼少時の辛さが図らずも表現に現れたのだろうか。

貧乏暮らしの中、酒飲みの父と愛情の薄い継母があやに高等教育を受けさせるはずもなく、あやは高等小学校卒業後に日立製作所亀戸工場に就職した。満州国建国（昭和七年）等もあり、電気機械製作を軸とする日立製作所は事業が拡大した時期で、国内外から注文が激増し、従業員も劇的に増えた頃に就職したことになる。

小学生の頃は継母にこき使われてばかりで友達もいなかったが、会社勤めを始めると職場の友人も出来はじめ、弟も亀戸工場に就職し、あやの多難な人生も小康を得たかに見えた。とはいえ、稼いだ給料は家計の足しに費やされ、太平洋戦争が勃発すると弟は少年海兵団に志願して家を離れることになり、昭和二十年の度重なる空襲で家を焼け出されてしまう。「住む所もないままに住みついた、八軒長屋の四畳半一間の家、父はその軒先に、炭俵を積んで炭屋とは名ばかりの炭屋をはじめました」(句集『路地』あとがき)……あやの戦後はこのように始まり、職場で出会ったのが俳句だったのである。

3 俳句との出会い

戦災で家を失った菖蒲一家は長屋住まいを再開し、あやも亀戸工場の仕事を続けるが、敗戦後の混乱は塗炭の苦しみだった。その状況下であやは職場の俳句部に入るのだが、そもそも敗戦間もない職場に俳句部がなぜ設けられたか、今や分かりにくいかもしれない。ここで、敗戦と職場俳句の関連を概観しておこう。

昭和二十年八月の終戦後、国内の庶民の間に広がったのは虚脱感と安堵が入りまじった名状しがたい混乱であり、何より全てが不足に苦しめられる当面の暮らしだった。

同時に、敗戦は戦時体制の言論弾圧や娯楽への圧力等から解き放たれた瞬間でもあった。各地で俳誌創刊や復刊が相次ぎ、京大俳句事件(昭和十五年)等で弾圧された俳人等も続々と復活し、例えば秋元不死男は次のような一文を発表している。

　国鉄のゼネストが始まらうとしたとき、わたしたち仲間の有志は、応援の俳句を作つて国鉄へ送つた。(略)ストライキの性質そのものは、個人の労働に対する生活保護の民主的な要求の一表現であるからで、俳句人がこれに関心をもつといふこと自体が、俳句を通して民主主義遂行への意欲を示すことになるからである。
（「新興俳句の進発」、「俳句研究」昭和二十二年一月号）

かつて特高警察に逮捕された秋元にとって、民主主義やスト、句作はいずれも国家に対して「個人」を守るものであり、それら全てが新時代の理念を体現していたのである。

秋元がこのように記した時期は労働組合運動が激化しつつある頃で、インフレによる物価上昇が生活を直撃したのに加え、ＧＨＱが民主化促進の狙いもあり労働組合の活動を奨励したため、息を吹き返した共産党と組合が肩を組んでストを頻発していた。

組合は賃上げや職場改善等を企業に迫るとともに、職場での団結や意識向上、また親睦を目的に文化サークルを促したことに加え、企業側も組合運動が過激になるのを防ぐため文化活動を奨励した結果、全国の職場にスポーツやダンス、俳句等のサークルが続々と結成されることになる。

そもそも、多くの人々は長い戦時生活で娯楽に飢えており、手軽な遊びや慰安を強く求めていた。小説ほど長いわけでなく、紙と鉛筆で詠める俳句は手軽な慰安として歓迎され、各地で職場句会が次々と催されたのだ。

その風潮の中、菖蒲あやが勤める日立製作所亀戸工場にも文化サークル――ダンス部やコーラス部、華道部など――が設けられ、あやは俳句部に入部することになる。無論、彼女は組合絡みの職場改善云々で句作に励んだわけではなく、金銭負担が軽いために選んだのであり、「やる気もないままに入部した」（菖蒲あや「この一句」、「毎日新聞」昭和四十九年九月二十二日）に過ぎなかった。

亀戸工場俳句部は、同じ診療所に勤める石川真澄が中心となった。あやより十八歳ほど年上の女医で、戦前から句作経験があり、「若葉」（富安風生主宰）会員だったこともあり、彼女が指導者として招聘したのは当時の「若葉」編集長、岸風三楼であった。あやは、風三楼が職場に来た時の様子を次のように述懐している。

旋盤その他の機械が並び、クレーンのきしむ油くさくうるさい工場の二階の板張りの区切りもない、だだ広い部屋であった。男女合わせて約百人、どんな先生が見えるのか、期待と不安が待っていた。二・三人を除いて、俳句の何たるかは勿論、句会の形式も知らない者ばかりである。待つほどに、眼鏡をかけた痩せぎすな小柄な人が、はちきれそうな大きな鞄を持って来られた。開口一番、「本日、俳句部誕生に当たり、こんなに沢山あつまって下さったが、この中に本気で俳句をやってゆこうと思う人が、いったい何人いるであろうか。俳句を道楽や遊びでやってゆこうと思っている人は、この次からは来てもらわなくても結構である。（略）」という意味のことを話され、一同びっくりした。　　（あや「わが師・岸風三楼」、「俳句研究」昭和五十五年九月号）

敗戦後の貧しくも解放された気分の中、文化的な余暇を味わいたい、お金のかからない楽なもので……と俳句部に集った人々に風三楼は右記の宣言をしたのだから、一同が驚いたのも当然であろう。風三楼は戦前に「京大俳句」に参加し、特高警察の家宅捜査も受けた筋金入りの強者である。彼からすれば「道楽」で句作に関わるなど迷惑千万となろうが、あやを含む工場の人々はそんなことを知るよしもない。ともあれ、菖蒲あやの句歴はこのようにほぼ成り行きで始まった。

4　句作開始

昭和二十二年、あやは俳句のイロハも知らないまま職場の句会に出席し始める。すると次の作品が句会で高点を獲得し、しかも風三楼選に入った。

旋盤のこんなところに薔薇活けて　　あ　や　（『路地』所収）

旋盤等の機械が殺風景に並び、油の臭いを切り裂くようにクレーンの軋む音が鳴り響く職場にあって、女工が「旋盤のこんなところに」「薔薇」を活けているのだ。何と美しく、健気な……「旋盤・薔薇」の意外な取り合わせに加え、「こんなところに」と口語を裁ち入れることで驚きを込めた句だ。

興味深いことに、この菖蒲あやの作品世界は句作を初めてほぼ数年で定まっており、彼女が成り行きで入った結社「若葉」でも独特だった。同じ職場の俳句部主唱者、石川真澄と比較してみよう。

麦の芽に風塵おそひかゝりたる　　真　澄
寒き夜は一家かたまり寝るのみ　　あ　や　（「真間会」、「若葉」昭和二十六年六月号）
夏来ると真珠色なす女の掌　　真　澄
一日中鉄屑の中にいて春は遠く　　あ　や
（「隅田若葉会」、「若葉」昭和二十六年十二月号）

真澄句が「おそひかゝりたる」「真珠色なす」と俳句らしい修辞や分かりやすい見立で句を引き立てようとするのに対し、あや句は俳句らしさや美意識とほど遠い生活を、つまり身も蓋もない貧乏暮らしを率直に詠もうとしている。冬の凍てついた夜は犬猫のように身を寄せあって「かたまり寝る」他ない長屋暮らし、そして朝に目覚めれば寒い職場の「鉄屑の中」で汚れて働けども、暖かい「春」や幸せは訪れそうにない……あやは句作開始からほどなくこの句風を探り当てており、他にも昭和二十四年の「若葉」入選句を見てみよう。

工場のベンチに少女毛糸編む　　あや　（昭和二十四年五月号）

職工のハンケチなれば鉄の匂ひ　　同　（同年十二月号）

詳細は略するが、これらの句調は「若葉」の女性俳人の中で異色だった。例えば、「若葉」昭和二十六年一月号の「若葉女流作家論」（加畑吉男執筆）に紹介された女性俳人は次のような句調である。「来る人に雨の紫苑を起しおく」「コスモスに昼餉のあとの紅をさす」……いずれも女性らしい情が句を支えており、同性及び男性も納得しやすい「女流」句といえよう。彼女たちは「工場のベンチ」や鉄の匂いが染みついた「職工のハンケチ」（あや句）を目にしても、美しくもないそれらの事物を詠もうとはしまい。ところが、あやは最初から工場や路地の風景を詠もうとしており、その特異さは当時から注目されていた。先の「若葉女流作家論」でも、あやは次のように評されている。

菖蒲あやは年若く貧しい一勤労女性である。その印象は、非常に純情可憐である。それでいて主観の強い、相当穿った作品を見せてくれる。（略）

鉄削る手なり外套につっ込んで帰る

女性特有の線の細さがない。対象にむかつて正面からぶつかつてゆく骨格の太い、逞しさがある。そこには見栄とか外聞とか、そんなものは微塵もないのである。その素樸さ、真実味が読者の胸を打つ訳である。　（加畑「若葉女流作家論」）

加畑は、「見栄とか外聞とか」を気にせず「素樸」に詠みうる菖蒲を、「純情可憐」かつ「主観の強い」女性俳人と見なしていた。同じ亀戸工場診療所に勤める石川真澄が「夏来ると真珠色なす女の掌」

（前掲）――夏の到来が私の「掌」を真珠色に染めあげ、「女」を輝かせる――と詠むのに対し、菖蒲あやは「女」らしくない場面を飾り気なく、強い語調で押し切る「主観」の強さがあった。

貧抜けたし鉄打つ脚気の足ふんばり　あ　や　（「俳句研究」二十九年十二月号）

一般的な女性らしさからすれば、「脚気の足ふんばり」などと詠むのはためらわれるところだが、あやは情けない姿を隠さず、しかし露悪的に誇示することもなく、「素樸」（前掲「若葉女流作家論」）に詠もうとする特徴を早くから備えていた。

同時に、あやの「正面からぶつかつてゆく骨格の太い、逞しさ」（前掲「若葉女流作家論」）があまりに「素樸」なため、その不器用なまでの臆面のなさがかえってユーモアに近い余情を醸しているのも興味深い。その彼女のユーモアをいち早く指摘したのが、安住敦である。

私の特に注意してゐる一人に菖蒲あやといふ作家がある。（略）若葉には外にいくらでも上手な女流がゐるのだが、さういふ作家の中に交つて、この作家には大きな強みがある。それはこの作家が汗水流して働いてゐる労働者であり、（略）作品に何か飄逸なところのあるのもこの作家の持ち味であらう。（安住「俳誌雑俎」、「俳句」昭和三十年四月号）

安住が評したように、「汗水流して働いてゐる」若い女性が貧しい「生活に密着」した句を詠みながら、「飄逸なところ」を漂わせた点にあや俳句の独特さがあった。それにしても、彼女はなぜそのような句群を詠みえたのだろうか。

5 戦後の社会性俳句の中で

ここで菖蒲あやから再び離れ、戦後俳句の動向の一端を概観しておこう。昭和二、三十年代、彼女の職場にも顕著だった文化サークルは全国的に流行し、金銭的に負担のかからない俳句部は肉体労働の職場にも広く受け入れられた。それは組合運動と相まって騒然とした句が多く、例えば「俳句」昭和三十五年四月号の「サークル特集」を見てみよう。

炭坑救うカンパ冬日に薄き硬貨入　浅井　五十紀
踏んで霜鳴らす若い事故死担ぎ　安田　くにえ

荒々しい表現で詠まれた、肉体労働の生々しい現場の姿……これら勤労者の句を支持した俳人は、次のように評する傾向にあった。

僕たちの仲間は、炭坑や製鉄所或いは農業などに従事して肉体をかけて働いている者が多い。
（略）対象に肉迫して、身を擦り寄せて本質を掴み取るような態度がある。
（和知喜八、「響焔」創刊号、昭和三十三年三月）

労働者は知識ではなく「体」で感じ、「身を擦り寄せて本質を掴み取るような態度」が色濃い……和知喜八は結社「寒雷」（加藤楸邨主宰）同人で、熱心に職場俳句を指導した俳人である。「今日の俳句が更に重く人間を負い、社会につらなつて近代に生きるためには、おのおの人間の生活基盤にしつかり立つて、そこから出発してゆく必要が叫ばれてきた」（和知「製鉄と俳句」、「寒雷」昭和二十九年十一月号）。ゆえに和知は「対象に肉迫して」人間の本質を素手で掴むような労働現場を詠むのが「近代」俳句と信じたのである。

このように信じた俳人が「人間」と「社会」の関係や本質から目を背けるわけにはいかない、と考えるのは自然の流れであろう。昭和二、三十年代は炭坑争議やアメリカ基地問題といった戦後日本の問題が噴出した時期で、その時に俳句界で潮流をなしたのが社会性俳句だった。

原爆許すまじ蟹かつかつと瓦礫あゆむ　金子　兜太

塩田に百日筋目つけ通し　沢木　欣一

水爆実験で被爆した第五福龍丸（昭和二十九年）を受けて作られた曲「原爆を許すまじ」を参照した兜太句、塩田の重労働を詠む欣一句……「俳句」昭和二十九年十一月号では大特集「揺れる日本」――敗戦後の錯綜する社会を分類し、進駐軍や政治問題、労働争議等も含めた約二千句を列挙した――が組まれ、次のような句群が収録されている。

基地近し陸稲へ低き飛行音　斎藤　重夫

ねむき子を負ひメーデーの後尾ゆく　佐藤　鬼房

戦後日本を揺るがす社会問題を率先して取り上げるあり方は、俳壇全体の議論となったのである。ここで菖蒲あやに戻ると、例えば彼女の「メーデー歌うたふ踵に力こめ」（『路地』所収、昭和三十三年作）は社会性俳句の風潮と踵を接しており、彼女は「汗水流して働いてゐる労働者」（前掲、安住敦「俳壇雑俎」）点が美質とも称えられていた。しかし、彼女の句群をよく見ると、いわゆる社会性俳句や炭鉱労働者の荒々しい作品と傾向を異にすることに気付くだろう。

お祭りの夜の女工の帯赤し　あ　や

夜濯の胸びしよ濡れて女工たち　　同　（「若葉」昭和三十三年十二月号）

これらは「女工」らに過酷な労働を強いる職場への憤りもなければ、戦後日本の歪みを告発するといった意思は存在しまい。むしろ、あや俳句を支えるのは「女工」暮らしを当然のものと受け入れる疑問のなさであり、自身も「女工」同様に働く庶民でしかない諦めや、見慣れた工場生活に対する安心感の方が強い。「女工」の生活が劣悪で、「人間」の本質が奪われていると感じないわけでもないが、むしろ女性らしくない労働に就く他ない薄給の暮らしを甘受しつつも、それに微かに反発するように女性らしく生きようとする「女工」への肯定に満ちたまなざしが、女性らしくない彼女たちの日常や自身の姿をあっけらかんと詠むことにつながったのではないか。

あやが第一句集『路地』を刊行した際、野澤節子は収録句「脛立てて女工短き髪洗ふ」等を引用しつつ、次のように評している。

たくましく明るい生活の底に、ペーソスの滲む陰影がそこはかとなく匂う句集『路地』である。（略）何というたくましさ何というあけっぴろげな明るさ、いじけたり湿ったりしたところのない若い生活者、これら女工たちをいつかわが身に置き替え、見ている筈の眼が、いつの間にかあやさんの生活の色に染め上げられた女工になって了っている。

（「裸心の唄」、「俳句」昭和四十二年十一月号）

「女工」暮らしを悲嘆しながらそれなりに愉しいと感じることもあり、仲間もいれば小さな幸せもある、祭の時には赤い帯で華やぐこともできるのだ（「お祭りの夜の女工の帯赤し」）……「女工」であること、路地暮らしの自分たちをとりあえず肯定しうる飾り気のなさ、またそのように生きる他ない庶民がよりよく暮らそうと奮闘する姿を、あや俳句は技巧を凝らさず、ほのかな憐憫と共感をもってさりげなくも力強く描いている。逃れようとも逃れえない暮らしゆえに、「何か飄逸なところ」（前掲の安住敦評）とともに自身の暮らしや「女工」のありのままを受け入れるのがせめてもの肯定的な生き方であり、「ペーソスの滲む陰影」（野澤節子評）と裏腹の健気さでもあった。

この時期、あやの勤めた日立製作所でも労働争議やストは頻発していた。あやが職場の句会に参加し始めた昭和二十二年――「国鉄のゼネスト」（前掲、2節参照）がGHQ指令で中止に追いこまれた年――は日立製作所全体で一ヶ月強のストが敢行され、亀戸工場の組合もストに参加している（『日立労働運動史』（日立工場労働組合、昭和三十九年）に詳しい）。その後も争議は後を絶たなかったが、菖蒲あやは職場での生々しい闘争や劣悪な労働環境等を俳句に持ちこもうとしなかった。「メーデー歌うたふ踵に力こめ」（前掲）も、「「聞け万国の労働者」と思い切り声を出して歌うと、力が全身に溢れて来るようであった」（前掲『自註現代俳句シリーズ　菖蒲あや集』）と述懐したように、「メーデー歌」でひとときの解放感を味わい、それ以上ではない雰囲気が色濃い。

では、「労働者」たるあやが力を入れて詠んだのは、いかなる世界だったのだろうか。

6 「路地」と「父」

あやが繰り返し詠もうとしたのは自分が生まれ育った「路地」であり、酒に溺れながら炭屋を営む「父」であった。まずは路地の情景を見てみよう。

①練炭の灰捨てあればすなはち路地
②路地の空青し白菜干されあり
（以上、『路地』）

冬の朝はそれぞれの家で練炭をおこして暖をとり、食事の煮炊きにも用いた後、灰を狭い路地に無造作に捨てる……清潔さや気品のかけらもない、うらぶれた路地の暮らし（①）。その路地では漬物用の白菜が高々と干され、向こうに広がる冬空はただ青く、生活感もなく澄み渡っている（②）。

「路地」は同時代俳人も多々詠んでおり、「炎昼や鍛冶の砥石のきしむ路地」（「石楠」昭和二十四年十二月号）、「暗い湿地の路地の向うの陽の照る海」（「海程」昭和三十九年六月号）、「焼鳥の匂ひ流るや路地暗み」（「渋柿」昭和四十三年二月号）等々、枚挙に暇がない。これらは「路地」暮らしを厭うべきものと詠む傾向があり、その暗がりの向こうに海や陽光が広がる……といった類想が多い。

しかし、あや俳句にとって「路地」暮らしはごく自然で、一種の哀歓や喜びすら漂う点に特徴があった。年の暮に溝板が張り替えられる嬉しさ（「新しく溝板かへて路地師走」、『路地』）、あるいは新年を迎えると常日頃ろくに挨拶をしない長屋の子も年始の礼を述べる、その初々しさ（「路地の子が礼して駈けて年新た」、『路地』）……「路地」暮らしが今さらどうなるものでもない、薄給の仕事を恙なく勤め、日々を平穏にやり過ごすことぐらいだ……俳句一般の類想や女性らしい句にこだわることなく、その諦念じみた「路地」暮らしの一喜一憂を衒いなく詠もうとするところに、あや俳句の独自さがあった。その「路地」暮らしで大きな存在が、「父」である。

①焼酎のただただ憎し父酔へば
②泣きたくなる父に代りて炭かつぎ

③あの咳は父よ溝板ふんで来る
④赤い羽根つけて炭団を造る父　（以上、『路地』）
安焼酎に溺れる父（①）は炭屋の稼業を平気で放り出して飲み歩き、そういう時は工場勤務を終えたうら若きあやが「父に代わりて」炭を担ぎ、惨めな思いとともに売りにゆかねばならない（②）。炭屋の仕事と酒で咳ばかりしている父が、路地の溝板を踏んで家に帰ってくる足音を聞いた時の微妙な安堵、そして父の体調への淡い不安（③）。貧しいのに募金は一番に済ませ、赤い羽根を胸に飾って炭団をこねる父が何とも滑稽で、しかしそれを温かく、どこか誇らしく眺めている娘のあや（④）は、炭を挽き続けるも貧乏から逃れられない父を楽にしたいと願ったし、愛おしかった。
夕焼がきれいと炭ひく腰のばす　（昭和三十年作）
「あや子夕焼がきれいだよ」と父の呼ぶ声に外に出た。本当にきれいな夕焼だった。炭をひいて顔を真っ黒にした父が頼もしく思えた。　（『自註現代俳句シリーズ　菖蒲あや集』、前掲）
狭い「路地」で炭屋を営めば、どうしても出る埃で近所は良い顔をしないだろう（「うとまれて炭屋炭ひく松の内」、『路地』所収）。日当たりの悪い路地に並ぶ長屋の奥、隣近所に疎まれながら四畳半一間に肩を寄せあう菖蒲一家。冷淡な継母と病気がちの弟、酒に溺れる父、そして学歴もない私は工場勤めの薄給に甘んじるのみ……だらしない父、それでもこの人は私のかけがえのない肉親なのだ、早くに死に別れた実母の顔も分からない、この私の……。
父娘して蕗むく雨の厨かな　（昭和三十二年作）
「いつまでも嫁にも行かず困ったものだ」「何言ってるの私が嫁ぐと困るのは誰？」そんなこと

を父と話したこともある。

（『自註現代俳句シリーズ　菖蒲あや集』、前掲）

その父も、昭和三十七年にあっけなく亡くなってしまう。胃癌で入院することになり、日当たりの悪い病室があてがわれた後、二週間ほどで息絶えた。「炭俵担ぐかたちに父逝きし」（『路地』所収）。父が亡くなった後、あやは長年住んだ四畳半一間の長屋を引き払い、結婚していた弟夫婦の家に同居し、亀戸工場の仕事を続けた。昭和四十二年には第一句集『路地』を刊行、翌四十三年に俳人協会賞を受賞する。昭和三十年にいち早くあやを評価した安住敦は、選考結果で次のように述べた。

菖蒲あやは、終始一貫して日の射さない路地の饒舌な主婦や、工場の蓮葉な女工たちを詠う。（略）それら哀歓の詩は、比較的少ない語彙と平易な表現とによつて極めて無技巧になされている。（略）何十年か前、豊田正子の綴方教室を読んだときのような感銘を受けた。

（「第七回俳人協会賞選考経過」、「俳句」昭和四十三年二月号）

『路地』を「豊田正子の綴方教室」――戦前にブリキ職人の娘である小学生の豊田が身辺を綴った生活記録で、映画化されるほど大ヒットした――になぞらえた安住評は示唆的だ。それはあやが職場俳句で出会って以来、師と仰いだ岸風三楼から学んだ俳句観とも響きあうためである。

岸風三楼先生は「俳句は履歴書である」ということを信条にしていらした。（略）履歴書には装飾はいらぬ。自分の言葉で、あるがままのおのれを出せばよいのだ。（略）私には夫子もなく、残すものはないが、女ひとり一生懸命生きてきた証拠を残したいと思う。

（あや「記録と救い」、前掲）

あやのように貧困と薄幸が常に訪れる境遇であれば、理不尽な運命に対する割り切れなさや恨み節、他人への嫉妬等々、憂鬱でひねこびた心境になる可能性はいくらもあったろう。しかし、「自分の言葉で、あるがままのおのれを出せばよい」と強情ともいえる信念が詠むべき対象として、慈しむべき世界として見出したのは、工場勤めの「女工」や自分自身であり、「路地」や「父」だった。虚飾を張ることも出来なかった貧相な境遇と才気の乏しさを隠さずに、というよりその自身の姿を詩として詠もうとした彼女の強靭さがうかがえるとともに、頑固なまでの一途さが感じられる。

それは「路地」暮らしの「あるがままのおのれ」を「履歴書」に刻み続けることで、不遇な人間あやを慰め、励まし、あなたが俳句文学の主人公たりうることをあや自身に伝えることで彼女を救おうとした、俳人菖蒲あやの気丈さのなせるものだったのかもしれない。こういってよければ、薄幸の人間あやを救ったのは、俳人菖蒲あやであった。

7 悲しみと美しさ

菖蒲あやが職場で俳句に出会い、第一句集を刊行するまでの昭和二十～四十年代は、俳句史上で今なお語り継がれる潮流や動向が少なくない。桑原武夫の第二芸術論や社会性俳句、前衛俳句運動、あるいは現代俳句協会と俳人協会の分裂等……例えば、劣悪な労働環境や戦後日本の歪みを告発した社会性俳句からすると、あやの句群は会社や職場への憤りや疑念もなく、個人的な喜怒哀楽に終始し、その姿はあまりにささやかで、微温的かもしれない。しかし、それゆえにあや俳句に魅力を感じた俳人がいたのも事実だ。

世の工場俳句とは、ストを歌い、メーデーを詠い、破壊的なものが多くて、建設的なものが少ない。勿論破壊も建設なのであろうけれども、それらの作品は、俳句と云うよりも、寧ろイデオロギーか或はスローガン的なものになつて、俳句の真髄とは全く違つたものになつて仕舞う様に感じる。然るにこのあや俳句は、平和な工場を歌い、建設的な仕事に日々生き甲斐を感じつゝ働く一少女を、眼前に彷彿する事が出来る。

（池上浩山人「菖蒲あや論」、「若葉」昭和三十一年十一月号）

貧しく、学歴もない自分に出来ることは仕事に黙々と打ちこむのみ……薄給であろうと仕事があることに感謝し、自分なりに誠実に勤め、少しでも幸せになりたいと願う、愚かなまでのつつましい暮らしぶり。ストを詠み、社会の変革を叫ぶのも立派だが、工場勤労者のしがない日々の中で、よりよく生きようとする庶民の姿を詠むあや俳句の方が「俳句の真髄」ではないのか。池上浩山人は目につくスローガンや主張に彩られた職場俳句云々より、黙々と「働く一少女」としての菖蒲あやに共感を寄せたのである。

私たちは、俳句史上に刻まれた傑作や潮流を眩しく振り返りつつ、神韻漂う名品や才気あふれる俳人の論を倦まず語り続け、願わくば彼らのように名を遺す存在でありたいと願う。しかし、私たちの多くは菖蒲あやのようにしがない庶民の一人ではなかったろうか。それでいて彼女のように貧困や薄幸に打ちのめされ、それ以外になりえなかった貧しい自身を朗々と詠んだ強さや飄逸さを、私たちはどれほど持ちえているだろう。路地の炭屋に生まれ、継母にいじめられながら育ち、工場勤めの薄給の中で酒浸りの父を支えつつ、幅広い教養や天才的な表現とも無縁なまま庶民の喜怒哀楽を詠み続けた彼女の姿は、むしろ私たちが仰ぐべき俳人のシルエットなのかもしれない。そのような人物がふとした縁で俳句に関わり、一生の支えとなったという事実は、昭和俳句史のかけがえのない側面であったかに感じられる。

詩人は、自分の悲しみを、言葉で誇張して見せるのでもなければ、飾り立てて見せるのでもない。一輪の花に美しい姿がある様に、放つて置けば消えて了う、取るに足らぬ小さな自分の悲しみにも、これを粗末に扱わず、はつきり見定めれば、美しい姿のあることを知つている人です。

（小林秀雄講演録「美を求める心」、昭和三十二年）

菖蒲あやの作品は天才が遺した傑作群ではなく、俳句史を転回させる価値観を示しえたわけでもなく、素朴かつ不器用に狭い世界を詠み続けた、個人的な「履歴書」（菖蒲）だったのかもしれない。しかし、確かな実感とともに「取るに足らぬ小さな自分の悲しみ」（小林）に頑固なまでにこだわり続けた彼女の俳句は、むしろそれゆえに昭和俳句史の「美しい姿」だった、とはいえないか。

尻の汗疹かゆしと女工ら笑ひあふ　　あや（『路地』所収）

あとがき

小著は近代俳句史で逸することのできない俳人を論じた評論集である。「写生」を提唱した正岡子規、それを発展させた高浜虚子、「写生」の純度を高めた山口誓子を柱とし、他に自由律の尾崎放哉、破格の中村草田男、自意識に満ちた石田波郷、また昭和の庶民の哀歓を詠んだ菖蒲あやも加えて近代俳句史の諸相を描いた。学術論文に近い手続きや評伝風、また評論やエッセイめいたくだりなど様々なアプローチを試みたのは、作品のみならず俳人のたたずまいや「写生」のありようを、またそれらを取り囲む時代や俳壇の雰囲気を少しでも体感して頂ければという一念である。なお、以前の拙著『その眼、俳人につき』（邑書林、平成二十五年）が絶版となったため、そこからいくつかの論を大幅に加筆修正して組みこみ、新たな論として再構成した。

小著が形となったのは、創風社出版の大早友章氏の懇切な慫慂によるものである。打ち合わせから編集に至るまで多くの助言を戴いた。

初出掲載時の各誌編集部の皆様に御礼を申し上げるとともに、編集及び校正、出版全般に際してお世話になった大早氏に改めて深謝したい。

初出一覧

※Ⅰ、Ⅱ、Ⅳ、Ⅴは各論を大幅に加筆修正後、再構成

Ⅰ　正岡子規

一　革命と断念と書生気質　――俳人子規の人生1――
・「愛と執着、または起風器」　「国文学解釈と鑑賞」平成二十二年十一月号
・「明治の椿はいかに落ちたか」　「日本文学」平成二十三年一月号
・「心理学と俳句を携えた元士族、正岡子規」　「小日本」二十五号、平成二十八年三月号
・「あの頃、俳句は　明治の俳諧」　「円虹」平成二十四年六、七月、同二十五年八月号

二　若く、激しく、草花を愛す　――俳人子規の人生2――
・「喪失と決意　俳人子規の柔らかさ」　「子規博だより」二十九巻一号、平成二十三年三月
・「あの頃、俳句は　明治の俳諧」　「円虹」平成二十四年三、五月号
・「寺田寅彦「写生」句の逸話」　「俳文学研究」五十六号、平成二十三年十月
・「俳諧いまむかし（38）子規」　「氷室」平成二十二年一月

三　独断家、松山に帰省す　――愚陀仏庵や「写生」の浸透について――
・「あの頃、俳句は　子規達の素顔」　「円虹」平成二十五年五～七、九月号
・「「菊」の詠みどころ」　「アート・リサーチ」十号、平成二十二年三月

四　子規派は蕪村をいかに発見したか　――蕪村調と月並句を比較して――
・「あの頃、俳句は　蕪村発見」　「円虹」平成二十四年九月～同二十五年二月号
・「明治の蕪村調、その実態　俳人漱石の可能性について」　「日本近代文学」八十四号、平成二十三年五月

五　無の発動、英雄子規　――「写生」の発見と病臥について――
・「俳諧いまむかし（10）保田與重郎」　「氷室」平成十九年十月号
・「あの頃、俳句は「ホトトギス」明治三十一年十月号」　「円虹」平成二十一年十月号

・「あの頃、俳句は　子規たちの素顔」　「円虹」平成二十五年十、十一月号

II　高浜虚子

一　枯野から遠山を「写生」する　――「遠山に日の当りたる枯野かな」について――

「第一回新鋭俳句評論賞受賞作品　明治期における俳句革新と「写生」の内実について」
「俳句文学館」十九号、平成二十八年十二月

二　権門富貴や夏草、蚊、手袋　――「ホトトギス」雑詠欄と「写生」について――

・「虚子の選　為政者の恐るべき選句眼」　「澤」平成二十七年七月号
・「刻まれた句、漂う夢（19）「ホトトギス」昭和八年十月号」　「円座」二十九号、平成二十六年十二月
・「刻まれた句、漂う夢（21）「京大俳句」昭和八年十月号」　「円座」三十三号、平成二十八年八月
・「俳諧いまむかし（42）中村草田男」　「氷室」平成二十二年五月号

三　蟻地獄に春の蝶　――虚子の選句眼と「ホトトギス」四Sの「写生」――

・「刻まれた句、漂う夢（1）～（3）俳誌の光芒⑴～⑶」　「円座」九～十一号、平成二十四年八～十二月
・「刻まれた句、漂う夢（20）「ホトトギス」昭和二年十月号」　「円座」三十一号、平成二十八年四月
・「批評家たちの「写生」小林秀雄（4）」　「翔臨」七十八号、平成二十五年十一月

四　虚子の眼　――亡びと花鳥諷詠――

書き下ろし、部分的に左記論の一部を追加修正して再構成
・「批評家たちの「写生」（12）小林秀雄（5）」　「翔臨」八十号、平成二十六年六月
・「「写生」俳句の金字塔、「句日記」」　『その眼、俳人につき』（邑書林、平成二十五年）所収

III　尾崎放哉　――放哉と宇和島の穂積橋――

・「刻まれた句、漂う夢（12）「層雲」大正十五年四月号」　「円座」十二号、平成二十六年八月

Ⅳ　山口誓子

一　スケートリンクの沃度丁幾　――第一句集『凍港』の連作俳句について――

・「スケートリンクの沃度丁幾　山口誓子『凍港』の連作俳句について」　『スポーツする文学』（青弓社、平成二十一年）所収

二　廃墟と、生きること　――昭和十年以降の誓子について――

・「俳句と、周りの景色（2）廃墟」　「白茅」二号、平成二十五年九月
・「十七音の風景　われありと思ふ鵙啼き過ぐるたび」　「ラジオ深夜便」平成二十五年十月号
・「稀少獣の息吹　山口誓子『七曜』について」　「俳句四季」平成二十七年四月号

三　誓子句の雄姿と影響について　――満州詠、スケート句など――

・「山口誓子『黄旗』の凄みとその影響」　「ぽち袋」平成二十九年一月号
・「山口誓子と新興俳句について」　「ぽち袋」平成二十九年三月号

四　鋼鉄の表現とユーモア　――蜥蜴、羽虫、銀蠅を見つめる誓子――

・「「天狼」創刊と、焚火のひとひら」　「ぽち袋」平成二十九年五月号
・「誓子の「自尊」とユーモア」　「ぽち袋」平成二十七年十月号
・「俳諧いまむかし（30）五月　誓子」　「氷室」平成二十一年五月号

Ⅴ　中村草田男

一　この世の驚異と歪み　――吾子の歯や細身の蝿、凪の世界――

・「本物の俳人　中村草田男「万緑」について」　「秋草」平成二十六年年十二月号
・「無季、自由律」　『俳句のルール』（笠間書院、平成二十九年）所収
・「あの頃、俳句は（20）「万緑」昭和二十三年八月号」　「円虹」平成二十一年九月号

二　草田男句とチャップリンのユーモア、織部焼の歪み

・「俳句と、周りの景色（12）チャップリンと草田男」　「白茅」十二号、平成二十八年四月

・「俳句と、周りの景色（3）織部焼」　「白茅」三号、平成二十六年一月

VI　**石田波郷**

一　波郷とライカ

・「刻まれた句、漂う夢（8）ライカ」　「円座」十七号、平成二十五年十二月

二　波郷と逸話

・「刻まれた句、漂う夢（7）逸話」　「円座」十六号、平成二十五年十月

VII　**菖蒲あや**

一　昭和の「路地」のスケッチ

・「いつでもそこに、俳句があった　郷愁の昭和俳句（3）路地」　「俳壇」平成三十年三月号

二　戦後の「路地」を生きた俳人、菖蒲あや

・「昭和の「路地」を生きた俳人、菖蒲あやについて」　「日本詩歌研究」十三号、平成三十年三月

青木　亮人（あおき　まこと）

昭和49（1974）年、北海道小樽市生まれ。同志社大学文学部文化学科国文学専攻卒業、同大学院修了。博士（国文学）。現在、愛媛大学教育学部准教授。

平成20（2008）年に第17回柿衞賞（兵庫県柿衞文庫主催、若手俳文学研究者が対象）、同27年に評論集『その眼、俳人につき』（邑書林、同25年）で第29回俳人協会評論新人賞及び第30回愛媛出版文化賞大賞、同年に「明治期俳句革新における「写生」の内実について」で第1回俳人協会新鋭俳句評論賞を受賞。他著書に『俳句の変革者たち　正岡子規から俳句甲子園まで』（ＮＨＫカルチャーラジオテキスト、同29年）等、学術論文に「「汽罐車」のシンフォニー　山口誓子の俳句連作について」（「昭和文学研究」73号、同28年）等。

現在、俳誌「翔臨」「静かな場所」「円座」「白茅」「１００年俳句計画」「子規新報」「花信」及び総合誌「俳壇」に評論を連載中、また朝日新聞俳句時評を担当中。

平成29年にＮＨＫラジオ番組「俳句の変革者たち」に出演（4～7月）、同22年よりエフエムいたみ「ことばの花束」に定期出演中。同28年より愛媛県文化振興財団文化講座で「俳句学」「愛媛学」を担当中。

近代俳句の諸相
－正岡子規、高浜虚子、山口誓子など－

2018年8月30日発行　　定価＊本体2500円＋税

著　者　青　木　亮　人
発行者　大　早　友　章
発行所　創　風　社　出　版
〒791-8068 愛媛県松山市みどりヶ丘９－８
TEL.089-953-3153　FAX.089-953-3103
振替 01630-7-14660　http://www.soufusha.jp/
印 刷　㈱松栄印刷所　　製 本　㈱永木製本

ISBN978-4-86037-263-7